A Submissa

Obras da autora publicadas pela Editora Record

A submissa
O dominador
O treinamento

TARA SUE ME

A Submissa

Tradução de Ryta Vinagre

3ª edição

EDITORA RECORD
RIO DE JANEIRO • SÃO PAULO
2015

CIP-BRASIL. CATALOGAÇÃO NA FONTE
SINDICATO NACIONAL DOS EDITORES DE LIVROS, RJ

M43s Me, Tara Sue
3ª ed. A submissa / Tara Sue Me; tradução de Ryta Vinagre. – 3ª ed. – Rio de Janeiro: Record, 2015.

Tradução de: The Submissive
ISBN 978-85-01-40404-6

1. Ficção americana. I. Vinagre, Ryta. II. Título.

13-00901 CDD: 813
CDU: 821.111(73)-3

TÍTULO ORIGINAL EM INGLÊS:
The Submissive

Publicado mediante acordo com NAL Signet, membro da Penguin Group (EUA) Inc.

Texto revisado segundo o novo Acordo Ortográfico da Língua Portuguesa.

Editoração eletrônica: Abreu's System

Direitos exclusivos de publicação em língua portuguesa somente para o Brasil adquiridos pela
EDITORA RECORD LTDA.
Rua Argentina, 171 – Rio de Janeiro, RJ – 20921-380 – Tel.: 2585-2000,
que se reserva a propriedade literária desta tradução.

Impresso no Brasil

ISBN 978-85-01-40404-6

Para a Srta. Kathy, sou eternamente grata pela dádiva de sua amizade

e

Ao Sr. Sue Me, obrigada pelo apoio inabalável e por nunca perguntar, "Você escreveu o *quê*?"

Capítulo Um

— Srta. King — disse a recepcionista. — O Sr. West a receberá agora.

Levantei-me, questionando pela 25ª vez o que eu estava fazendo e fui para a porta aberta que levava à sala que me fizera atravessar a cidade. Do outro lado estava minha fantasia mais sombria e, ao entrar, eu a tornava realidade.

Estava orgulhosa de minhas mãos por elas não tremerem enquanto a porta se abria e eu entrava na sala dele.

Primeiro passo: feito.

Nathaniel West estava sentado a uma grande mesa de mogno, digitando num computador. Não levantou a cabeça, nem reduziu os toques no teclado. Eu podia muito bem nem ter entrado, mas baixei os olhos, por precaução.

Fiquei parada e esperei. Com o rosto virado para o chão, as mãos ao lado do corpo, os pés separados na extensão exata de meus ombros.

Lá fora o sol se punha, mas a luminária na mesa de Nathaniel emitia uma luz branda.

Passaram-se dez minutos? Vinte?

Ele ainda digitava.

Contei minha respiração. Meu coração finalmente reduziu a velocidade de foguete em que estivera disparado antes de entrar na sala.

Mais dez minutos se passaram.

Ou talvez trinta.

Ele parou de digitar.

— Abigail King — disse.

Eu me assustei um pouco, mas mantive a cabeça baixa.

Segundo passo: feito.

Eu o ouvi pegar um maço de papéis e empilhá-los. Ridículo. Pelo que eu sabia de Nathaniel West, eles já estavam numa pilha arrumada. Era outro teste.

Ele empurrou a cadeira para trás, e as rodas girando no piso de madeira eram o único som na sala silenciosa. Veio a mim com passos estudados e calmos até que eu o senti às minhas costas.

A mão afastou meu cabelo da nuca e o hálito quente fez cócegas na minha orelha.

— Você não tem referências.

Não, eu não tinha. Só uma fantasia louca. Devo contar a ele? Não. Devo ficar em silêncio. Meu coração bateu mais rápido.

— Eu teria informado — continuou ele —, que não estou interessado em treinar uma submissa. Minhas submissas sempre foram plenamente treinadas.

Louca. Eu era louca de estar ali. Mas era o que eu queria. Ser controlada por um homem.

Não. Não por qualquer homem. Controlada por *este* homem.

— Tem certeza de que é isto que você quer, Abigail? — Ele enrolou meu cabelo no punho e deu um leve puxão. — Você precisa ter certeza.

Minha garganta estava seca e eu tinha certeza absoluta de que ele ouvia meu coração bater, mas fiquei onde estava.

Ele riu e voltou à sua mesa.

— Olhe para mim, Abigail.

Eu já vira a foto dele. Todo mundo conhecia Nathaniel West, proprietário e diretor-executivo da West Industries.

As fotos não faziam justiça ao homem. Sua pele era ligeiramente bronzeada e destacava o verde-escuro dos olhos. O cabelo preto e espesso pedia por meus dedos. Para agarrá-lo e puxar sua boca à minha.

Seus dedos batiam ritmadamente na mesa. Dedos longos e fortes. Senti os joelhos enfraquecerem só de pensar no que aqueles dedos podiam fazer.

Na minha frente, Nathaniel abriu o mais fraco dos sorrisos e eu me obriguei a me lembrar de onde estava. E por quê.

Ele voltou a falar.

— Não estou interessado no motivo pelo qual você decidiu se candidatar. Se eu a escolher e você concordar com meus termos, seu passado não importa. — Ele pegou os papéis que eu reconhecia como minha inscrição e os folheou. — Sei do que você precisa.

Lembrei-me de preencher o formulário — o questionário, os exames de sangue que ele pedira, a confirmação dos anticoncepcionais que eu tomava. Da mesma forma, antes da reunião de hoje, ele havia me mandado as próprias informações para análise. Eu sabia seu tipo sanguíneo, os resultados dos exames, seus poucos limites e as coisas que gostava de fazer com e nas parceiras de jogo.

Ficamos em silêncio por vários longos minutos.

— Você não tem treinamento — disse ele. — Mas é muito boa.

Silêncio novamente enquanto ele se levantava e ia até a vidraça atrás de sua mesa. Estava completamente escuro e vi seu reflexo no vidro. Nossos olhos se encontraram e então baixei a cabeça.

— Gosto mesmo de você, Abigail King. Mas não me lembro de ter dito para virar o rosto.

Eu torcia para não ter estragado irremediavelmente tudo e levantei a cabeça.

— Sim, acho que seria adequado fazermos um teste de fim de semana. — Ele se virou da janela e afrouxou a gravata. — Se você concordar, irá à minha casa de campo nesta sexta-feira à noite, exatamente às seis da tarde. Mandarei um carro buscá-la. Jantaremos e começaremos a partir dali.

Ele colocou a gravata no sofá à sua direita e abriu o primeiro botão da camisa.

— Tenho algumas expectativas de minhas submissas. Você deve ter pelo menos oito horas de sono diariamente do domingo até quinta-feira à noite. Terá uma dieta balanceada... Mandarei por e-mail um plano de refeições. Você também deverá correr

2 quilômetros, três vezes por semana. Duas vezes por semana fará um treinamento de força e resistência em minha academia. Passará a ser sócia amanhã. Tem alguma preocupação relacionada com isso?

Outro teste. Eu não disse nada.

Ele sorriu.

— Pode falar com franqueza.

Enfim. Lambi os lábios.

— Eu não sou muito... atlética, Sr. West. Não sou muito de correr.

— Precisa aprender a não se deixar dominar por seus pontos fracos, Abigail. — Ele foi à mesa e escreveu alguma coisa. — Três vezes por semana, você também fará aulas de ioga. São ministradas na academia. Mais alguma coisa?

Meneei a cabeça.

— Muito bem. Verei você na sexta à noite. — Ele me estendeu alguns papéis. — Aqui está tudo que precisa saber.

Peguei os papéis. E esperei.

Ele sorriu novamente.

— Está dispensada.

Capítulo Dois

A porta do apartamento ao lado do meu se abriu enquanto eu passava. Minha melhor amiga, Felicia Kelly, veio para o corredor. Felicia e eu éramos amigas havia uma eternidade, fomos criadas juntas na mesma cidadezinha de Indiana. Durante todo o ensino fundamental, sentamos lado a lado, graças à distribuição dos alunos por ordem alfabética. Depois da formatura no ensino médio, fomos para a mesma faculdade em Nova York, onde logo entendemos que, se quiséssemos continuar grandes amigas, devíamos ser vizinhas, mas não morarmos juntas.

Embora eu a amasse como a irmã que nunca tive, às vezes ela podia ser mandona e autoritária. Da mesma forma, minha necessidade de ter algum tempo sossegada a deixava louca. E, ao que parecia, também meu encontro com Nathaniel.

— Abby King! — Suas mãos estavam nos quadris. — Você desligou o telefone? Foi ver aquele tal de West, não foi?

Limitei-me a sorrir para ela.

— Francamente, Abby — disse ela. — Não sei por que eu ainda me incomodo com isso.

— Pois é. Diga, por que você se incomoda mesmo? — perguntei enquanto ela me seguia para dentro. Acomodando-me no sofá, comecei a ler os papéis que Nathaniel me dera. — Aliás, eu não estarei aqui neste fim de semana.

Felicia soltou um suspiro ruidoso.

— Você foi. Eu sabia que iria. Depois que enfia uma ideia na cabeça, você simplesmente mete as caras. Nem mesmo pensa nas consequências.

Continuei lendo.

— Você se julga muito inteligente. Bom, o que acha que a biblioteca vai dizer sobre isso? O que seu pai vai pensar?

Meu pai ainda morava em Indiana e, embora não fôssemos próximos, eu tinha certeza de que ele teria uma opinião firme sobre minha visita ao escritório de Nathaniel. Uma opinião muito negativa. Apesar disso, de maneira nenhuma alguém discutiria minha vida sexual com ele.

Baixei os papéis.

— Você não vai contar nada ao meu pai. E minha vida pessoal não é da conta da biblioteca. Entendeu?

Felicia se sentou e examinou as unhas.

— Não estou entendendo nada. — Ela pegou os papéis. — O que é isso?

— Me dê. — Puxei a papelada da mão dela.

— Sinceramente. Se quer tanto ser dominada, conheço vários homens que estariam muito dispostos a lhe fazer esse favor.

— Não estou interessada nos seus ex-namorados.

— Então vai entrar na casa de um estranho e deixar que ele faça só-Deus-sabe-o-que com você?

— Não é assim.

Ela foi até meu laptop e o ligou.

— E como é, exatamente? — Felicia se recostou na cadeira enquanto a tela se acendia. — Ser a amante de um homem rico?

— Não sou amante dele. Sou uma submissa. Sinta-se em casa, a propósito. Pode usar meu laptop à vontade.

Ela digitou freneticamente no teclado.

— Muito bem. Submissa. Assim é *muito* melhor.

— É. Todo mundo sabe que é o submisso que tem todo o poder no relacionamento. — Felicia não havia feito a pesquisa que fiz.

— E Nathaniel West sabe disso? — Ela havia entrado no Google e procurava pelo nome de Nathaniel. Tudo bem. Que encontre.

De repente, o belo rosto dele encheu a tela. Fitava-nos com aqueles olhos verdes penetrantes. Um braço estava no ombro de uma linda loura ao seu lado.

Meu, disse o lado idiota de meu cérebro.

Desta sexta-feira à noite até a tarde de domingo, contra-atacou o lado mais responsável.

— Quem é ela? — perguntou Felicia.

— Minha antecessora, eu acho — murmurei, voltando à realidade. Eu era uma idiota por pensar que ele poderia querer a mim depois de ter *isso*.

— Vai ter que montar em saltos agulha bem altos, amiga.

Eu apenas concordei com a cabeça. É claro que Felicia percebeu.

— Mas que droga, Abby. Você nem mesmo usa salto alto.

Suspirei.

— Eu sei.

Felicia meneou a cabeça e clicou no link seguinte. Virei o rosto, sem precisar ver outra foto da deusa loura.

— Ah, garota — disse ela. — Ai, *esse* eu deixaria que me dominasse de vez em quando.

Levantei a cabeça e vi a foto de outro homem bonito. *Jackson Clark, quarterback do New York Giants*, dizia a legenda. Felicia prosseguiu:

— Você não me falou que ele era parente de um jogador profissional de futebol americano.

Eu não sabia. Mas de nada adiantaria dizer isso a Felicia: ela não prestava mais atenção em mim.

— Será que Jackson é casado? — resmungou minha amiga, clicando nos links para ter mais informações sobre a família dele. — Não parece. Humm, talvez a gente possa conseguir mais detalhes sobre a loura.

— Não tem nada melhor para fazer?

— Nadinha — respondeu ela. — Nada além de ficar sentada aqui, enchendo sua paciência.

— Bem, você conhece a saída — falei, entrando no quarto. Ela podia passar a noite toda cavando o que quisesse sobre Nathaniel. Eu tinha algumas coisas para ler.

Peguei os papéis que Nathaniel me dera e me enrosquei na cama, metendo as pernas por baixo do corpo. A primeira página tinha seu endereço e informações de contato. Sua casa de campo ficava a duas horas de carro da cidade e me perguntei se ele teria outra propriedade, mais perto daqui. Nathaniel também me dera o código de segurança para passar pelo portão e o número do celular, se eu precisasse de alguma coisa.

Ou para o caso de você criar juízo, intrometeu-se a parte espertinha e irritante de meu cérebro.

A segunda página tinha as informações da minha inscrição na academia e o programa de exercícios que eu teria de seguir. Engoli o mal-estar que me dava a ideia de correr. Seguiram-se mais informações sobre as aulas de força e resistência que ele queria que eu fizesse. Ao pé da página, em uma letra cursiva muito elegante, estavam o nome e o número do instrutor de ioga.

A página três me informava que eu não precisava levar bagagem nenhuma na sexta. Nathaniel providenciaria todos os produtos de toalete e as roupas de que precisasse. Interessante. Mas o que mais eu esperava? Também continha as mesmas instruções que ele me dera antes — oito horas de sono, refeições balanceadas —, nada de novo ali.

A página quatro relacionava os pratos preferidos de Nathaniel. Ainda bem que sei cozinhar. Depois leria esta página com mais atenção.

Página cinco.

Digamos apenas que a página cinco me deixou excitada, perturbada e ansiosa pela sexta-feira.

Capítulo Três

Nathaniel West tinha 34 anos. Os pais haviam morrido em um acidente de carro quando ele tinha 10. Depois disso, foi criado pela tia, Linda Clark.

Nathaniel assumiu os negócios do pai aos 29 anos. Pegou o que já era uma empresa lucrativa e aumentou seu sucesso.

Eu sabia dele fazia tempo. Sabia daquelas colunas sociais que a classe baixa lia para se informar sobre a classe alta. Os jornais o retratavam como um sujeito inflexível. Um verdadeiro cretino. Mas eu preferia pensar que conhecia um pouco mais o verdadeiro homem.

Seis anos atrás, quando eu tinha 26, minha mãe havia se metido numa situação muito ruim com uma dívida de cartão de crédito, depois de se divorciar do meu pai. Ela devia tanto que o banco ameaçou executar a hipoteca da casa. E eles teriam o direito de fazer isso. Mas Nathaniel West salvou o dia.

Ele era do conselho diretor do banco e convenceu todos a darem à minha mãe os meios de salvar a casa e se livrar da dívida. Ela morreu devido a um problema do coração dois anos depois, mas, nesses dois anos, sempre que o nome dele era mencionado nos jornais ou no noticiário, ela contava a história da ajuda que Nathaniel lhe oferecera. Eu sabia que ele não era o durão que o mundo pensava que fosse.

E quando eu soube mais sobre suas... delicadas preferências, minhas fantasias começaram. E continuaram. E continuaram até eu entender que precisava fazer alguma coisa a respeito.

Por isso me vi parando na entrada de sua casa de campo num carro com motorista às cinco e quarenta e cinco daquela sexta-feira. Sem bagagem. Sem malas. Só minha bolsa e o celular.

Um grande golden retriever estava na porta da frente. Era um cachorro bonito, de olhos intensos que me viram sair do carro e me aproximar da casa.

— Cachorro bonzinho — falei, estendendo a mão. Eu não era fã de cachorros, mas se Nathaniel tinha um, eu precisava me acostumar com ele.

O cachorro ganiu, veio a mim e pôs o focinho na minha mão.

— Cachorro bonzinho — repeti. — Quem é o menino bonzinho?

Ele soltou um latido curto e rolou para eu fazer carinho em sua barriga. Tudo bem, pensei, talvez os cães não fossem assim tão ruins.

— Apollo. — Uma voz tranquila veio da porta da frente. — Vem.

A cabeça de Apollo se levantou ao ouvir a voz do dono. Ele lambeu meu rosto e correu para ficar ao lado de Nathaniel.

— Vejo que já fez amizade com Apollo. — Hoje Nathaniel usava roupas informais: um suéter cinza-claro e calça cinza mais escura. O sujeito podia vestir um saco de papel e ainda assim ficaria ótimo. Não era justo.

— Sim — repliquei, levantando-me e espanando a poeira imaginária da calça. — Ele é um cachorro muito manso.

— Não é — corrigiu-me Nathaniel. — Normalmente não é tão gentil com estranhos. Tem muita sorte de ele não ter te mordido.

Eu não disse nada. Nathaniel se virou e entrou na casa. Nem mesmo olhou para trás para saber se eu o estava seguindo. Mas eu estava, é claro.

— Vamos jantar esta noite à mesa da cozinha — disse ele enquanto me levava pelo saguão. Tentei ver a decoração, uma mistura sutil de antigo e contemporâneo, mas era difícil tirar os olhos de Nathaniel, que andava na minha frente.

Passamos por um longo corredor e por várias portas fechadas, e durante todo esse tempo ele falava:

— Pode considerar a mesa da cozinha seu espaço livre. Você fará a maioria das refeições ali e, quando eu estiver com você, pode considerar isto um convite para falar abertamente. Na maior parte do tempo, você me servirá na sala de jantar, mas achei que devíamos começar a noite de um jeito menos formal. Está claro?

— Sim, mestre.

Ele se virou e havia ira em seus olhos.

— Não. Você ainda não conquistou o direito de me chamar assim. Até lá, me tratará por "senhor" ou "Sr. West".

— Sim, senhor — respondi. — Desculpe, senhor.

Ele voltou a andar.

As formas de tratamento eram uma área nebulosa e eu não sabia o que esperar. Pelo menos ele não parecia aborrecido demais.

Ele puxou uma cadeira da mesa finamente entalhada e esperou que eu me sentasse. Em silêncio, sentou-se na minha frente.

O jantar já estava servido e esperei que ele desse uma mordida antes de eu comer qualquer coisa. Estava uma delícia. Alguém tinha assado peito de frango e coberto com um saboroso molho de amêndoas e mel. Também havia vagem e cenoura, mas eu mal sentia seu sabor, de tão delicioso estava o frango.

Ocorreu-me, por fim, que não havia mais ninguém na casa e que o jantar estava esperando.

— Você preparou isso? — perguntei.

Ele inclinou a cabeça de leve.

— Sou um homem de *muitos* talentos, Abigail.

Remexi-me na cadeira e voltamos a comer em silêncio. Eu estava nervosa demais para dizer alguma coisa. Quase tínhamos terminado quando ele voltou a falar:

— Estou satisfeito que você não tenha achado necessário preencher o silêncio com uma tagarelice interminável. São poucas as coisas que preciso explicar. Lembre-se, nesta mesa, pode falar livremente.

Ele parou e esperou por minha resposta.

— Sim, senhor.

— Você sabe, pelo meu relatório, que sou um dom muito conservador. Não acredito em humilhação pública, não participarei de jogos extremamente dolorosos e eu não divido. Nunca. — O canto de sua boca se ergueu. — Mas, como dom, acho que posso mudar isso a qualquer momento.

— Entendo, senhor — falei, lembrando-me de sua lista e do tempo que passei preenchendo a minha. Eu esperava sinceramente que este final de semana não fosse um erro. Meu celular me tranquilizava no bolso: Felicia sabia que devia ligar para a polícia se eu não entrasse em contato com ela na próxima hora.

— Outra coisa que você deve saber — disse ele —, é que não beijo na boca.

— Como em *Uma linda mulher*? — perguntei. — É pessoal demais?

— *Uma linda mulher*?

— Você sabe, o filme.

— Não. Não vi. Eu não beijo na boca porque é desnecessário.

Desnecessário? Bom, lá se foi a fantasia de puxá-lo para mim com as mãos enterradas naquele glorioso cabelo.

Dei uma última mordida no frango enquanto pensava melhor no que ele me contou.

Na minha frente, Nathaniel continuava falando:

— Reconheço que você é uma pessoa com suas próprias esperanças, sonhos, desejos, vontades e opiniões. Precisa deixar essas coisas de lado para se submeter a mim neste fim de semana. Esta posição exige respeito, e eu respeito você. Tudo o que faço com ou por você, faço tendo você em mente. Minhas regras sobre o período de sono, alimentação e exercícios são para o seu bem. Minhas punições são para seu aperfeiçoamento. — Ele passou o dedo pela borda da taça de vinho. — E qualquer prazer que eu lhe der — o dedo desceu pela haste e voltou a subir —, bem, acho que você não tem nenhum receio com relação ao prazer.

Percebi que eu estava boquiaberta quando ele sorriu e afastou a cadeira da mesa.

— Terminou o jantar? — perguntou.

— Sim, senhor — respondi, sabendo que não conseguiria comer mais, meus pensamentos consumidos por suas observações sobre o prazer.

— Preciso levar o Apollo para passear. Meu quarto fica no segundo andar, primeira porta à esquerda. Estarei lá em 15 minutos. Você esperará por mim. — Seus olhos verdes me olharam fixamente. — Página cinco, primeiro parágrafo.

Não sei como consegui subir a escada, pois, a cada passo, parecia que eu usava sapatos de ferro. Mas eu tinha apenas 15 minutos e precisava estar pronta quando ele voltasse. No alto da escada, mandei uma mensagem de texto a Felicia dizendo que estava tudo bem e que eu ia ficar, acrescentando o código secreto já combinado para ela saber que era realmente eu.

Abri a porta do quarto de Nathaniel e arquejei. Havia velas por todo lado. No meio do quarto, uma cama de baldaquino feita de madeira maciça.

Porém, de acordo com a página cinco, primeiro parágrafo, eu não devia me preocupar com a cama. Olhei para baixo. Mas sim com o travesseiro no chão.

Ao lado do travesseiro, havia uma camisola simples. Minhas mãos tremiam enquanto eu me trocava. A camisola mal roçava a parte superior de minhas coxas e o tecido leve mostrava cada parte de meu corpo. Dobrei as roupas e as coloquei numa pilha arrumada ao lado da porta. Enquanto isso, eu entoava comigo mesma:

Era isso o que você queria.
Era isso o que você queria.

Depois de repetir mais de vinte vezes, finalmente me acalmei. Fui para o travesseiro, ajoelhei-me nele e sentei com o traseiro pousando nos calcanhares. Fitei o chão e esperei.

Nathaniel entrou minutos depois. Arrisquei dar uma espiada e vi que ele tinha tirado o suéter. Seu peito nu era musculoso: tinha a aparência de quem malhava frequentemente. A calça ainda estava com o cinto fechado.

— Muito bem, Abigail — disse ele ao fechar a porta do quarto. — Pode se levantar.

Levantei-me de cabeça baixa enquanto ele andava à minha volta. Talvez à luz de velas ele não conseguisse ver como eu tremia.

— Tire a camisola e a coloque no chão.

Movimentando-me com a maior graça que podia, tirei-a pela cabeça e a vi flutuar ao chão.

— Olhe para mim — ordenou.

Nathaniel esperou até que meu olhar encontrasse o dele e lentamente tirou o cinto. Segurou-o em uma das mãos e andou em volta de mim novamente.

— O que você acha, Abigail? Devo castigá-la por sua observação do "mestre"? — Ele estalou o cinto e a ponta do couro me atingiu. Dei um salto.

— O que desejar, senhor — consegui dizer, sufocada, surpresa com a excitação que sentia.

— O que eu desejar? — Ele continuou andando até se colocar na minha frente. Abriu a calça e a puxou para baixo. — De joelhos.

Ajoelhei-me e tive o primeiro vislumbre de Nathaniel nu. Ele era magnífico. Longo, grosso e duro. Muito longo. Muito grosso. Muito duro. A realidade era muito melhor do que a fantasia.

— Sirva-me com a boca.

Inclinei-me para a frente e peguei a ponta dele em meus lábios. Devagar, avancei para pegar o resto. Ele parecia ainda maior na minha boca e não pude deixar de pensar em como seria tê-lo dentro de meu corpo por outras vias.

— Ele todo — ordenou ele quando atingiu o fundo de minha garganta.

Ergui as mãos para sentir o quanto mais eu teria de ir.

— Se não pode pegá-lo na boca, não pode tê-lo em outro lugar. — Ele empurrou para a frente e relaxei a garganta para tomá-lo pelo resto do caminho. — Isso. Assim.

Eu julguei mal seu tamanho. Obriguei-me a respirar pelo nariz. Não seria bom perder a consciência com ele em mim.

— Gosto de brutalidade e não vou facilitar para você só porque é nova. — Ele fechou as mãos em meu cabelo. — Segure com força.

Tive tempo suficiente para passar os braços por suas coxas antes de ele se afastar e meter de novo na minha boca. Ele entrou e saiu várias vezes.

— Use os dentes — disse.

Puxei os lábios para trás e raspei seu pênis enquanto ele entrava e saía. Depois de me acostumar com seu tamanho, chupei um pouco e passei a língua em volta.

— Isso — gemeu enquanto arremetia com mais força.

Eu fiz isso, pensei. Eu o deixei duro e gemendo. Foi na *minha* boca. Eu.

Nathaniel começou a se contorcer dentro da minha boca.

— Engula tudo — falou, bombeando para dentro e para fora. — Engula tudo o que eu te der.

Quase engasguei quando ele gozou, mas fechei os olhos para me concentrar. Jatos salgados desceram por minha garganta, mas consegui engolir.

Ele puxou para fora, ofegante.

— Isso, Abigail — disse, respirando pesado —, é isso que eu quero.

Ajoelhei-me de novo enquanto ele vestia a calça.

— Seu quarto fica a duas portas daqui, à esquerda — disse ele, mais uma vez calmo. — Só dormirá na minha cama se for convidada. Está dispensada.

Vesti a camisola e peguei as roupas que tinha despido.

— Tomarei o café da manhã na sala de jantar às sete em ponto — disse Nathaniel enquanto eu saía do quarto. Apollo passou por mim pela porta aberta e se enroscou ao pé da cama de Nathaniel.

Trinta minutos depois, bem acordada e enterrada sob as cobertas, repassei a cena mentalmente diversas vezes. Pensei em Nathaniel: sua indiferença, o jeito calmo com que dava ordens, seu controle absoluto. Nosso encontro não só atendeu às minhas expectativas, como, na realidade, as superou.

Eu estava ansiosa pelo resto do fim de semana.

Capítulo Quatro

Dormi mais do que devia na manhã seguinte, acordando assustada e xingando em voz baixa quando vi a hora. Seis e quinze. Não teria tempo para tomar um banho e colocar o café na mesa às sete horas. Corri ao banheiro da suíte e escovei os dentes. Mal me olhando no espelho, passei uma escova no cabelo e fiz um rabo de cavalo torto.

Peguei uma calça jeans e uma camisa de manga comprida no armário, surpresa por caberem em mim, até que me lembrei dos papéis que preenchi, que perguntavam meu número. Meu olhar caiu na cama desfeita enquanto eu saía pela porta. Passou brevemente por minha cabeça deixar daquele jeito, mas concluí então que Nathaniel devia ser maníaco por arrumação. Eu não queria que ficasse irritado comigo no meu primeiro fim de semana.

Seu primeiro fim de semana?, perguntou meu lado sensato. *Acha que terá mais?*

Decidi ignorá-lo.

A cama de solteiro não era suficiente para duas pessoas e eu bufei de decepção enquanto a fazia. Aparentemente, Nathaniel não se juntaria a mim no meu quarto. E, pelo que parecia, as noites no quarto dele seriam poucas e espaçadas.

Passei pela academia indoor a caminho da cozinha e ouvi Nathaniel na esteira. Olhei o relógio e me encolhi. Seis e trinta e cinco. Não teria tempo para preparar meu café da manhã especial de rabanadas, cobertas com banana Foster. Talvez outro dia.

Nathaniel entrou na sala de jantar segundos depois de eu colocar na mesa seus ovos mexidos, torradas e frutas cortadas. Seu cabelo estava recém-lavado e ele tinha um cheiro almiscarado de vida ao ar livre. Delicioso. Meu coração disparou só de pensar em sentir seu gosto.

Fiquei de pé ao lado de Nathaniel enquanto ele comia. Nem uma vez olhou na minha direção, mas soltou um pequeno suspiro de satisfação depois de dar a primeira mordida.

Quando terminou de comer, ele olhou para mim.

— Sirva-se de um prato e coma na cozinha. Vá ao meu quarto daqui a uma hora. Página cinco, segundo parágrafo.

E com essa, ele saiu da sala de jantar.

Por que se incomodou em me dizer para comer antes de ordenar que eu fosse ao seu quarto? Como se eu pudesse comer alguma coisa, pensando nas palavras dele. Mas preparei um ovo mexido, cortei mais frutas e comi à mesa da cozinha, como o ordenado.

O sol entrava pela janela da cozinha e vi Nathaniel lá fora, caminhando com Apollo. O cachorro corria por um jardim grande, assustando os passarinhos do gramado. Nathaniel estava ao telefone, mas quando Apollo foi até ele, abaixou a mão e a passou em seu pelo.

Suspirei e olhei a cozinha. Perguntei-me se a loura um dia comera naquela mesa e se ela era boa cozinheira.

Apesar disso, ela havia ido embora. Era eu quem estava na casa dele, pelo menos nesse fim de semana.

Lavei a louça do café da manhã e subi a escada.

A página cinco, segundo parágrafo era o que eu chamava de posição ginecológica. Deitada no meio da cama grande de Nathaniel, sem um fiapo de roupa, eu me senti exatamente como no consultório médico. Na verdade, senti falta daquela roupa de papel fino que dão a você.

Fechei os olhos e me concentrei na respiração, dizendo a mim mesma que eu estava preparada para qualquer coisa que Nathaniel tivesse planejado. Talvez ele finalmente tocasse em mim.

— Fique de olhos fechados.

Tomei um susto. Não o ouvira entrar no quarto.

— Gosto quando você fica arreganhada desse jeito — disse ele. — Use suas mãos e finja que são minhas. Toque em si mesma.

Ele estava me deixando louca. Tentara imaginar como seria o fim de semana e até agora não era nada do que eu pensava. Ele não havia me tocado uma única vez. Era tão injusto.

— Agora, Abigail.

Levei as mãos aos meus seios e, em minha mente, elas se tornaram as mãos dele. Fácil. Já havia feito isso centenas de vezes.

O hálito quente de Nathaniel roçava minha orelha enquanto suas mãos me acariciavam. Seu toque começava suave e gentil, mas rapidamente embrutecia enquanto nossas respirações ficavam entrecortadas.

Ele estava com tesão e era de mim que precisava.

Estava faminto e eu era a única coisa que ele podia consumir.

Com uma lentidão aflitiva, ele circulava a ponta de um mamilo, depois o outro. Mordi o interior de minha bochecha, levada pelas sensações que ele criava. Ele beliscou, puxou com força e mais forte ainda quando arquejei.

Agora eu é que estava carente. Precisava dele. Eu o desejava. Ansiava por ele. Desci a mão pela barriga... Doendo-me, desesperada para ser preenchida. Queria que ele me preenchesse.

Separou meus joelhos e fiquei esparramada diante dele, oferecendo-me. Ele enfim me tomaria. Me tomaria e acabaria com isso. Iria me preencher como nunca fui preenchida na vida.

— Você me decepciona, Abigail.

O Nathaniel dos sonhos desapareceu. Minhas pálpebras vacilaram.

— Mantenha os olhos fechados.

Ele estava a centímetros de meu rosto e eu sentia o cheiro de sua masculinidade. Meu coração batia freneticamente enquanto eu esperava que continuasse.

— Você me colocou na sua boca ontem à noite e agora usa um só dedo para representar meu pau?

Deslizei outro dedo para dentro. Sim. Melhor.

— Mais um.

Acrescentei um terceiro e comecei a mexê-lo para dentro e para fora.

— Mais forte — sussurrou ele. — Eu te comeria mais forte.

Eu não duraria muito tempo, não com esse tipo de vocabulário. Empurrei mais fundo, imaginando-o me rasgando. Minhas pernas enrijeceram e um gemido baixo escapou de meus lábios.

— Agora — disse Nathaniel e eu explodi.

Fez-se completo silêncio por vários minutos enquanto minha respiração voltava ao normal. Abri os olhos e o vi de pé ao lado da cama, com a testa brilhando de suor. Sua ereção pressionava a frente da calça.

— Foi um orgasmo fácil, Abigail — disse ele, fitando-me com aqueles provocantes olhos verdes. — Não espere que isso aconteça com frequência.

Mas a vantagem, pensei, é que pelo menos me parecia que *haveria* mais.

— Tenho um compromisso já marcado para esta tarde e não estarei aqui para almoçar. Têm alguns bifes na geladeira, com que você me servirá às seis horas na sala de jantar. — Seus olhos percorreram meu corpo e me obriguei a ficar parada. — Você precisa de um banho, já que não teve tempo esta manhã.

Droga, ele não deixava passar nada.

— E — continuou ele —, tem uns DVDs de ioga na academia. Faça uso deles. Pode sair.

Só voltei a vê-lo às seis horas daquela noite. Se aquele jantar no qual eu teria que servir bifes fosse algum tipo de teste no qual Nathaniel quisesse me ver fracassar, ficaria tristemente decepcionado. Eu era conhecida por fazer um bife capaz de deixar um homem adulto de joelhos.

Tudo bem, mentira. Eu sabia que não tinha esperança de colocar Nathaniel West de joelhos, mas ainda podia preparar um bife de arrasar.

É claro que ele não elogiou minha comida. Mas me convidou para comer com ele, então me sentei em silêncio ao seu lado.

Peguei uma garfada da carne e coloquei na boca. Queria perguntar onde ele estivera a tarde toda. Se ele ficava em Nova York durante a semana. Mas estávamos à mesa de jantar e eu não podia fazer isso.

Depois que terminamos, ele me disse para acompanhá-lo. Andamos pela casa, passando de seu quarto a outro antes do meu. Ele abriu a porta, deu um passo de lado e gesticulou para que eu entrasse primeiro.

O quarto estava às escuras. Uma pequena e solitária lâmpada fornecia a única luz. Duas correntes grossas com algemas estavam penduradas no teto. Girei o corpo e o olhei, boquiaberta.

Ele não demonstrou surpresa.

— Você confia em mim, Abigail?

— Eu... Eu...

Ele andou à minha volta e abriu uma algema.

— O que você achava que nosso acordo exigiria? Pensei que tivesse consciência de onde estava se metendo.

Sim, eu sabia. Mas pensei que as correntes e algemas viessem mais tarde. Muito, muito mais tarde.

— Se quisermos progredir, você precisa confiar em mim. — Ele abriu a outra algema. — Venha cá.

Hesitei.

— Ou — disse ele —, pode ir embora e não voltar mais.

Andei até ele.

— Muito bem. Tire a roupa.

Foi pior do que na noite anterior. Pelo menos então eu tinha alguma ideia do que Nathaniel queria. Mesmo mais cedo, na cama dele, não havia sido horrível demais. Mas isto, isto era loucura.

A parte louca de mim se deleitava.

Quando estava completamente nua, ele pegou meus braços, esticou no alto de minha cabeça e os acorrentou. Afastou-se um passo e tirou a camisa. Mexendo numa gaveta de uma mesa próxima, pegou um cachecol e voltou.

Ele ergueu o tecido preto.

— Seus outros sentidos serão intensificados quando eu a vendar.

Depois amarrou o cachecol, cobrindo meus olhos, e o quarto ficou escuro. Ouvi passos e, em seguida, nada. Nenhuma luz. Nenhum som. Nada. Só a batida acelerada de meu coração e minha respiração trêmula.

Leve como o ar, algo empurrou meu cabelo de lado e eu dei um salto.

— O que está sentindo, Abigail? — sussurrou ele. — Seja sincera.

— Medo — respondi em meu próprio sussurro. — Eu sinto medo.

— É compreensível, mas inteiramente desnecessário. Eu nunca a machucaria.

Alguma coisa delicada circulou meu seio. A excitação pulsou entre minhas pernas.

— O que sente agora? — perguntou ele.

— Expectativa.

Ele riu e o som reverberou por minha coluna. Senti que ele traçava outro círculo: implicante, provocante, mal tocando em mim.

— E se eu te disser que isto é um chicote de equitação, o que você sentiria?

Um chicote? Perdi o fôlego.

— Medo.

O chicote riscou o ar e caiu rispidamente em meu peito. Arquejei ao senti-lo. Doeu por pouco tempo, mas não muito.

— Está vendo? — perguntou ele. — Não há o que temer. Eu não te machucaria. — O chicote bateu nos meus joelhos. — Abra as pernas.

Agora me sentia ainda mais exposta. A velocidade que meu coração batia dobrou, mas algo dentro de mim se iluminava de excitação.

Ele passou o chicote de meus joelhos ao ápice entre minhas pernas. Bem onde eu mais precisava.

— Se eu te chicotear aqui... O que acha disso?

— Eu... não sei — confessei.

O chicote bateu rapidamente três vezes, bem no meu clitóris. Doeu, mas a dor foi substituída quase imediatamente pela necessidade de mais.

— E agora? — perguntou Nathaniel, o chicote zunindo suavemente, como uma borboleta entre minhas pernas.

— Mais — implorei. — Eu preciso de mais.

O chicote circulou delicadamente algumas vezes antes de bater em meu centro ansioso. Golpeou repetidas vezes, sempre provocando uma dor temperada de um prazer doce. Eu gritava enquanto ele batia novamente.

— Você fica ótima acorrentada na minha frente, tentando sair de minhas correntes, na minha casa, gritando por meu chicote. — O chicote mais uma vez fez cócegas em meu peito. — Seu corpo está implorando por um alívio, não está?

— Sim — admiti, surpresa com o quanto eu precisava gozar. Puxei as correntes, querendo tocar em mim mesma, para me dar o prazer, caso ele não desse.

— E você o terá. — O chicote bateu mais uma vez em meu cerne. — Mas não esta noite.

Gemi quando o ouvi se afastando. Em algum lugar no quarto, uma gaveta se abriu. Puxei as correntes de novo. O que ele queria dizer com "não esta noite"?

— Agora vou desacorrentá-la — explicou Nathaniel. — Você irá direto para a cama. Vai dormir nua e não vai se tocar em lugar nenhum. Haverá severas consequências se desobedecer.

Ele abriu as correntes uma de cada vez, passando delicadamente uma loção de cheiro adocicado em cada pulso. Depois retirou a venda.

— Entendeu?

Olhei em seus olhos verde-escuros e percebi que ele falava sério.

— Sim, senhor.

Aquela seria uma longa noite.

Capítulo Cinco

O cheiro de bacon me acordou na manhã seguinte.

Pulei da cama e corri a meu relógio. Eram seis e meia. Por que Nathaniel estava cozinhando? Ele não falara nada sobre a hora de me encontrar para o café da manhã. Não teria problemas por ignorar que ele queria tomar o café cedo, não é?

Passei por outro ritual matinal apressado de fazer a cama, escovar os dentes e me vestir. Eu não sabia a que horas iria para casa. Talvez mais tarde eu tivesse tempo para uma ducha.

Desci a escada exatamente às sete. Nathaniel estava sentado à mesa da cozinha e dois pratos estavam servidos.

— Bom dia, Abigail — disse ele. Havia uma empolgação em sua voz e nos olhos que eu não vira antes. — Dormiu bem?

Eu havia dormido muito mal. Já era bem ruim ter ido para a cama completamente excitada e sedenta, mas dormir nua não ajudara em nada. As lembranças do que ele tinha me feito na noite anterior inundavam minha mente.

— Não. — Sentei-me. — Não mesmo.

— Vá em frente e coma.

Ele tinha feito comida suficiente para um exército: bacon, ovos e muffin de mirtilo fresco. Ergui uma sobrancelha e ele sorriu.

— Você dorme? — perguntei.

— De vez em quando.

Assenti como se isso fizesse perfeito sentido e me atirei à comida. Não tinha percebido a fome que sentia. Terminei três fatias de bacon e metade dos ovos antes que ele falasse novamente:

— Tive um ótimo fim de semana, Abigail.

Tentei não pensar demais no fato de ele chamar de *ótimo fim de semana* os últimos dois dias. Devia ser algum tipo de piada maluca de dom.

— Gostaria de continuar nossa relação — falou.

Engasguei com um pedaço do muffin.

— Gostaria?

— Estou muito satisfeito com você. Tem um comportamento interessante e disposição para aprender.

Fiquei surpresa por ele poder dizer alguma coisa do pouco tempo que passamos juntos, mas respondi:

— Obrigada, senhor.

— Você tem uma decisão importante a tomar hoje. Podemos discutir os detalhes depois do café e de seu banho. Tenho certeza de que tem algumas perguntas para mim.

Podia ser a única oportunidade que eu teria e a aproveitei.

— Posso fazer uma pergunta, senhor?

— Claro que sim. Esta é a sua mesa.

Respirei fundo.

— Como soube que não tomei banho ontem de manhã ou esta manhã? O senhor mora aqui a semana toda, ou tem uma casa em Nova York? Como...?

— Uma pergunta de cada vez, Abigail. — Ele ergueu a mão. — Sou um homem extraordinariamente observador. Seu cabelo não parecia ter sido lavado ontem. Imaginei que não tomou banho esta manhã porque correu para cá como se estivesse sendo perseguida por um demônio. Eu passo os fins de semana aqui e tenho uma casa em Nova York.

— O senhor não perguntou se segui suas instruções ontem à noite.

— Você seguiu?

— Sim.

Ele tomou outro gole do café.

— Acredito em você.

— Por quê?

— Porque você não consegue mentir. Seu rosto é um livro aberto. — Ele dobrou o guardanapo e o colocou ao lado do prato. — Nunca jogue pôquer, você perderia.

Eu queria ficar com raiva, mas não consegui. Havia tentado jogar pôquer uma vez com Felicia e perdi feio.

— Posso fazer outra pergunta?

— Ainda estou à mesa.

Eu sorri. Sim, ele estava. Todos aqueles músculos rijos, aquele corpo lindo, aquele sorriso presunçoso: ainda estava tudo à mesa. Comigo.

— Fale de sua família.

Ele ergueu uma sobrancelha, como se não acreditasse que era isso que eu queria saber.

— Fui adotado por minha tia Linda quando eu tinha 10 anos. Ela é chefe de departamento no hospital de Lenox. Meu tio morreu alguns anos atrás. O único filho deles, Jackson, joga no New York Giants.

— Vi a foto dele nos jornais. Minha melhor amiga, Felicia, perguntou se eu sabia se ele era solteiro.

Seus olhos se estreitaram e os lábios se fecharam numa linha fina.

— O quanto de mim você contou à sua amiga? — perguntou Nathaniel. — Acredito que os papéis da Godwin foram muito claros com relação a minha exigência de confidencialidade.

— Não se trata disso. Felicia é minha ligação de segurança. Tenho de contar a ela. Mas ela entende: não contaria nada a ninguém. Confia em mim. Eu a conheço desde o ensino fundamental.

— Sua ligação de segurança? E esse é o estilo de vida dela também?

Meneei a cabeça.

— É bem o contrário, na verdade, mas ela sabe que eu viria para cá este fim de semana, então concordou em fazer isso para mim.

Minha resposta pareceu satisfazê-lo. Nathaniel assentiu levemente.

— Jackson não sabe de meu estilo de vida e, sim, ele é solteiro. — O canto de sua boca se elevou. — Tenho uma tendência a ser meio superprotetor. Ele já tem de lidar com sua parcela de interesseiras.

— Felicia não é uma interesseira. É claro que não faz mal que ele seja um atleta profissional bonito. Mas ela tem o maior coração que conheço e sua lealdade é incontestável.

Ele não pareceu se convencer.

— O que ela faz?

— É professora de jardim de infância. Mignon, ruiva e linda.

— Por que não me dá o telefone dela? Vou passar a Jackson e ele pode decidir se quer ligar para ela.

Sorri. Felicia ia ficar me devendo para toda a vida.

Sua expressão ficou séria.

— Voltando ao que eu estava dizendo, quero que use minha coleira, Abigail. Por favor, pense nisso enquanto estiver no banho. Encontre-me em meu quarto daqui a uma hora e vamos discutir melhor este assunto.

Sua coleira? Já? Eu não estava esperando usar coleira tão cedo. Por que sempre que conversava com Nathaniel eu ficava mais confusa e perturbada no final da conversa do que antes?

Do chão, Apollo levantou a cabeça para mim e ganiu.

Uma hora depois, Nathaniel esperava por mim em seu quarto, segurando uma caixa. Um banco acolchoado estava no meio do cômodo, no chão. Ele gesticulou para lá.

— Sente-se.

Quando saí do banheiro mais cedo, encontrei um roupão de cetim prata com calcinha e sutiã da mesma cor esperando por mim na cama. Achei muito arbitrário da parte de Nathaniel arrumar minhas roupas, mas eu *tinha* concordado com seus termos.

Por isso, vesti o roupão e me sentei com a maior elegância possível no banco macio. Nathaniel estava de jeans desbotado e mais nada. Nem mesmo meias. Até os pés dele eram perfeitos.

Ele se virou e colocou a caixa na cômoda, ao lado de sua cama. Quando se virou para mim, segurava uma gargantilha feita de duas correntes de platina torcidas. A luz do sol bateu nas facetas dos numerosos diamantes incrustados no metal.

— Se decidir usar isto, estará marcada como minha. Minha para fazer o que eu quiser. Obedecerá a mim e jamais questionará o que eu ordenar. Seus fins de semana são meus para que eu ocupe como desejar. Seu corpo é meu para que use como quiser. Nunca serei cruel nem causarei danos permanentes, mas não sou um mestre fácil, Abigail. Vou lhe fazer coisas que nunca pensou serem possíveis, mas também posso lhe dar um prazer que jamais imaginou.

De minha pele, brotou o suor frio. Ele se aproximou um passo.

— Você entendeu?

Assenti.

— Entendi, senhor.

— Vai usar isto?

Novamente, concordei com a cabeça.

Ele passou ao meu lado, as mãos roçando meu pescoço enquanto fechava a coleira. Foi a primeira vez que ele me tocou em todo o fim de semana e estremeci com o contato.

— Parece uma rainha — comentou ele, movendo as mãos por meus ombros e tirando o roupão. — E agora você é minha. — Suas mãos passaram por dentro do sutiã e roçaram gentilmente meus seios. — Eles são meus. — As mãos correram pelo lado do meu corpo. — Meu. — Ele plantou um beijo no meu pescoço, depois me mordeu delicadamente.

Os lábios dele. As mãos dele. O toque. Joguei a cabeça para trás e suspirei da maravilha que eram.

— Meu. — Suas mãos continuaram a descer. Ele chegou ao cós da minha calcinha e a puxou para o lado. — E isto? — Nathaniel deslizou o dedo para dentro de mim. — Todo meu.

Ele metia e retirava o dedo e descobri que estava certa sobre seus dedos: eles podiam fazer coisas maravilhosas. Nathaniel esfregou com força e fundo, mas justo quando eu estava prestes a gozar, ele os retirou.

— Até seus orgasmos são meus.

Gemi de frustração. Porcaria, ele nunca me deixava chegar ao clímax?

— Logo — sussurrou ele. — Muito em breve. Eu prometo.

Em breve, em algum momento da próxima hora? A gargantilha pesava em meu pescoço. Ergui a mão para tocá-la.

— Fica muito bem em você. — Ele pegou um travesseiro na cama atrás dele e o colocou no chão. — Sua palavra de segurança é *terebintina*. Diga-a e tudo termina imediatamente. Você tira a coleira, vai embora e nunca mais volta. Caso contrário, virá para cá toda sexta-feira. Às vezes chegará às seis horas e jantaremos na cozinha. Em outras, chegará às oito e irá direto para meu quarto. Minhas ordens para o sono, a comida e os exercícios permanecem. Entendeu?

Assenti.

— Que bom. Costumo ser convidado para eventos sociais. Você irá comigo. Tenho um compromisso desses na noite do sábado que vem... Uma festa beneficente para uma organização de caridade de minha tia. Se não tiver um vestido de gala, providenciarei para você. Está tudo claro? Se tiver alguma pergunta, faça.

Meu cérebro estava nebuloso. Não conseguia raciocinar direito.

— Não tenho perguntas.

Ele se curvou para a frente e sussurrou no meu ouvido:

— *Não tenho perguntas...*

Ele queria algo, queria que eu completasse com mais alguma coisa. O que era?

— Diga, Abigail. Você conquistou o direito.

A luz se acendeu.

— Não tenho perguntas, mestre.

— Sim. Muito bem. — Ele se afastou, a excitação brilhando em seus olhos mais uma vez. Colocou-se atrás do travesseiro e abriu a calça. — Agora venha me mostrar como está feliz por usar minha coleira.

Capítulo Seis

Felicia ergueu uma sobrancelha quando voltei para casa no domingo, mas não disse nada. Acho que, como cheguei em casa inteira, ela não faria comentários. Havia me dito uma vez que eu era idiota e, para ela, fora alerta suficiente. E Felicia tinha outras coisas para ocupar seu tempo: Jackson Clark lhe telefonou à noite para convidá-la à festa beneficente de gala. Ela aceitou e eles conversavam todo dia desde então.

Naquela mesma noite de domingo, enquanto Felicia conversava com Jackson, eu estive ocupada. Sentei ao computador e entrei em meu histórico de navegação. Precisava ver a foto *dela* novamente. Tinha de saber se ela estava com minha coleira. Tamborilei os dedos na mesa enquanto esperava. *A minha coleira*. Poderia ser realmente minha, se outras incontáveis mulheres a haviam usado? A página carregou. Lá estava Nathaniel, mas meus olhos não foram atraídos a ele, só à sua acompanhante.

Soltei um suspiro de alívio quando vi que ela não estava com a gargantilha de diamantes. Em vez disso, usava um colar de pérolas. Tombei a cabeça de lado. Será que Nathaniel lhe dera uma coleira de pérolas? Frustrada, desliguei o computador.

De segunda a sexta-feira, fui trabalhar como sempre em uma das bibliotecas públicas de Nova York, cercada de livros e de pessoas que os adoravam. Os livros costumam me acalmar. "Costumam" é a palavra-chave. Por dois dias na semana, eu dava aulas particulares de inglês e literatura a adolescentes. Gostava de ajudá-los, ver a luz em seus olhos enquanto trabalhavam em um problema mais complicado ou descobriam uma nova habilidade.

Na quarta-feira, porém, um de meus alunos me pegou passando o dedo por minha coleira. Bastou um simples "bonito colar, Srta. King" para me deixar toda agitada. Nathaniel me proibira de tirá-la. Tentei não pensar no que os pais do garoto diriam se soubessem o que fiz no último fim de semana. O que pretendia fazer neste fim de semana.

Não é da conta de ninguém. Meu tempo é só meu, pensei, assentindo, depois me ocorreu: meu tempo nos fins de semana não era mais meu. Era de Nathaniel.

A semana foi longa até a sexta-feira. Tecnicamente, não se passou nem uma semana desde que o vi, apenas cinco dias. Mas pareceram dez.

Nathaniel esperava por mim quando parei em sua casa de campo naquela noite às seis em ponto. Tinha servido pratos de capelinni com molho de mexilhões.

— Como foi sua semana? — perguntou ele quando engoli a primeira garfada.

— Longa. — Não precisava mentir sobre isso. — Como foi a sua?

Ele deu de ombros. É claro que ele não admitiria que ansiava pelo fim de semana. Mas, mesmo que dissesse, de maneira nenhuma teria tantas palpitações no estômago como eu.

O que vamos fazer esta noite? Ele vai me tocar? Lembrei-me de como suas mãos tinham percorrido meu corpo no domingo e estremeci.

— Apollo matou um esquilo.

Assenti. Era loucura, nós dois sentados e jantando como se fôssemos um casal normal. Como se fosse uma noite normal de sexta-feira. Como se ele não tivesse me acorrentado nua há menos de uma semana e me açoitado com o chicote. Como se eu não tivesse *gostado* daquilo. Remexi-me na cadeira.

— A mulher do meu amigo Todd, Elaina, trouxe um vestido mais cedo. Eles estão ansiosos para conhecê-la.

Minha cabeça se virou de repente.

— Seus amigos? Todo mundo sabe sobre nós?

Ele torceu uma porção de macarrão no garfo e levou à boca. Aquela boca. Aqueles lábios. Olhei enquanto ele mastigava e engolia tranquilamente. Ai. Estava ficando quente na cozinha. Rapidamente, comi uma garfada.

— Eles sabem que você é minha acompanhante. Não sabem de nosso acordo.

Acordo. Sim, era uma maneira elegante de colocar a questão. Concentrei-me em cortar minha massa. Na minha frente, Nathaniel passava o dedo na borda da taça de vinho. Ele me provocava. Brincando comigo como as cordas de um violino. E fazendo um trabalho primoroso.

— Então, pretende me tocar neste fim de semana ou não? — Soltei.

Seu dedo parou e seus olhos se estreitaram.

— Faça perguntas de uma maneira mais respeitosa, Abigail. Só porque esta é a sua mesa não significa que pode falar comigo como bem entender.

Senti o rubor em meu rosto.

Ele esperou.

Baixei a cabeça.

— O senhor tocará em mim neste fim de semana, mestre?

— Olhe para mim.

Olhei. Seus olhos verdes estavam em brasa.

— Pretendo fazer mais do que tocar em você — respondeu ele lentamente. — Pretendo te foder. Com força e repetidamente.

Suas palavras provocaram um choque elétrico de minha cabeça ao ponto ansioso entre minhas pernas. Havia um motivo para ele ser o mestre: Nathaniel podia fazer mais com algumas simples palavras do que a maioria dos homens com o corpo todo.

Ele se levantou da mesa.

— Podemos começar? Quero você nua na minha cama em 15 minutos.

Capítulo Sete

Eu apenas começava a perceber como Nathaniel funcionava. Como podia me excitar só com um olhar. Fazer-me desejar seu toque com uma simples palavra ou frase.

Como agora, enquanto eu esperava em sua cama. Deixava-me louca e ele nem mesmo estava *no quarto*. O jantar foi uma prolongada sessão de preliminares. Vendo-o comer a massa, seus dedos se mexendo na taça de vinho. Eu estava tensa, pronta e quase implorando por ele.

Ele nem mesmo tocou em mim.

Entrou no quarto a passos lentos e decididos. A luz das velas iluminava seu peito nu e fazia seus olhos parecerem mais escuros. Em silêncio, foi ao pé da cama e ergueu uma algema.

Minha parte racional cochichou que eu devia ter medo. Devia gritar "terebintina" a plenos pulmões. Devia sair da casa e fugir do homem que tinha controle demais sobre meu corpo e sobre mim.

Em vez disso, olhei, numa excitação contida, enquanto ele me algemava esparramada na cama.

Falou comigo naquela voz suave e sedutora:

— Eu não ia fazer isso esta noite, mas estou vendo que você ainda não entendeu completamente. Você é minha e vai agir e se comportar como eu desejar. Da próxima vez que falar comigo de forma desrespeitosa, vou castigá-la. Concorde com a cabeça se você entendeu.

Concordei e tentei não demonstrar o quanto a ideia me excitava.

— Minha última submissa podia me fazer gozar três vezes por noite — disse ele, e me perguntei brevemente se estava se referindo à loura. — Eu quero que você tente quatro.

Quatro? Mas seria possível?

Do bolso, ele pegou um cachecol preto.

— E quero que fique totalmente a minha mercê.

Respirei fundo. Podia fazer isso. Eu queria. Olhei em seus olhos verde-escuros, ele colocou o cachecol no lugar e não consegui enxergar mais nada.

Ouvi o som metálico e lento de um zíper. Eu sabia que ele tirava a calça. Estava tão nu como eu. Meu coração disparou.

Duas mãos grandes começaram em meus ombros e desceram delicadamente pela lateral do meu corpo. Ele passou rapidamente por meus seios sem tocá-los e contornou o umbigo. Um dedo mergulhou mais para baixo e roçou minha abertura. Gemi.

— Quanto tempo faz, Abigail? — perguntou Nathaniel. — Responda.

Quanto tempo fazia que eu não transava?

— Três anos.

Eu esperava que ele não me perguntasse mais sobre o porquê. Nós dois finalmente estávamos nus em sua cama. Não queria pensar em como meus namorados do passado não haviam conseguido me satisfazer.

Seu dedo mergulhou novamente. Senti a cama se mexer enquanto ele se aproximava mais de mim.

— Você ainda não está pronta. Precisa estar pronta, ou eu não conseguirei trepar com você com a força que quero.

Senti que ele se afastava e então sua boca estava em meu pescoço, descendo lentamente os beijos até chegar a meu seio. Rodou a língua por um mamilo, soprando delicadamente. Depois sua boca se fechou nele e o chupou, rolando a língua em volta do bico do seio. Ofeguei quando me raspou com os dentes.

Ele passou ao outro lado, começando gentilmente, mas aos poucos aumentando a intensidade até se tornar demais. Ergui o peito para ele sem pudor. Se continuasse, eu gozaria apenas com sua boca. Nathaniel continuou a investida contra meus mamilos enquanto baixava a mão. Rudemente, seus dedos me apertavam, descendo por meu corpo até onde as pernas estavam abertas, aguardando-o. Seus dedos esfregaram asperamente e eu me impeli para ele, precisando do atrito, precisando de alguma coisa.

Seus dedos e a boca me deixaram e gemi quando o ar frio correu por meu corpo. A cama se mexeu novamente e senti que ele montava em mim. Seu pênis, duro e grosso, tocou o vale entre meus seios.

Ele se impeliu contra mim.

— Acha que está pronta, Abigail? Porque estou cansado de esperar. Você está pronta? — Ele arremeteu de novo. — Responda!

— Sim, mestre. Por favor. Sim.

Ele ergueu os quadris e senti a ponta dele em minha boca.

— Beije meu pau. Beije-o antes de ele foder você.

Apertei os lábios fechados nele e era só o que eu pretendia fazer. De verdade. Mas senti uma gota de líquido na ponta e não pude evitar: estiquei a língua e lambi.

Nathaniel puxou rispidamente o ar entre os dentes e bateu de leve em meu rosto.

— Não te mandei fazer isso.

Parte de mim se rejubilou por eu ter aberto uma leve rachadura em seu comportamento cuidadosamente controlado, mas então ele desceu por meu corpo e ergueu meus quadris com uma das mãos e não me importei com mais nada, apenas com o que ele estava prestes a fazer. Cada terminação nervosa que eu tinha formigava.

Lentamente, ele o pressionou em mim e eu gemi.

Isso!

Ele empurrava mais e eu era esticada e preenchida. Mais do que nunca na vida. Ele se mexia devagar, entrando aos poucos, até que ficou desconfortável.

Ele não ia caber.

— Droga — disse Nathaniel.

Senti que ele se movia para cima. Pegou meus quadris com as duas mãos e balançou para a frente e para trás, tentando entrar mais fundo.

— Mexa-se comigo.

Levantei os quadris e senti que ele deslizava mais um centímetro. Nós dois gememos. Nathaniel deu uma arremetida rude e meteu completamente.

Sob a venda, meus olhos rolaram para trás.

Ele tirou um pouco e deslizou de volta. Testando. Provocando. Mas eu estava farta das provocações. Precisava de mais. Levantei os quadris quando ele empurrou novamente.

— Você acha que está pronta? — perguntou. Antes que eu pudesse responder, ele tirou quase tudo, deixando-me vazia e carente. Respirou fundo e estocou de novo, retirando imediatamente.

Puxei as amarras, frustrada, quando ele não retornou. E então voltou. Novamente, mais uma vez, sem parar. Empurrava-me fundo na cama a cada arremetida. Eu respondia a cada uma delas erguendo os quadris para ter mais dele dentro de mim, querendo-o ainda mais fundo. Querendo-o mais intensamente.

Senti que o clímax se formava a cada golpe de seu corpo contra o meu. Ele se mexia acima de mim, a mão segurando meus quadris em um aperto de ferro.

— Goze quando quiser — falou ele, ofegante, martelando novamente e me desfiz em mil pedaços.

Entrou ainda mais fundo e ficou parado, os músculos tremendo enquanto gozava dentro de mim. Mais algumas arremetidas rápidas e eu gozei de novo.

Lentamente, sua respiração voltou ao normal.

Lentamente, eu voltava à Terra.

Mãos ansiosas subiam por meu corpo. Ele puxou meu cabelo de lado e cochichou em meu ouvido.

— Uma.

* * *

Nathaniel desamarrou minhas pernas para nossa segunda vez, mas deixou a venda no lugar. Falou que podia ir ainda mais fundo com minhas pernas em volta dele e, embora eu soubesse que ele tinha muito mais experiência do que eu, quis dizer-lhe que era fisicamente impossível.

Ainda bem que guardei isso para mim mesma, porque quando entrou em mim pela segunda vez e passei minhas pernas por sua cintura, ele foi mais fundo. Atingia pontos que eu nem sabia que existiam.

Eu estava sem fôlego quando Nathaniel deixou a cama. Ele se remexeu a meu lado. Eu ainda não conseguia enxergar nada, mas virei a cabeça para o lado dele.

Soltou meus braços e tirou o lenço.

— Você vai dormir em meu quarto esta noite, Abigail. Vou pegar você novamente em algum momento durante a noite e não quero ser perturbado com andanças pelo corredor. — Ele gesticulou para o chão. — Preparei um colchonete para você.

Mas será que ele estava louco? Ele queria que eu dormisse no chão? Ergui uma sobrancelha para ele.

— Tem algum problema com minha ordem?

Meneei a cabeça e, minutos depois, adormeci entre os lençóis frios que ele tinha estendido para mim ao lado da cama.

— Acorde, Abigail.

Pode ter sido horas ou minutos depois. Eu não sabia. Ainda estava escuro e só havia uma vela acesa no quarto.

— De quatro na cama. Rápido.

Apressei-me a subir na cama, ainda meio adormecida, e me posicionei.

— Apoie-se nos cotovelos.

Baixei aos cotovelos.

Duas mãos fortes esfregaram meu traseiro e abriram mais minhas pernas.

— Você estava apertada do outro jeito, mas vai ficar mais apertada assim.

Maldito Nathaniel e sua boca sensual. Acordei inteiramente em segundos.

Suas mãos se moveram para minhas costas, subindo por meus ombros e passando por meu peito para circular meus mamilos. Ele deu um puxão forte em cada um deles. Suas mãos voltaram ao ponto onde eu pulsava por ele, e desceu um dedo ali, levemente. O dedo percorreu meu traseiro e correu em volta de minha abertura menor.

Arquejei.

Ele pressionou.

— Alguém já comeu você por aqui?

Ele sabia a resposta. Estava em meu questionário. De qualquer modo, balancei a cabeça, incapaz de falar. Eu não sabia se estava preparada para isso.

— Eu vou — prometeu.

Cada músculo meu se retesou.

— Logo — disse ele, baixando o dedo, e soltei um suspiro trêmulo. Logo, talvez, mas não imediatamente.

Ele se guiou até onde eu estava molhada e pronta. Suas mãos vieram a minha cabeça e ele enrolou meus cabelos nos pulsos. A ereção se apertava dentro de mim enquanto ele puxava meu cabelo para trás. A sensação deliciosa dele me preenchendo foi demasiada, combinada com o puxão forte na minha cabeça. Soltei um suspiro de prazer.

Nathaniel tirou e meteu de novo com uma arremetida forte dos quadris e um puxão rápido do cabelo. Repetidas vezes. Tinha razão. Eu ficava mais apertada. Sentia cada centímetro dele. Cada investida o forçava mais para dentro e empurrava meus joelhos no colchão. Agarrei os lençóis e balancei os quadris para cima e para trás para encontrá-lo. Ele gemeu.

O formigamento familiar do orgasmo iminente cresceu e meu corpo gritava com a sua intensidade. Ou talvez tenha sido eu mesma. Não sabia. Não me importava.

Nathaniel deu uma última investida e eu gritei com a potência de meu clímax. Ele me acompanhou rapidamente, gozando dentro de mim com um grunhido.

Caí na cama, ofegante. Posso ter cochilado.

Acordei inteiramente quando ele me virou e empurrou o quadril na minha cara.

— Quarto round, Abigail.

Ele já estava meio duro. Isso não podia ser possível. Droga. Que horas seriam? Virei cabeça para ver se havia algum relógio ao lado da cama.

— Olhe para mim. — Ele virou minha cabeça para seu pênis. — Eu sou sua única preocupação. Eu e o que eu mandar. E agora quero que me sirva com a boca.

Abri a boca, mostrando minha disposição. E, mais tarde, quando ele gozou dentro de mim pela quarta vez e caiu sobre meu corpo, ofegante, eu sorri.

Sabia que o havia servido muito bem.

Capítulo Oito

Acordei sentindo a luz do sol na minha pele e pisquei algumas vezes, confusa. Onde estava? Olhei para a direita e vi a cama imensa acima de mim. Muito bem. No chão. No quarto de Nathaniel.

Estiquei as pernas e gemi. Sentia dor em lugares que nem sabia que tinha e alguns que eu esquecera há muito tempo. Hesitante, coloquei-me de pé e dei alguns passos. Daria meu braço direito e metade do esquerdo por um banho de banheira, mas parecia que teria de me contentar com uma ducha quente.

Depois de um banho longo e completo, fui cambaleando para a cozinha. Nathaniel estava sentado à mesa, à *minha* mesa, colado ao telefone, mandando um torpedo ou e-mail, acho. Ele parecia perfeitamente bem.

A biologia havia ferrado completamente com as mulheres.

Literalmente.

— Noite difícil? — perguntou ele, sem se dar ao trabalho de olhar para mim.

Mas que diabos. Estava à minha mesa. Eu podia falar com franqueza.

— Não diga.

— Noite difícil? — perguntou ele novamente, com um pequeno sorriso erguendo os cantos da boca.

Eu me servi de café e o olhei fixamente.

Ele estava implicando comigo. Eu mal conseguia andar, minhas costas doíam por dormir na porcaria do chão, era tudo culpa dele e ainda por cima estava *implicando* comigo?

Era uma graça, de um jeito um tanto doentio e distorcido.

Peguei um muffin de mirtilo na bancada e me sentei com cuidado. Não consegui esconder meu estremecimento.

— Você precisa de proteína — disse Nathaniel.

— Estou bem — respondi, dando uma dentada no muffin.

— Abigail.

Levantei-me, cambaleei até a geladeira e peguei um pacote de bacon. Droga. Agora eu teria de cozinhar.

— Deixei dois ovos cozidos no forno para você. — Seus olhos me seguiram enquanto eu deixava o bacon de lado e pegava os ovos. — O ibuprofeno está na primeira prateleira, segunda porta do armário ao lado do micro-ondas.

Eu era patética. Ele provavelmente preferia não ter me colocado na coleira.

— Desculpe. É só que... Já faz muito tempo.

— Que motivo ridículo para pedir desculpas. Estou mais aborrecido com sua atitude esta manhã. Eu nem devia ter deixado você dormir.

Sentei-me novamente e baixei a cabeça.

— Olhe para mim — ordenou ele. — Preciso sair. Encontre-me no saguão, vestida para a festa e pronta para sair às quatro e meia.

Assenti.

Ele se levantou.

— Tem uma banheira grande no quarto de hóspedes, na frente do seu. Faça uso dela.

E, sem mais nem menos, ele saiu.

Senti-me mais humana depois de um longo banho de imersão e um pouco de ibuprofeno. Depois de me enxugar, preparei uma xícara de chá, sentei-me à mesa da cozinha e liguei para Felicia.

— Oi — falei quando ela atendeu.

— Abby — respondeu Felicia. — Não sabia que você podia dar telefonemas.

— Também não é assim.

— É o que você vive dizendo — replicou ela, naquele tom de eu-não-dou-a-mínima-para-o-que-você-diz-não-vou-acreditar-mesmo. — É claro que, como você está sozinha, não tem nada melhor para fazer.

Não era com frequência que Felicia me pegava de guarda baixa.

— Como sabe que estou sozinha?

— Jackson disse que ia jogar golfe e almoçar com Nathaniel e um cara chamado Todd antes da festa desta noite. É claro que você provavelmente só tem informações mínimas sobre Nathaniel, então não poderia saber.

Eu podia ouvir seu sorriso presunçoso pelo telefone e me perguntei por que diabos achei que seria boa ideia telefonar justo para Felicia.

— Não passamos muito tempo juntos esta manhã — eu disse casualmente, como se não importasse nem um pouco o motivo para Nathaniel não ter me contado aonde ia. Era uma mentira minha, já que, por algum motivo, isso me magoava. — E, lembre-se, Jackson não sabe sobre Nathaniel e...

— Francamente, Abby, sua vida sexual pervertida não é o que se considera uma conversa adequada de primeiro encontro.

A porta da frente se abriu e se fechou.

— Preciso ir. Nathaniel voltou — falei, emocionada por ter um motivo para desligar e por Nathaniel ter voltado.

— Tem certeza? — perguntou ela, pela primeira vez interessada. — É muito cedo... Jackson disse que ligaria quando terminassem e eu ainda não falei com ele.

— Preciso ir. Tchau. — Encerrei a chamada exatamente quando alguém entrou na cozinha.

Não era Nathaniel.

Uma mulher alta e magra de cabelo castanho curto e óculos de aro vermelho me fitava, chocada. Uma expressão que provavelmente combinava com a minha.

— Epa — disse ela. — Não sabia que tinha mais alguém aqui.

— Quem é você? — perguntei, certa de que Nathaniel teria me falado se estivesse esperando alguém.

— Elaina Welling — respondeu a mulher, estendendo a mão. — Meu marido, Todd, e Nathaniel são amigos de muitos anos.

Apertei sua mão.

— Abby King. Desculpe. Nathaniel não me disse que alguém passaria por aqui.

Ela ergueu a carteira de cetim preto na mão.

— Esqueci-me de trazer isso quando passei aqui para deixar o vestido. — Seus olhos se fixaram na minha gargantilha e, juro, ela abriu um sorriso irônico.

— Quer um chá? — perguntei.

— Sim. — Ela se sentou. — Creio que gostaria.

Servi uma xícara e conversamos agradavelmente. Depois de apenas 15 minutos, sentia como se a conhecesse desde sempre. Elaina era a pessoa mais gentil e realista com quem conversava há muito tempo. Havia se mudado para o bairro dos Clark antes do ensino médio e Linda se tornara uma mãe substituta para ela. Saber que Elaina tinha perdido a própria mãe quando criança de algum modo fez com que eu me sentisse ainda mais próxima dela. Quando falei do falecimento de minha mãe alguns anos atrás, Elaina assentiu, segurou minha mão e simplesmente disse:

— Você sempre vai sentir falta dela, mas garanto que vai ficar mais fácil.

Durante nossa conversa, percebi que seus olhos foram atraídos à minha coleira várias vezes, mas ela não fez comentários. Perguntei-me brevemente se Nathaniel mentira quando disse que sua família e os amigos não sabiam de seu estilo de vida, mas rapidamente concluí que ele não era do tipo que mentiria.

Quase meia hora tinha se passado sem que percebêssemos quando Elaina olhou o celular e soltou um gritinho.

— Ah, não, olha só a hora! Precisamos nos apressar ou vamos nos atrasar. — Ela me deu um beijo no rosto ao sair e prometeu que conversaríamos mais na festa beneficente.

Eu tenho uma imaginação fértil e quando tentei imaginar o vestido que Nathaniel queria que eu usasse, admito que meus pensamentos vagaram para o couro e a renda. Mas o vestido que esperava por mim na minha cama era deslumbrante. Um exclusivo de grife que eu nunca seria capaz de pagar, nem com um adiantamento de dois anos do meu salário. Cetim preto, de gola baixa e alças delicadas nos ombros, justo sem ser vulgar ou revelador. Era longo e se abria um pouco na bainha. Adorei.

Normalmente não uso maquiagem, mas Felicia Kelly era minha melhor amiga e nunca passava por um balcão de cosméticos sem dar uma paradinha, então eu sabia algumas coisas sobre a aplicação correta. Com o cabelo preso no melhor estilo elegante que eu podia conceber, olhei-me no espelho.

— Nada mal, Abby — elogiei-me. — Acho que pode comparecer à festa sem constranger a si mesma ou a Nathaniel.

Uma parada rápida no meu quarto para calçar os sapatos e estava pronta. Desci a escada para encontrar Nathaniel no saguão e, devo admitir, estava eufórica como uma adolescente em seu primeiro encontro.

Cheguei ao saguão e parei.

Nathaniel esperava de costas para mim. Tinha um sobretudo de lã preto e longo. Um cachecol escuro estava em seu pescoço e o cabelo roçava no colarinho. Ele se virou quando me ouviu.

Eu havia visto Nathaniel de jeans e Nathaniel de terno. Mas não havia uma visão na Terra que se comparasse a Nathaniel de smoking.

— Você está linda — disse ele.

— Obrigada, mestre — consegui pronunciar, sufocada.

Ele estendeu um casaco preto.

— Vamos?

Assenti e, ao me aproximar dele, era como se eu caminhasse sobre nuvens. Não sabia como era para Nathaniel, mas ele realmente fez com que me sentisse linda.

Ele passou o casaco em mim, as mãos roçando levemente meus ombros. Desenfreadas, imagens da noite anterior assaltaram minha cabeça. Lembrei-me daquelas mãos. Lembrei-me do que fizeram no meu corpo.

Não tinha outro jeito de descrever, concluí enquanto saíamos: eu estava nervosa. Nervosa de ser vista em público com Nathaniel. Ele havia dito certa vez que não gostava de humilhação pública. Eu torcia para que tivesse falado sério e não me pedisse para fazer sexo oral nele à mesa de jantar. E eu estava nervosa por conhecer sua família. O que pensariam de mim? Em geral, ele saía com figuras da alta sociedade, e não bibliotecárias.

Janeiro em Nova York era frio e esta noite era uma das mais frias já registradas. Mas Nathaniel cuidou de tudo: o carro estava ligado e bem aquecido por dentro. Ele até abriu a porta do carona, como um verdadeiro cavalheiro, e a fechou depois que entrei.

Seguimos em silêncio por um bom tempo. Por fim, ele ligou o rádio e um suave concerto de piano encheu o interior.

— De que tipo de música você gosta? — perguntou ele.

A melodia delicada que tocava tinha um efeito calmante sobre mim.

— Esta é ótima.

E foi toda a conversa que tivemos a caminho da festa beneficente.

Um manobrista pegou o carro quando chegamos e entramos no prédio. Como residente de Nova York há muito tempo, acostumei-me aos arranha-céus e às multidões, mas subir a escada naquela noite, fazendo parte da multidão da alta sociedade que em geral eu apenas via de longe, fez com que me sentisse estarrecida. Felizmente, Nathaniel mantinha a mão na base das minhas costas e isso era estranhamente tranquilizador.

Respirando fundo, esperei enquanto Nathaniel entregava meu casaco e seu sobretudo à mulher que trabalhava na chapeleira.

Minutos depois de nossa entrada, Elaina veio saltitando até nós com um homem bonito e alto a reboque.

— Nathaniel! Abby! Vocês chegaram!

— Boa noite, Elaina — respondeu Nathaniel com uma leve inclinação da cabeça. — Vejo que já conheceu a Abby. — Ele se virou para mim e ergueu uma sobrancelha. Eu não tinha mencionado a visita de Elaina. Não sei por que, mas senti que ele reprovaria.

— Ah, relaxa. — Elaina bateu em seu peito com a bolsa. — Tomei uma xícara de chá com a Abby quando passei na sua casa hoje. Então, sim, Nathaniel, nós já nos conhecemos. — Ela se virou para mim. — Abby, este é meu marido, Todd. Todd, esta é Abby.

Trocamos apertos de mãos e ele me pareceu bastante simpático. Ao contrário da esposa, seus olhos não mostraram qualquer surpresa pela minha coleira. Olhei em volta, perguntando-me se Jackson e Felicia já haviam chegado.

— Nathaniel — disse outra voz.

A mulher diante dele se portava com uma graça e elegância que lhe conferiam aparência régia. Mesmo assim, seus olhos eram gentis e seu sorriso, acolhedor.

Percebi de imediato que devia ser a tia de Nathaniel.

— Linda — confirmou Nathaniel. — Permita-me que eu lhe apresente a Abigail King.

Nathaniel podia me chamar de Abigail, mas de jeito nenhum que todos que ele conhecia iam fazer o mesmo.

— Abby — falei, estendendo a mão. — Por favor, me chame de Abby.

— Nathaniel mencionou que você trabalha na biblioteca pública de Nova York... Na seção de Manhattan — disse Linda depois que apertei sua mão. — Eu passo por lá a caminho do hospital. Talvez possamos almoçar juntas um dia desses.

Isso era permitido? Eu poderia almoçar com a tia de Nathaniel? Parecia pessoal demais. Mas não podia declinar seu convite. Eu não queria rejeitá-la.

— Eu adoraria.

Ela me perguntou sobre a data de lançamento de vários livros novos de seus escritores preferidos. Conversamos por alguns minutos sobre nossas preferências — nós duas gostávamos de thrillers e líamos muito pouca ficção científica —, antes de Nathaniel interromper.

— Vou pegar um vinho para nós — falou para mim. — Tinto ou branco?

Fiquei petrificada. Isto era um teste? Ele se importava com o tipo de vinho que eu queria? Qual era a resposta certa? Eu estava tão à vontade conversando com sua tia, que tinha me esquecido de que não estava num jantar comum.

Nathaniel curvou-se para mim, para que só eu o ouvisse.

— Não tenho planos secretos. Simplesmente quero saber.

— Tinto. — Eu sorri.

Ele assentiu e foi pegar as bebidas. Eu o vi se afastar: era uma alegria simplesmente vê-lo andar. Um adolescente o interrompeu, porém, a caminho do bufê. Os dois se abraçaram.

Virei-me para Elaina.

— Quem é ele? — Eu não conseguia imaginar ninguém tendo coragem de se aproximar e abraçar Nathaniel daquele jeito.

— Kyle — respondeu ela. — Receptor de Nathaniel.

Fiquei totalmente perdida.

— Receptor?

— Da medula óssea de Nathaniel, é claro. — Ela gesticulou para a faixa na porta da sala e pela primeira vez li que esta era uma festa beneficente da Associação de Medula Óssea de Nova York.

— Nathaniel doou medula óssea?

— Alguns anos atrás. Kyle tinha 8 anos, acho, e Nathaniel salvou a vida dele. Tiveram de furar Nathaniel em quatro lugares diferentes e ele ficou consciente o tempo todo. Mas disse que valeu a pena para salvar uma vida.

Acho que meus olhos ainda estavam esbugalhados quando Nathaniel voltou. Felizmente, fomos chamados para jantar logo depois disso e pude voltar minha atenção a outras questões.

Jackson e Felicia já estavam em nossa mesa. Sentavam-se virados um para o outro, envolvidos numa conversa. Nathaniel puxou a cadeira para mim enquanto eu me sentava. Felicia sorriu brevemente, mas logo voltou a Jackson.

— Parece que os dois vão ficar nos devendo — comentou Nathaniel depois de se sentar.

— Abby — disse Jackson finalmente, levantando-se e apertando minha mão por cima da mesa. — Até tenho a impressão de que já conheço você.

Disparei um olhar irritado para Felicia.

Não fui eu, dizia a expressão dela. *Não sei do que ele está falando.*

— E aí, Nathaniel? — continuou Jackson. — Não é demais que eu e você estejamos namorando melhores amigas? Só seria melhor se fossem irmãs.

— Cala a boca, Jackson — disse Todd. — Comporte-se como se tivesse boas maneiras.

— Rapazes, por favor — intrometeu-se Linda. — Felicia e Abby vão ficar com medo de sair conosco novamente se vocês continuarem com isso.

Os *rapazes*, como Linda os chamava, conseguiram não fazer tumulto demais novamente. Eu via que a infância daquele grupo devia ter sido movimentada. Todos implicavam com os demais. Até Nathaniel se juntava a eles ocasionalmente, mas era o mais reservado.

Nossas entradas foram servidas primeiro. O garçom colocou uma travessa com três vieiras grandes na minha frente.

— Caramba, mãe — disse Jackson. — Três vieiras? Minhas semifinais vão começar logo.

Mas ele as devorou assim mesmo, resmungando o tempo todo sobre ser comida "de fresco".

— Jackson foi criado por ursos — cochichou Nathaniel para mim. — Linda só o deixava entrar em casa de vez em quando. Por isso ele se dá tão bem no time. São todos uns animais.

— Eu ouvi isso — replicou Jackson do outro lado da mesa.

Felicia riu.

Logo vieram as saladas e o prato principal e, não sei quanto a Jackson, mas eu estava ficando satisfeita. A conversa continuava o tempo todo. Soube que Elaina era estilista e, depois dela ter divertido a todos com os percalços das passarelas, Jackson começou suas histórias do futebol.

Virei-me para Nathaniel quando terminamos nosso prato.

— Preciso encontrar o toalete. — Levantei-me e os três homens na mesa fizeram mesmo.

Quase me sentei de novo. Havia lido sobre isso, e até assisti em um filme, mas nunca tive uma mesa cheia de homens levantando-se somente porque eu me levantei. Até Felicia pareceu chocada.

Felizmente, Elaina me deu cobertura.

— Acho que vou com você, Abby. — Ela se aproximou e pegou minha mão. — Vamos.

Passamos entre as mesas até os toaletes, Elaina na frente.

— Acho que pode ser meio opressivo ver todos nós juntos — comentou ela. — Você vai se acostumar.

Não tive coragem de dizer-lhe que não achava que seria convidada para muitos eventos de família. Quando terminei na parte dos fundos do banheiro, Elaina esperava por mim perto de uma penteadeira grande e iluminada.

— Já teve certeza de alguma coisa, Abby? — perguntou. Ela passou pó no nariz, embora eu não soubesse por quê: ela estava perfeita. — *Realmente* ter certeza de uma coisa? Bem no fundo?

Dei de ombros e, seguindo o exemplo de Elaina, retoquei a maquiagem.

— Eu tenho — continuou ela. — E quero que você saiba... Você é boa para Nathaniel. — Ela olhou para mim. — Espero que não se importe que eu diga isso. É que tenho a sensação de que nos conhecemos há muito tempo.

— Eu sinto o mesmo — respondi. — Como se já nos conhecêssemos há muito tempo, quero dizer. — E não que eu fosse boa para Nathaniel. Não pretendia dizer isso.

— Sei que ele pode ser arrogante e que é difícil conhecê-lo, mas nunca o vi sorrir mais do que esta noite. — Ela se virou para mim. — Só pode ser você.

Minhas mãos tremeram enquanto eu retocava o batom. Eu pensaria nessa conversa depois, quando estivesse sozinha no escuro daquela noite. Ou talvez em algum momento durante a semana, quando Nathaniel não estivesse tão perto. Em algum momento em que eu não tivesse de olhar em seus olhos e me perguntar o que via refletido neles.

Larguei o batom na bolsa. Elaina me abraçou.

— Não deixe que a fachada de durão a afete — disse ela. — Ele é um ótimo sujeito.

— Obrigada, Elaina. — Eu sorri.

A sobremesa e o café esperavam por nós quando voltamos. Todos os homens se levantaram novamente e Nathaniel puxou minha cadeira. Do outro lado da mesa, Elaina piscou. Baixei os olhos para meu *cheesecake* de chocolate. Será que Elaina tinha razão?

Depois da sobremesa, uma pequena banda começou a tocar. Casais por todo o salão se levantaram e foram dançar.

As duas primeiras músicas eram animadas e fiquei sentada em minha cadeira, feliz por só olhar. Quando começou a terceira música, era mais lenta. Uma melodia simples ao piano.

Nathaniel se levantou e estendeu a mão.

— Vai dançar comigo, Abigail?

Eu não sei dançar — era conhecida por acabar com a pista mais rápido do que uma versão ruim da "Macarena" —, mas minha cabeça ainda girava com o que Elaina me dissera e, do outro lado da mesa, a mão de Linda adejou até os lábios, como se escondesse um sorriso.

Olhei para Nathaniel: seus olhos verdes estavam escuros e eu sabia que isto não era uma ordem. Eu podia decepcioná-lo. Declinaria educadamente e nada seria dito. Mas, nesse momento, eu queria mais do que tudo estar em seus braços, senti-lo nos meus.

Peguei sua mão.

— Sim.

Estivemos juntos das formas mais íntimas possíveis, mas nunca me senti mais próxima de Nathaniel do que quando ele colocou o braço em minha cintura e me puxou para perto, nossas mãos unidas e pousadas em seu peito.

Tinha certeza de que ele podia me sentir estremecendo em seus braços. Perguntei-me se era o plano dele o tempo todo: ter-me trêmula e ansiosa em público. Não duvidava que ele fizesse isso.

— Está se divertindo? — perguntou Nathaniel, o hálito quente em minha orelha.

— Estou. Muito.

— Todos estão cativados por você. — Ele me puxou para mais perto e giramos lentamente pela pista enquanto a música continuava.

Tentei me lembrar de tudo o que havia aprendido sobre Nathaniel naquela noite. Sobre como doara medula óssea a um completo estranho, como brincava com a família e com os amigos. E pensei acima de tudo em Elaina, no que ela me dissera no banheiro. Pensei em tudo isso e tentei combinar com o homem que tinha me amarrado em sua cama na noite anterior. Aquele que alegara que não seria fácil ser servido. Não consegui.

E, enquanto dançávamos, entendi uma coisa: eu estava perigosamente perto de me apaixonar mais do que apenas um pouquinho por Nathaniel West.

Voltamos para a casa de Nathaniel logo depois da meia-noite. Foi uma viagem silenciosa. Por mim, tudo bem, eu não estava com vontade de conversar. Com ninguém. Especialmente com Nathaniel.

Apollo correu para nós quando o dono abriu a porta. Eu recuei, com medo de que sujasse meu vestido.

— Fique com o vestido e espere no meu quarto — disse Nathaniel. — Como fez em meu escritório.

Subi a escada lentamente. Será que havia feito alguma coisa errada? Pensei na noite e refleti sobre os muitos, muitos erros que podia ter cometido. Não contei a Nathaniel que Elaina tinha aparecido. Insisti que todos me chamassem de Abby. Falei à Linda que íamos almoçar. E se fosse um teste quando ele perguntou que tipo de vinho eu queria? E se eu devesse ter dito branco? E se eu devesse ter dito, *O que o senhor desejar, Sr. West*?

Minha mente pensou em três mil coisas que fiz de errado, cada uma mais ridícula do que a anterior. Eu queria que ele tivesse me dado alguma instrução antes de sairmos.

Nathaniel ainda estava vestido quando entrou. Pelo menos acho que estava. Eu mantinha a cabeça baixa e só podia ver seus sapatos e a calça enquanto ele andava na minha frente.

Ele veio a minhas costas, cada passo mais lento do que o anterior. Suas mãos subiram e acompanharam suavemente a gola do vestido.

— Você foi espetacular esta noite. — Ele começou a tirar os grampos do meu cabelo. Os cachos macios caíram em meus ombros. — E minha família agora não vai falar de outra coisa que não seja você.

Queria dizer que não estava chateado? Que não fiz nada de errado? Eu não conseguia *raciocinar* com ele assim tão perto.

— Você me agradou esta noite, Abigail. — Sua voz era suave, os lábios dançavam por minhas costas, perto, mas sem tocar. — Agora é minha vez de te agradar.

Ele abriu o zíper do meu vestido e lentamente tirou as alças de meus ombros. Seus lábios então estavam em mim. Percorrendo minha coluna enquanto o vestido escorregava e caía numa poça aos meus pés.

Ele me pegou em seus braços e me carregou para a cama.

— Deite-se — falou, e não pude fazer nada senão obedecer.

Eu não estava de meia-calça e ele se ajoelhou entre minhas pernas, tirando meus sapatos. Deixou que caíssem no chão. Olhou para cima, encontrou meus olhos, depois se curvou para plantar um beijo na face interna de meu tornozelo. Arquejei.

Mas ele não parou. Seus lábios beijavam delicadamente, subindo por uma das pernas, enquanto a mão acariciava suavemente a outra. Ele chegou a minha calcinha e um dedo longo se enganchou no cós.

Eu sabia exatamente o que ele fazia, o que estava prestes a fazer.

— Não — disse, colocando a mão em sua cabeça.

— Não me diga o que fazer, Abigail — sussurrou Nathaniel. Ele baixou a calcinha e fiquei nua e esparramada diante dele mais uma vez.

Ninguém havia feito isso comigo. Me beijar *ali*. Eu tinha certeza de que era o que ele se preparava para fazer. Eu me doía por isso, precisava disso, e fechei os olhos de expectativa.

Ele me beijou gentilmente, bem em meu clitóris e eu agarrei os lençóis, perdendo toda a coerência. Não me importava mais com o que ele fazia. Só precisava dele. Precisava desesperadamente. Do jeito que ele quisesse.

Ele chupou de leve e voltou a beijar. Demorando-se, movendo-se lentamente, deixando que eu me acostumasse com ele. Plantando beijos esporádicos, leves como sussurros.

Ele me lambeu e eu me arqueei na cama. Merda. Danem-se os dedos. Seus dedos não eram nada comparados à língua. E ele era suave e lento, lambendo-me, mordiscando. Lutei para fechar as pernas, para reter a sensação dentro de mim, mas ele passou a mão em meus joelhos e as separou.

— Não me faça amarrar você — alertou, sua voz vibrando contra mim, provocando tremores que subiam e desciam por meu corpo.

Sua língua estava de volta, lambendo onde precisava, e seus dentes mordiscavam delicadamente. Em todo esse tempo, o familiar formigamento de meu clímax ganhava forma, começando onde sua boca estava e se espalhando por minhas pernas, subindo a meu tronco até meus seios, contornando meus mamilos.

Mas não, não era eu, aquelas eram as mãos de Nathaniel. E ele trabalhava em mim com a boca, enquanto os dedos vagavam por meus mamilos. Beliscavam. Puxavam.

E ele lambia e mordiscava mais abaixo.

Eu torcia os lençóis, enrolando-os nos pulsos, puxando com força enquanto me apertava nele. Sua língua rodava por meu clitóris e soltei um gritinho quando o prazer dominou meu corpo, começando onde Nathaniel acariciava suavemente, explodindo para fora numa espiral.

— Acho que está na hora de você ir para o seu quarto — sussurrou Nathaniel quando minha respiração voltou ao normal.

Ele ainda estava inteiramente vestido.

Sentei-me.

— E você? Não devíamos... — Eu não sabia como dizer. Mas ele não tinha chegado ao clímax. Não parecia justo.

— Estou bem.

— Mas cabe a mim servi-lo — argumentei.

— Não — disse ele. — Cabe a você fazer o que eu mandar, e estou mandando que vá para o seu quarto.

Saí da cama, quente e leve. Fiquei surpresa de minhas pernas me sustentarem.

Entre as emoções do dia e o alívio relaxante que tinha acabado de experimentar, não demorou muito para que eu dormisse.

Foi a primeira noite em que ouvi a música: um piano em algum lugar, tocado com suavidade e doçura. Delicado e pungente. Procurei pelo som em meus sonhos, tentei descobrir quem tocava, de onde vinha a melodia. Mas me perdia, e cada corredor interminável parecia igual. Eu sabia, de algum modo, que a música estava na casa, mas não conseguia chegar lá e, no sonho, me ajoelhava e chorava.

Capítulo Nove

Naquela noite, tive um sono inquieto, me contorcendo e me revirando, e a certa altura acordei assustada. Uma tristeza inesperada me tomou, mas não conseguia lembrar o que me deixava triste. Apenas algo sobre uma música e não encontrá-la, e em minha confusão eu rolei na cama e voltei a dormir.

Acordei às cinco e meia e entendi por que Nathaniel queria que eu tivesse oito horas de sono durante a semana: dormir nos fins de semana era um luxo. Rolei da cama com um gemido.

Tomei um banho e estava vestida às seis e quinze, o que me deixava muito tempo para finalmente preparar minha rabanada especial. Uma luz brilhava por baixo da porta da academia. Nathaniel já devia estar acordado e se exercitava. Perguntei-me se algum dia eu levantaria antes dele.

Bocejei enquanto cortava as bananas e batia os ovos. Eu adorava cozinhar. Adorava criar uma refeição que nutrisse e fosse saborosa. Se eu não gostasse tanto de livros, teria sido chef.

Eu estava salteando o pão quando Apollo apareceu.

— Oi, Apollo — cumprimentei. — O que está acontecendo?

Ele latiu baixo, bocejou e rolou de lado.

— Você também? — perguntei, soltando outro bocejo.

Pensei na noite anterior enquanto o molho de banana cozinhava. Ainda parecia surreal. Mas foi muito divertido. Todos tinham sido tão gentis. E Nathaniel... Pensei especialmente em Nathaniel, dançando com ele, subindo a seu quarto...

Quase deixei queimar o molho.

Às sete, servi seu café da manhã, colocando a torrada no prato e cobrindo tudo com o molho.

— Pegue um prato para você e sente-se — disse ele. Não havia nenhum vestígio do cavalheiro da noite anterior, mas eu sabia que estava ali, em algum lugar.

Sentei-me com minha comida e tinha acabado de dar uma mordida quando ele voltou a falar.

— Tenho planos para você hoje, Abigail. Planos de prepará-la para meu prazer.

Planos de me preparar para seu prazer? Mas o que seria? Eu estava fazendo ioga. Estava correndo. Seguia o plano alimentar. O que mais ele esperava?

Mas nós não estávamos na minha mesa.

— Sim, mestre — eu disse, baixando os olhos para meu prato. Meu coração martelava. Não estava mais com fome. Mexi um pouco do molho pelo prato com um pedaço do pão.

— Coma, Abigail. Não pode me servir de estômago vazio.

Eu não tinha tanta certeza se seria capaz de servir alguma coisa se meus nervos me fizessem vomitar em cima dele, mas guardei esta ideia para mim mesma. Comi um pedaço da rabanada. Podia muito bem estar mastigando papelão.

Depois que terminei o suficiente de meu café da manhã para agradar a Nathaniel, tirei a mesa e voltei à sala de jantar para me colocar ao lado dele.

— Você está com roupas demais — falou. — Vá para meu quarto e tire tudo.

Minha mente girava a caminho do quarto. O que mais poderíamos fazer que já não havíamos tentado?, pensei, tentando me acalmar. Transamos três vezes, ele havia feito um oral em mim na noite anterior e eu o servira com a boca pelo menos três vezes. Eu não conseguia prever o que vinha pela frente.

Eu tinha conseguido fazer um trabalho decente de me acalmar. Mas então entrei em seu quarto e parei de repente.

Havia uma espécie de banco no meio do quarto: pelo menos o que pensei que fosse um banco. Era de encosto alto. E tinha um degrau.

A excitação nervosa voltou. Tirei a roupa e as coloquei numa pilha desordenada ao lado da porta. Depois fiquei de pé e olhei a geringonça de madeira.

— É um cavalete — explicou Nathaniel, entrando no quarto. — Uso para aplicar as punições, mas serve também a outros propósitos.

Diga, implorou o lado racional de meu cérebro. *Terebintina. Diga.*

Não, contra-atacou o lado louco. *Eu quero isso.*

Minha luta íntima não foi percebida por Nathaniel.

Ou ele a ignorou.

— Suba. E deite-se de bruços.

Com cinco sílabas você pode ir para casa, tentou novamente meu lado racional.

Com cinco sílabas você nunca mais o verá. Ele não vai machucá-la. O lado louco queria ficar. O lado louco queria Nathaniel.

Ele falou que não causaria nenhum dano permanente. Ele nunca disse que não ia machucar. O lado racional tinha certa razão.

— Abigail. — Nathaniel respirou fundo. — Isso está ficando cansativo. Ou você faz ou diz a palavra de segurança. Não vou pedir novamente.

Pesei minhas opções por cinco segundos. O lado louco venceu. O lado racional ameaçou tirar umas longas férias.

Respirei fundo e subi no banco. A madeira era lisa e tinha uma área cavada para meu corpo.

Tudo bem, isso não é tão ruim.

Nathaniel fazia alguma coisa atrás de mim. E eu o ouvi abrir e fechar gavetas. Algo foi colocado ao lado de meus quadris.

— Lembra-se do que eu lhe disse na sexta-feira à noite? — Era uma pergunta retórica. Eu não devia falar, a não ser que ele me mandasse especificamente. Estava confundindo minha mente.

Pensei na sexta à noite. Muito sexo, sem dormir, muito sexo, anseios e dores, sexo, molho de mexilhões, mais sexo... Um branco total: eu não tinha ideia do que estava falando.

Ele colocou as mãos quentes em minha cintura, esfregou minhas costas e me lembrei de sua pergunta sobre sexo anal.

Terebintina!, gritou o lado racional de meu cérebro. *Terebintina!*

Cerrei os dentes para segurar a palavra dentro de minha cabeça, onde era seu lugar. Trinquei outras partes de meu corpo. Que diabos, eu trinquei o corpo *todo*.

— Relaxe. — Ele desceu as mãos por minhas costas. Em outra hora, teria sido bom. Em outra hora, eu teria ronronado de prazer com suas mãos em mim. Mas não se ele queria fazer sexo anal.

É verdade, eu não tinha marcado isto como limite fundo. Só pensei que viria depois.

Houve um farfalhar: ele tirava a roupa. Puxei fundo a respiração e mantive o corpo rígido.

Nathaniel suspirou.

— Vá para a cama, Abigail.

Pulei dali com tanta rapidez, que quase tropecei. Nathaniel me seguiu até a cama. Ele estava nu e magnífico, mas mal percebi.

— Você precisa relaxar. — Ele me tomou nos braços. — Isto não vai dar certo se você não relaxar. — Sua boca estava em meu pescoço e joguei os braços nele. Sim, isto eu conhecia. Com isto eu podia lidar.

Aquela boca maravilhosa fazia coisas inacreditáveis em minha pele. Meu corpo começou a se soltar enquanto sua boca descia. Os lábios roçaram meus mamilos e joguei a cabeça para trás com sua língua girando sem parar.

Ele plantou beijos acima e abaixo de meu tronco, as mãos sempre acariciando, sempre se mexendo, acendendo-me com seu toque.

— Tudo o que faço é para o seu prazer e para o meu. — Ele mordiscou minha orelha. — Confie em mim, Abigail.

E eu queria. Queria confiar nele. No cavalheiro da noite anterior, eu confiava. No dom com um cavalete? Bom, era um pouco mais difícil confiar neste.

Eles são o mesmo homem, falei a mim mesma.

Eu estava tão confusa que não sabia o que pensar. Tentava ao máximo entender o que acontecia ali. Qual seria a coisa certa a fazer? Quem era ele?

E o tempo todo Nathaniel continuava sussurrando de forma tranquilizadora.

— Eu posso lhe dar prazer, Abigail. Um prazer que você nunca imaginou.

Ele derrubava minha resistência. Eliminava todas as minhas desculpas. E eu deixei. Na verdade, não tinha alternativa. Ele já me dominara.

Ele se afastou e olhou nos meus olhos enquanto penetrava em mim. Gemi e estreitei os braços em volta dele.

Foi então que percebi que, pela primeira vez, eu tinha os braços livres durante o sexo. Passei a mão, insegura, em suas costas.

— Deixe-se levar, Abigail. — Ele arremeteu mais para dentro de mim. — O medo não tem lugar na minha cama.

Ele tirou e começou num ritmo acelerado, o tempo todo me tranquilizando com sua voz. Sempre completamente tranquilizador.

Depois de um tempo, eu não conseguia me lembrar do que temia. Não conseguia me lembrar de nada. Só de Nathaniel, de sua cama e da sensação dele metendo em mim sem parar, sua voz sussurrando promessas de prazer.

Meu orgasmo começou a se estreitar em minha barriga. Nathaniel se afastou de mim, ergueu meus quadris e estocou mais fundo. Eu estava perto, tão perto. Envolvi seu corpo com minhas pernas, puxando-o para mim. E justamente quando estocou pela última vez, algo quente e escorregadio se enfiou por meu traseiro. Gritei enquanto o clímax tomava meu corpo.

Ele explicou que aquilo era um plugue. Que me ajudaria a me esticar e que devia usar algumas horas por dia. O sexo anal estava inteiramente fora de minha experiência. Eu não sabia o que esperar, só nervosismo e expectativa. Mas ele disse que me daria prazer e, até que ele fizesse outra coisa, decidi acreditar. Ele nunca havia mentido para mim.

Saí depois do almoço de domingo. As últimas palavras de Nathaniel a mim foram de que eu deveria voltar na sexta-feira à noite, às seis horas.

Felicia estava toda risos naquela noite quando cheguei em casa.

— Esperei o dia todo que você chegasse — disse ela enquanto eu entrava. — Tenho uma surpresa para você.

As surpresas de Felicia em geral envolviam um batom novo. Mas me sentei no sofá, meti as pernas por baixo do corpo e disse a ela para mandar bomba.

— Antes de mais nada — falou ela —, você é a melhor amiga do mundo por dar meu telefone ao Nathaniel para que ele o passasse ao Jackson. Ele é o máximo. Pensei que fosse ser todo cheio de si porque é jogador de futebol profissional, mas ele não é assim: é tão pé no chão. E a mãe dele? Dá para acreditar? Foi tão gentil! E os homens todos se levantando quando você foi ao banheiro? E Elaina se levantando e te acompanhando? E depois...

— Felicia — interrompi. — Quando vamos chegar a minha surpresa? Porque posso fazer uma reprise da noite toda por conta própria. — E era exatamente o que eu pretendia fazer. Assim que ficasse a sós.

— Tudo bem. Desculpe.

— Não tem problema. É só continuar.

Ela se inclinou para mais perto.

— Vindo para casa, perguntei a Jackson sobre a infância dele. Há quanto tempo eles conheciam Todd. Há quanto tempo Todd era casado com Elaina. Se Nathaniel tinha namorado muitas mulheres...

— Felicia Kelly!

— Sou sua melhor amiga, Abby. É meu dever cuidar de você. Agora, Todd era vizinho dos Clark. Ele conhece todo mundo desde sempre. — Ela me olhou com um sorriso cruel. — Nathaniel namorou a sério três mulheres. Primeiro Paige, depois Beth e Melanie foi a última. Jackson chama Melanie de "garota das pérolas" porque ela sempre usava um colar de pérolas. — Ela fitou minha gargantilha. — Detestaria saber do que ele vai chamar você. Nathaniel não podia ter te dado um anel, como um cara comum?

Ela continuou falando, mas minha mente ainda processava o que acabara de ouvir. Três mulheres. Três submissas. Três que a família conhecia.

Felicia ainda falava:

— Nathaniel e Melanie terminaram há cinco meses. Jackson disse que ela era uma verdadeira vaca e que ficou feliz por vê-la ir embora. — Ela me abriu um sorriso cruel. — Também mencionou que você não é o tipo normal do Nathaniel, mas que parece fazer bem a ele.

Era a segunda pessoa próxima de Nathaniel em dois dias a dizer que eu era boa para ele. Duas pessoas não podiam estar enganadas, podiam?

Uma nova explosão de energia tomou meu corpo e eu já não estava tão sonolenta como minutos antes.

— O filme novo que a gente queria ver vai passar esta noite — falou ela. — Quer ver?

Já fazia muito tempo desde que Felicia eu fazíamos alguma coisa juntas. Estávamos com um atraso sério.

— A que horas termina o filme? — perguntei.

— Às onze.

O filme terminava às onze. Eu tinha de acordar às seis. E isto ainda representava sete horas de sono: mais do que eu havia dormido nas últimas duas noites.

— Claro, vamos assistir.

Capítulo Dez

A apreensão me corroía enquanto eu era levada de carro à casa de Nathaniel na noite de sexta. A secretária dele ligou para a biblioteca na quarta-feira e informou:

— O Sr. West a espera às oito horas na sexta-feira... O carro dele a pegará, como de costume.

E foi isso. Sem detalhes. Sem explicações. Nada.

Fiquei um pouco decepcionada. Gostava de nossos jantares de sexta-feira. Comer com ele antes de ir para seu quarto me tranquilizava para um fim de semana. E talvez fosse coisa minha, mas eu tinha a sensação de que ele também gostava. Senão por outro motivo, então para me provocar. Para me preparar para o que tinha planejado. É claro que eu fazia uma boa ideia do que ele planejava para o fim de semana. Usara o plugue como ele havia determinado e me sentia pronta.

Mas ainda assim... Eu tinha a forte sensação de que deixava passar alguma coisa.

Estava escuro quando o carro parou na entrada da casa. Apollo não veio me receber. Nem Nathaniel abriu a porta antes de eu bater.

Toquei a campainha.

A porta se abriu lentamente e Nathaniel gesticulou para eu entrar.

— Abigail.

Assenti. Por que estávamos parados no saguão? Porque ele me olhava daquele jeito?

— Teve uma boa semana? — perguntou. — Pode responder.

— Foi ótima.

— *Ótima*? — Ele ergueu as sobrancelhas. — Não tenho muita certeza se *ótima* é a resposta correta.

Pensei na semana que tive. Tentando ver aonde isso ia chegar. Não me veio nada de extraordinário. O trabalho foi o mesmo de sempre. Felicia, a mesma de sempre. Eu corri, como devia. Toda aquela ioga ridícula. Eu tive as oito...

Ah, não.

Ah, não. Ah, não. Ah, nããããããoooo...

— Abigail — disse ele calmamente. — Tem alguma coisa você queira me contar?

— Eu dormi só sete horas na noite de domingo — sussurrei. olhando para o chão.

Como diabos ele sabia?

— Olhe para mim quando falar.

Fitei-o. Seus olhos estavam em brasa.

— Eu só tive sete horas de sono no domingo à noite — repeti.

— Sete horas? — Ele se aproximou um passo. — Acha que preparei um plano para seu bem-estar porque estou entediado e não tenho nada melhor para fazer? Responda.

Meu rosto ardia. Eu tinha certeza de que desmaiaria a qualquer momento. Seria bom desmaiar. Seria preferível desmaiar.

— Não, mestre.

— Eu tinha planos para esta noite, Abigail — disse ele. — Coisas que queria mostrar a você. Em vez disso, teremos de passar a noite no meu quarto, aplicando sua punição.

Parecia que ele queria que eu dissesse alguma coisa. Eu não tinha certeza se conseguiria falar.

— Lamento tê-lo decepcionado, mestre.

— Vai lamentar ainda mais quando eu acabar com você. — Ele apontou a escada com a cabeça. — Meu quarto. Agora.

Sempre me perguntei como seria para um criminoso condenado andar até sua execução. Como ele conseguia fazer os pés se mexerem? Ele olhava o corredor ou as celas por que passava e se lembrava de tempos melhores? Conseguia sentir os olhos dos observadores atentos a eles enquanto passava?

Não estou dizendo que é a mesma coisa. Sei que não é.

Só se pode morrer uma vez. Ninguém sente nada depois de morto.

Eu pressentia o que vinha pela frente.

Mas decidi, a caminho do quarto de Nathaniel, que aceitaria minha punição sem reclamar. Ele fazia as regras e eu obedecia. Eu infringira uma. Haveria consequências. Podia aceitar isso.

Não fiquei surpresa ao ver que o cavalete estava de volta. Respirei fundo e tirei a roupa. Eu tremia um pouco quando subi no banco e me curvei nele.

Mas onde colocaria minhas mãos? Cruzava no peito? Isso não parecia certo. Deixei-as penduradas. Desconfortável. No alto da cabeça? Não, pareceria idiota.

Ouvi Nathaniel entrar no quarto e, de repente, minhas mãos não importavam mais.

Parte de mim queria poder ver seu rosto, mas outra parte estava feliz por não conseguir. Eu estava agudamente consciente de estar nua e exposta a ele.

Uma mão quente tocou meu traseiro e dei um salto.

— Eu uso três tipos diferentes de espancamentos — disse ele, acariciando. — O primeiro é um espancamento erótico. É usado para aumentar seu prazer, para excitar você. — Sua mão desceu ao meu traseiro e parou entre minhas pernas. — O chicote, por exemplo.

Suas carícias ficaram progressivamente mais rudes e ele me beliscou.

— O segundo espancamento é punitivo. Você não sentiria nenhum prazer. O propósito é lembrá-la das consequências da desobediência. Eu crio as regras para o seu bem-estar, Abigail. Quantas horas de sono você devia ter dormido por noite de domingo até quinta-feira? Responda.

— Oito — repliquei, sufocada. Ele não podia acabar logo com isso?

— Sim, oito. E não sete. Você evidentemente se esqueceu, então talvez um traseiro dolorido a ajude a se lembrar no futuro.

Ficou em silêncio. O único som que ouvi era a batida de meu coração, martelando na cabeça.

— O terceiro espancamento é o de aquecimento. É usado antes do espancamento de punição. Sabe por que preciso usar o espancamento de aquecimento?

Não, nunca tinha ouvido falar de espancamento de aquecimento. Mas de jeito nenhum eu diria alguma coisa.

Ele colocou uma tira de couro na altura de minha cabeça. Bem onde eu podia facilmente vê-la.

— Porque sua bunda não conseguiria lidar com a punição primeiro.

Minhas mãos tentaram loucamente se agarrar a alguma coisa no banco.

— Serão vinte golpes com a tira de couro, Abigail. — Ele parou. Esperei. — A não ser que tenha alguma coisa a dizer.

Ele estava me instigando a dizer a palavra de segurança! Que audácia dele pensar que eu desistiria com tanta facilidade. Eu me obriguei a continuar completamente muda.

— Muito bem.

Ele começou com a mão, no início batendo-me de leve e não foi tão ruim. Era quase agradável, na verdade. Nada pior do que o chicote de equitação. Mas ele continuou. E continuou. E não parava. Começou a ficar desagradável e meu corpo se contraía com o esforço de ficar parado.

Depois de um tempo, talvez uns cinco minutos, comecei a me retesar antes que sua mão descesse e a ter medo de quando ele bateria em mim de novo. Porque, ora essa, doía, e ele nem mesmo tinha começado de verdade.

Lágrimas brotaram de meus olhos. Quanto tempo isso iria durar?

Mais uma vez, sua mão descia. Sem parar. E, droga, isso era só o aquecimento.

Ele parou, passou a mão por meu traseiro como se estivesse avaliando alguma coisa na pele. Depois pegou a tira que estava ao lado de minha cabeça.

— Conte, Abigail.

Sem aviso nenhum, a tira assoviou no ar e caiu em minha bunda dolorida.

— Ai!

— O quê? — perguntou Nathaniel.

— Um. Eu quis dizer um.

Novamente a tira desceu.

— Merda! Quer dizer, dois.

— Cuidado com o linguajar. — Desta vez mais forte.

— Tr... Três.

A quarta doeu tanto que estendi a mão para me cobrir. Ele parou por um segundo e se curvou para sussurrar em meu ouvido:

— Cubra-se de novo e vou amarrá-la e acrescentar mais dez.

Cruzei os braços e os coloquei sob meu peito.

Na 11ª eu estava aos prantos. Tinha dificuldade de respirar na 15ª. Na 18ª, decidi que teria dez horas de sono. Toda noite. Mas, por favor, pare.

— Pare de implorar.

Eu estava falando alto. Implorando. Não me importei. A tira caiu de novo. Soltei algo que pode ter sido dezenove.

Mais uma e acabaria.

— Quantas horas de sono você deve dormir, Abigail? Responda.

Respirei fundo. Engasguei no muco.

— Oi... oi... oito.

Mais uma e acabaria.

— Vin... te.

O único som no quarto vinha de mim. Soluços e fungadelas. Meu corpo se sacudia. Eu não sabia se conseguiria sair do banco.

— Lave o rosto e vá para seu quarto — ordenou Nathaniel. Ele nem sequer estava ofegante. — Você precisa colocar o sono em dia.

Capítulo Onze

O rosto que olhava para mim do espelho era vermelho e inchado.

Bem, Abby, falei a meu reflexo, *chega de ficar com Felicia, sim?* Ou, se acontecer, precisa terminar antes de minha hora de dormir, às dez da noite.

Cambaleei para o quarto e me deitei de bruços. Certamente esperava que Nathaniel não quisesse fazer nada de... experimental... este fim de semana. Com ou sem plugue, eu estava dolorida demais até para pensar nisso.

E se ele fizesse? Eu falaria a palavra de segurança? O espancamento, tudo bem, eu podia suportar. Eu havia estragado tudo. Ele me informou esta noite, nos termos mais claros, que regras eram regras. Mas e se ele quisesse tentar o sexo anal?

Eu simplesmente achava que não podia fazer isso: não esta noite. Não este fim de semana. Eu usaria minha palavra de segurança.

Decidi então que este era meu limite. É preciso ter limites. Você precisa dizer a si mesma até que ponto pode ir. E este era o meu. Nada de sexo anal neste fim de semana.

Pensei em deixar Nathaniel.

E fiquei triste. Fosse por decepcioná-lo, pelo espancamento, pela ideia de nunca mais vê-lo, ou as três coisas, comecei a chorar. Coloquei o rosto no travesseiro: não queria que *ele* ouvisse. E se entrasse no quarto?

Enquanto eu chorava, ouvi passos ecoando no corredor. Parei e fiquei imóvel. Será que ele ouvira? Os passos pararam. Vi seus pés por baixo na porta.

Ele continuou andando.

Soltei a respiração, trêmula, e me obriguei a dormir.

O sonho voltou naquela noite. Aquele com a música. Desta vez, ela começou mais rápida. Furiosa. Feroz. Aos poucos, então, cresceu para o mesmo anseio doce da música que ouvi no fim de semana anterior. Uma doçura temperada com certa tristeza. Em meu sonho, eu corria de um quarto a outro. Desesperada. Desta vez eu encontraria. Descobriria de onde vinha a melodia. Abri porta depois de porta. Mas, como antes, cada uma delas se abria para outro corredor e cada corredor terminava em uma nova porta.

A música parou. Cheguei a outra porta e abri. Só para perceber que não levava a lugar algum...

Outra manhã de sábado. Outro acordar cedo com o despertador. Enquanto eu me arrumava, pensei em enfrentar Nathaniel. O que ele diria? Como agiria? O que tinha planejado para o fim de semana? O dia terminaria comigo dizendo a palavra de segurança e indo embora?

Andei cautelosamente até a cozinha, com o corpo todo dolorido. Nenhum ruído de trás da porta da academia. A cozinha estava vazia. Meus olhos percorreram o cômodo. Ali. Na mesa. Um bilhete dobrado.

Por fora, numa letra elegante, estava meu nome.

Abri o papel.

Voltarei ao meio-dia para almoçar na sala de jantar.

Respirei fundo. Ele não estava me mandando pegar minhas coisas e ir embora. Parte de mim temia que ele fizesse isso.

Preparei um rápido café da manhã de farinha de aveia, misturando com algumas nozes e bananas fatiadas. Comi de pé, olhando os armários que revestiam duas paredes da cozinha. Decidi dar uma fuxicada neles depois de terminar de comer. Isso me daria alguma coisa para fazer, porque eu não estava com vontade de correr e as posturas de ioga estavam fora de cogitação.

Tomei um pouco de ibuprofeno e depois explorei por uma hora. Nathaniel tinha uma seleção maravilhosa de panelas, aparelhos e pratos. E a despensa era bem abastecida. Quatro prateleiras fundas continham o mundo dos sonhos dos mantimentos de um chef. Não consegui alcançar a prateleira mais alta. Investigaria mais tarde.

Decidir fazer pão. Sovar a massa seria um jeito perfeito de trabalhar meus sentimentos. E tinha a vantagem a mais de ser um trabalho que eu podia fazer em pé.

Enquanto sovava a massa, analisei cuidadosamente meus sentimentos por Nathaniel. Eu tinha sido idiota na semana passada por pensar — por ter esperanças —, que ele estivesse se apaixonando por mim. Eu era sua submissa. Por enquanto, isto seria o bastante. Eu não pensaria no futuro. Só no aqui e agora. Além disso, depois que eu o visse novamente, talvez descobrisse que meus sentimentos por ele haviam esfriado.

Peguei um frango cozido na geladeira e o cortei. Salada de frango combinaria bem com pão fresco. Eu serviria com uvas e cenoura.

A manhã passou rapidamente. A certa altura, ouvi Nathaniel voltar. Apollo entrou correndo na cozinha. Ele me viu, soltou um "au" e pulou para me dar um beijo babão.

Ao meio-dia, levei sua refeição para a sala de jantar, onde Nathaniel estava sentado, esperando. Meu coração martelava. Eu torcia para que ele não visse como minha mão tremia quando baixei o prato.

— Coma comigo — disse, simplesmente.

Eu não estava com vontade de me sentar, mas nem em uma chance em mil eu o desobedeceria agora. Fiz um prato, carreguei para a sala de jantar, coloquei na mesa e puxei a cadeira que estava na frente dele.

Tinha uma almofada nela.

Hesitei por um minuto. Isso era ele tentando fazer *graça*? Porque não havia nada de engraçado nisso. Ergui os olhos. Nathaniel olhava bem à frente, mastigando.

Não. Ele não estava tentando ser engraçado. As cadeiras da sala de jantar eram duras. Ele mostrava consideração.

Sentei-me cautelosamente. Tudo bem. Doeu um pouco. Não muito. Nada com que eu não pudesse lidar.

Comemos em silêncio. De novo.

Normalmente, eu não me importava com o silêncio. O silêncio era bom. O silêncio dava tempo para pensar. Mas não tive nada além de silêncio esta manhã e estava cansada de pensar. Eu estava pronta para o barulho.

— Olhe para mim, Abigail.

Dei um salto. Nathaniel me fitava com aqueles olhos verdes e estranhamente intensos. Não consegui respirar.

— Não gosto de castigá-la. Mas tenho regras e quando você as infringir, eu *vou* castigá-la. Rápida e sonoramente.

Disso eu não tinha nenhuma dúvida.

— E não faço elogios gratuitos — continuou ele. — Mas você se saiu muito bem ontem à noite. Muito melhor do que eu esperava.

Algo dentro de mim que eu pensava estar morto palpitou de volta à vida. Não foi muita coisa. Nem mesmo uma faísca. Apenas uma palpitação. Mas ouvi-lo dizer que eu me saí bem... Era o maior elogio que podia esperar dele.

Ele se levantou da mesa.

— Termine de comer e me encontre no saguão em meia hora com seu roupão.

Arrumei rapidamente a cozinha e fui para meu quarto, na esperança de me deitar e descansar, mesmo que só por alguns minutos. Eu estava cansada e, apesar do ibuprofeno, ainda me sentia muito dolorida. Em vez disso, vesti o roupão e fui me encontrar com Nathaniel, que esperava por mim no saguão também de roupão. Não era bem o que eu esperava. Não tinha ideia do que ele estava planejando.

— Venha comigo — falou, virando-se e passando por uma porta que eu nunca tinha usado.

Entramos por uma sala de estar masculina. Havia um grande televisor acima de uma lareira imensa. Sofás de couro proporcionavam muito espaço para se sentar e uma janela alta e larga dava vista para um enorme gramado.

Ele abriu as portas duplas que levavam ao pátio e esperou que eu saísse.

Saísse? Neste clima? De *roupão*?

Mas, era aquilo: nem em uma chance em mil eu o desobedeceria. Saí e esperei.

Ele me guiou a uma banheira de hidromassagem rebaixada no chão, cercada de vapor e toalhas brancas felpudas. Parecia o paraíso.

Nathaniel abriu meu roupão e o tirou.

— Vire-se.

Eu me virei, um tanto constrangida por ele olhar meu traseiro, embora não soubesse por quê. Ele vira muito dele na noite anterior.

— Que bom. — Sua mão me roçou levemente. — Não vai ficar com hematoma.

Não era uma pergunta, então não respondi. Mas estava feliz. E surpresa. Certamente, a sensação era de hematoma.

Quando pegou minha mão, percebi que ele tinha tirado o roupão. Levou-me para lateral da banheira e entrou, ainda segurando minha mão.

— Vai arder um pouco — disse ele. — Mas deve passar logo.

Ofeguei ao entrar na água quente. Era uma sensação tão boa depois do frio gelado do ar de inverno. Ardeu mesmo, mas quando me acostumei com a água senti a dor sumir.

— Nada de dor hoje — assegurou Nathaniel, pegando-me em seus braços e me puxando para me sentar nele. — Só prazer.

O vapor estava mais denso quando me sentei em seu colo e não consegui enxergá-lo com clareza. Nathaniel estava indistinto, enterrado na névoa. Como se fizesse parte de um sonho. Como se isto fosse um sonho.

Seus lábios mordiscaram meu pescoço e suas mãos correram por meus braços.

— Toque em mim — cochichou no meu ouvido.

Minhas mãos desceram por seu peito. Eu nunca tocara nele desse jeito. Era novidade. Seu peito era duro como uma pedra e perfeito, como o resto dele. Minhas mãos foram baixando, afagando sua barriga. Ele arquejou quando minhas mãos desceram ainda mais. Rocei em seu pau e percebi que estava duro. Peguei-o numa das mãos.

— Com as duas — sussurrou Nathaniel.

Tomei seu pênis com ambas as mãos e, como sabia que ele iria gostar, apertei com força.

— Você aprende rápido. — Ele passou os braços por minha cintura e me girou para que montasse nele. Foi gentil, porém, tomando cuidado de não tocar onde tinha me batido na noite anterior.

Toda a experiência foi uma aula sobre os opostos. A temperatura gélida do ar e o calor da água. O prazer que Nathaniel provocou em meu corpo e a dor que me lembravam da punição que me infligira na noite passada. Mas, principalmente, o próprio Nathaniel: o homem que podia ser duro como um prego e ainda assim me tocar com a leveza de uma pluma.

Eu respirava o vapor quente e envolvente enquanto ele aplicava em mim suas mãos mágicas. Havia pensado que talvez meus sentimentos por ele tivessem esfriado. Especialmente depois da noite passada. Mas, em seus braços, tão perto e sentindo o que ele podia fazer com meu corpo, a palpitação aumentou para uma faísca e eu soube que estava perigosamente perto de pegar fogo completamente.

Capítulo Doze

Olhei por sobre o ombro para confirmar que ninguém estava vendo. Certo. Voltei ao computador diante de mim.

Faça, estimulou-me a Abby Má.

Mas é errado, argumentou a Abby Boa.

Ninguém vai saber. A Abby Má era muito má.

Você vai saber. A Abby Boa era uma careta.

Meus dedos estavam posicionados acima do teclado. Posicionados e prontos. *Nathaniel West*. Levaria segundos para digitar seu nome.

Nathaniel. O homem que começava a preencher meus dias úteis assim como os fins de semana. Eu não conseguia parar de pensar nele. Mesmo depois do horrível espancamento. Eu não devia querer nada com ele. Devia tirar a coleira e devolver pelo correio.

Em vez disso, eu contava as horas até a noite de sexta-feira. *Às seis*. Às seis da tarde neste fim de semana. Esta semana não houve nenhum telefonema impessoal. Não havia necessidade.

Olhei o relógio. *Faltam trinta horas e meia*. Eu era uma boboca. Aposto que nenhuma de suas outras submissas fazia contagem regressiva. Mas estávamos falando de Nathaniel West. Pensando bem, aposto que *todas* as submissas faziam contagem regressiva.

De volta à questão que eu tinha de tratar. Respirei fundo, fechei os olhos e digitei seu nome com a maior rapidez possível.

Ah, sim. Claro, zombou a Abby Boa. *Não conta se você não olhar*.

O computador subiu enquanto produzia as informações que eu solicitara. Meu coração martelava. Olhei por sobre o ombro de novo. Depois voltei à tela.

E ali estava. Bingo.

Nathaniel West era sócio da biblioteca pública. Ou pelo menos podia ser. Ele tinha cartão. Só que nunca o usara. Interessante. Quando havia solicitado um? Fiz as contas. Seis anos e meio. Hmmmm... Eu já estava trabalhando na biblioteca há seis anos e meio.

Perguntei-me quem emitira seu cartão. Olhei em volta. Tanta gente entrava e saía em seis anos e meio. Podia ser qualquer um. A única coisa que sabia é que não era eu. Se clicasse no link seguinte...

— Abby?

— Ahhh! — Saltei três metros no ar.

Elaina Welling me olhava com estranheza quando voltei do teto.

— Elaina! — falei, colocando a mão sobre o coração aos saltos. — Você quase me mata de susto. — Ela estava com um sorriso irônico no rosto e me perguntei se tinha visto a tela. — Pronta para o grande jogo?

Jackson e os Giants jogariam as semifinais no próximo fim de semana na Filadélfia. Ele dera a Felicia ingressos para o jogo. Ela ficou fora de si a semana toda. Era difícil conviver com isso, verdade seja dita. Só o que Nathaniel havia me dado fora um espancamento.

Pare com isso. Aqui e agora, lembra?

Eu tinha certeza de que Nathaniel iria ao jogo, o que significava que só tínhamos amanhã à noite. Apenas uma noite...

— Quase lá — respondeu Elaina, afastando-me dos pensamentos sobre a noite seguinte —, mas esperava poder almoçar com você hoje.

— Ah. — Olhei o relógio. — Só posso almoçar ao meio-dia.

— Está tudo bem. Tenho que cuidar de algumas coisas. Que tal no Delphina's meio-dia e dez?

Concordamos, e meia hora depois eu entrava no bistrô que Elaina tinha escolhido.

Ela esperava por mim em um canto reservado. Nós duas pedimos chá gelado. Quando a garçonete saiu, Elaina curvou-se sobre a mesa.

— Vou te contar um segredo — falou. — Eu sei o que você é. Sei sobre Nathaniel.

Fiquei boquiaberta. Elaina sabia. Se Elaina sabia, então Todd também sabia, e se Todd sabia...

— Você está em choque. Eu devia ter falado de outro jeito. É s-só que... — ela gaguejou —, pensei que seria melhor esclarecer tudo. Eu não me importo. Você é ótima. E eu adoro Nathaniel. Eu o amo, independente de qualquer coisa.

— Espere um minuto. — Levantei a mão. — Nathaniel sabe? Ele sabe que você sabe? Sabe que você me trouxe para almoçar? — Porque, merda, não era ela quem ficaria com a bunda dolorida.

Elaina assentiu.

— Ele está ciente de que eu a trouxe para almoçar. Mas não tem ideia de que sei.

Na realidade, eu não queria guardar segredos de Nathaniel. Suspirei. Por que isso tinha que ser tão complicado?

— Todd sabe? — perguntei, em vez disso.

— Sim. Mas Linda não, e não tenho certeza sobre Jackson. — Ela bebeu um gole do chá. — Todd e eu não teríamos sabido se Melanie não tivesse aparecido na nossa casa quatro meses atrás, aos prantos.

A garota das pérolas esteve aos prantos com Elaina e Todd? Tudo bem, era suculento demais para não ouvir.

— Melanie, a última submissa dele? — perguntei.

Ela se curvou sobre a mesa de novo.

— Melanie nunca foi submissa.

A garçonete nos interrompeu. Precisei de três tentativas para fazer meu pedido. Melanie não havia sido submissa? Mas, então, que droga ela era?

— Não acho que se possa chamá-la de submissa — continuou Elaina depois que a garçonete foi embora. — Não conheço os termos certos para esse tipo de coisa. Ele nunca lhe deu uma coleira. Ela acharia um horror.

Não fazia sentido.

— Mas Jackson a chamou de garota das pérolas porque ela sempre usava pérolas.

— Isso era coisa da Melanie. Talvez ela estivesse fingindo ter uma coleira. Não sei. — Elaina meneou a cabeça. — Logo depois de Nathaniel terminar com ela, Melanie foi ao nosso apartamento. Ela conhece o Todd desde a escola.

Tomei um longo gole do chá. Era informação demais para processar.

— Melanie foi criada com eles — continuou Elaina. — Ela sempre teve uma queda por Nathaniel. Ele tentou ao máximo ignorá-la, mas a garota era insistente. Finalmente conseguiu, mas apenas por uns seis meses.

Recostei-me na cadeira e tentei decidir se era bom ou ruim que ele nunca tivesse dado uma coleira a ela. O que isso dizia a meu respeito?

— Nathaniel a beijava? — perguntei.

— Se beijava? Sim, claro que sim.

Droga. Então era só comigo. Ele não queria me beijar.

— Na época, depois que ela saiu, pensei nas outras mulheres — disse Elaina, alheia à minha decepção. — Eu me lembro de Paige e Beth. As duas usavam coleiras, mas eram simples. — Ela gesticulou para a minha. — Nada parecida com a sua. Tenho certeza de que deve ter havido outras. Ele apenas nunca nos apresentou.

— Por que está me dizendo tudo isso?

— Porque você merece saber o que tem feito a ele, coisas que Nathaniel não vai te contar.

Eu estava totalmente confusa.

— Ele lhe deu esta linda gargantilha logo depois de vocês se conhecerem — explicou Elaina. — Ele fala sobre você. Tem um jeito animado que não vejo nele há muito tempo e... não sei. Ele simplesmente mudou. — Ela ergueu uma sobrancelha. — Soube que você faz uma rabanada de matar.

Ele falava sobre mim? Mencionava minha culinária?

A garçonete trouxe nossas saladas.

— Abby — disse Elaina. — Escute. Você precisa lidar com Nathaniel com cuidado. Os pais dele morreram num acidente de carro quando ele tinha 10 anos.

Assenti. Já ouvira essa história.

— Ele estava no carro com os pais — prosseguiu ela. — Ficou tão amassado, que levaram horas para tirá-los das ferragens. — Sua voz caiu a um sussurro. — Acho que não morreram imediatamente. Não sei. Ele não fala sobre isso. Nunca falou. Mas ele mudou depois do acidente. Ele sempre havia sido muito feliz antes de eles morrerem e ficou tão retraído e triste. — Ela me olhou com olhos esperançosos. — Mas agora você o está mudando. Está trazendo Nathaniel de volta.

Depois dessa pequena bomba, conversamos sobre outras coisas: o trabalho de Elaina, as aulas particulares que leciono, Felicia e Jackson. O tempo passou rapidamente e logo eu precisava voltar ao trabalho.

Peguei um táxi, pensando no que Elaina tinha dito, que eu estava mudando Nathaniel, trazendo-o de volta.

Queria acreditar nela, mas não conseguia.

Então ele havia me presenteado com a coleira rapidamente. Isso não queria dizer nada. Do mesmo modo, o que tinha a ver ele ter me levado à festa beneficente da tia? Nada disso importava. Ele era quem era e nossa relação era o que era. Nada mudara.

Virei-me. Elaina estava na calçada atrás de mim, olhando na minha direção e falando com alguém ao celular. Sua expressão mudou. Ela estava gritando.

Por que ela gritava?

Metal se chocou com metal. Buzinas tocaram. A terra girou loucamente. Minha cabeça bateu em alguma coisa dura.

E depois, nada.

Capítulo Treze

Senti dor.

Por muito tempo, era só nisso que conseguia me concentrar.

Dor.

Depois vieram as luzes. O barulho. Eu queria dizer a todos para se calarem e apagarem as luzes porque a luz e o barulho machucavam. E se eu pudesse ficar no escuro e em silêncio, ficaria bem. Mas, embora pudesse ouvir, não conseguia falar.

Então tive consciência de movimento e isso foi pior, porque doía me mexer. E várias mãos me puxavam. Elas não pararam quando mandei que me deixassem em paz.

O barulho ficou mais alto.

— Abby! Abby!

— Pressão estável em 120 por 69.

— Pupilas iguais e reativas.

— Peça uma tomografia... ela está... demora demais.

— Possível hemorragia intracraniana...

E, felizmente, a escuridão voltou.

Despertei novamente ao som de uma discussão.

Felicia. Ela estava discutindo.

— O coração de uma porra de animal... nem mesmo sabe...

— Não sabe de nada...

— Por que você não...

— Eu me recuso...

— Tenho de pedir a vocês dois... perturbar os pacientes...

E de novo veio a escuridão.

Quando despertei novamente, consegui abrir os olhos. Estava escuro. E não havia som nenhum, exceto um constante *bip, bip, bip*.

— Abby?

Virei os olhos para o barulho. Linda.

Lambi os lábios. Por que estavam tão secos?

— Dra. Clark?

— Está no hospital, Abby. Como se sente?

Péssima. Total e completamente horrível.

— Devo estar muito mal para ter a chefe de departamento no meu quarto.

— Ou ser muito importante. — Ela se aproximou. Nathaniel estava atrás dela.

Nathaniel!

— Oi — falei.

Ele se aproximou, pegou a minha mão e passou de leve o polegar nos nós de meus dedos.

— Você me assustou.

— Desculpe. — Franzi a testa, tentando me lembrar. — O que aconteceu?

— Seu táxi foi atingido por um caminhão de lixo — disse Nathaniel. — O maldito motorista ultrapassou o sinal.

— Você teve uma concussão moderada, Abby. — Linda digitava alguma coisa no laptop. — Passei a noite com você. Ficou num estado de inconsciência mais profundo do que costumamos esperar nos casos de concussão. Mas não houve sangramento interno. Nada se quebrou. Você vai ficar dolorida pelos próximos dias.

Tentei assentir, mas doía demais.

— Eu ouvi a Felicia?

Linda sorriu.

— Novos regulamentos do hospital. Nathaniel e Felicia não podem ficar a menos de 10 metros um do outro.

— Tivemos um pequeno mal-entendido — disse Nathaniel. — Ela está com Elaina. Estavam falando com seu pai.

— Eu posso...?

— Você precisa descansar — interrompeu Linda. — Vou contar aos outros que acordou. Nathaniel?

Nathaniel assentiu.

Quando ela saiu, olhei para ele e gesticulei para que se aproximasse. Nathaniel se curvou acima de mim para que eu cochichasse em seu ouvido.

— Perdi a aula de ioga desta tarde.

Ele tirou o cabelo de minha testa.

— Acho que desta vez posso fazer vista grossa.

— E provavelmente não vou correr amanhã de manhã.

Ele sorriu.

— Provavelmente.

— Mas o ponto positivo — eu disse, meio tonta de novo —, é que parece que vou dormir bastante.

— Shh. — Dedos longos roçaram minha testa pouco antes de meus olhos se fecharem.

Eles estavam cochichando sobre mim. Fiquei de olhos fechados para que não soubessem que eu estava acordada.

— Abby?

Abri os olhos. Felicia.

— Acha que não te conheço o suficiente para saber quando está fingindo?

Sim, ela conhecia.

— Oi, Felicia.

Ela apertou minha mão.

— Me dê um susto desses de novo e acabo com você, pedaço por pedaço.

— Vai ter que ficar na fila — disse Elaina atrás dela.

— Oi, Elaina.

— Graças a Deus você está bem. Sinceramente, quando vi o caminhão ultrapassando o sinal... Fiquei louca... Eu fiquei pensando... — Seus olhos ficaram marejados. — E Nathaniel estava gritando e achei que você estivesse morta. — Lágrimas escorriam por seu rosto. Até Felicia enxugou os olhos. — Você não acordava, Abby. Por que você não acordava?

— Desculpe. — Tentei me sentar, mas desisti. Sentar doía. — Agora estou acordada.

E com fome. Eu estava faminta.

Felicia me empurrou para baixo.

— Acho que você ainda não deve se levantar.

Nathaniel. Nathaniel esteve aqui mais cedo, não esteve? Teria sido um sonho?

Linda apareceu atrás de Elaina.

— Nathaniel foi buscar alguma coisa para você comer. Ele disse que não alimentaria Apollo com o que servimos de comida por aqui.

Sim, isso era bem a cara de Nathaniel. Faça um plano de refeições e se atenha a ele.

— Fui precipitada com seu namorado mais cedo — disse Felicia. — Ele agiu como homem. Você tem a minha bênção.

— Bênção para quê? — perguntei.

— Para continuar saindo com ele. — Ela revirou os olhos.

— Obrigada. Mas não sabia que era você que decidia.

Ela deu de ombros.

Arrumei os lençóis. Espere um minuto...

— Onde estão minhas roupas? — Minha mão foi o pescoço. — Onde está minha...

— Tiveram de cortar suas roupas — explicou Elaina. — Foi uma loucura. Usaram umas tesouras imensas. — Ela piscou para mim. — Eu estou com seu colar na minha bolsa.

— Obrigada, Elaina. — Era estranho não estar com minha coleira, o pescoço parecia muito leve.

— A Bela Adormecida acordou? — Nathaniel entrou no quarto, ainda de terno e gravata, trazendo uma bandeja. Colocou a bandeja na mesa sobre rodas ao lado de minha cama, empurrou para mim e levantou a tampa de um pote. — Precisa ver o que chamam de comida neste lugar. Eles servem canja de galinha *enlatada*.

Apontei para a canja. O cheiro era delicioso.

— Você fez isso?

— Não. — Ele cruzou os braços. — Não me deixariam. Mas eu ensinei.

Aposto que ensinou mesmo.

Ele olhou o quarto. Perguntou:

— Contou a ela?

Linda meneou a cabeça.

— Não. Ela acabou de acordar. Vamos, Elaina. Vamos comer alguma coisa. — Ela olhou para trás. — Felicia, não quer vir?

Felicia gesticulou para que fossem.

— Desço num minuto.

Depois que Linda e Elaina saíram, Nathaniel desembrulhou uma colher e botou ao lado da tigela. Ajeitou a cama para me colocar sentada.

— Coma.

— Mas que coisa, Nathaniel — disse Felicia. — Ela não é um cachorro.

Ele a fuzilou com os olhos.

— Eu sei disso.

— Sabe?

— Felicia — alertei.

Felicia fechou a cara para Nathaniel e saiu pela porta.

— Desculpe por isso. Felicia é... — suspirei. — Felicia.

— Não se desculpe. — Nathaniel se sentou na ponta de minha cama. — Felicia gosta de você e está cuidando de seus melhores interesses. Não há nada de errado nisso. — Ele apontou o pote. — Você precisa comer.

Tomei um pouco.

— Isso está bom.

Ele sorriu.

— Obrigado.

Comi metade antes de falar novamente.

— Elaina está com meu colar.

Ele acariciou minha perna por cima do lençol.

— Eu sei. Ela me disse. Vamos pegar depois.

Tomei mais um pouco. *Vamos pegar depois.* Gostei de como isso soava. Mais um pouco da canja. Eu fingia que estávamos sentados à mesa da cozinha. Afinal, nunca combinamos a etiqueta correta em hospitais.

— O que você quis dizer mais cedo? — perguntei. — Sobre terem me contado? Contado o quê?

Ele ainda afagava minha perna.

— Sobre o fim de semana. Amanhã, Felicia e os demais vão à Filadélfia, como planejado. Mas como você não deve ficar sozinha neste fim de semana, vai ficar comigo.

Mas eu ficava com ele todo fim de semana.

Então me lembrei. O jogo de Jackson.

— Eu sinto muito. Vai perder o jogo do Jackson por minha causa.

— Sabe quantas vezes eu vi Jackson jogar futebol?

— Mas são as semifinais.

— E eu já o vi disputar semifinais incontáveis vezes. Não me importo de perder esta. Podemos assistir na TV. — Ele sorriu novamente. — Mas estou decepcionado porque você vai perder.

— Eu? — Mas eu não iria.

— Íamos pegar meu jato para a Filadélfia amanhã no fim da tarde. Passaríamos o fim de semana na cidade. Veríamos o jogo no domingo. — Ele deu um tapinha no lençol. — Agora temos de nos virar com o sofá e comida delivery.

Ele ia me levar à Filadélfia em seu jato particular?

— Não se preocupe — falou Nathaniel. — Se eles vencerem, teremos o Super Bowl.

Capítulo Quatorze

Empurrei a bandeja.

— Tem algum espelho por aqui? — Nunca fui uma pessoa extremamente vaidosa, mas queria ver se estava tão mal como me sentia.

— Não sei... Acho que não. — Nathaniel titubeou e olhei para ele, chocada. Ele nunca parecia inseguro a respeito de nada. Tudo era sempre muito preto no branco. Sim e não. Faça isso e aquilo. Acho que nunca o ouvi dizer *não sei.*

Levei a mão ao rosto.

— Está ruim? Acha que estou horrorosa?

Nathaniel encontrou um espelho de mão ao lado da pia e o trouxe para mim. Eu o ergui lentamente.

Uma parte de cada vez, Abby, falei a mim mesma. *Concentre-se numa parte de seu rosto de cada vez.*

Comecei pelos olhos.

— Ai. Vou ficar com um olho roxo. Vai parecer que apanhei.

Silêncio completo da parte de Nathaniel. Movi o espelho. Havia um curativo cobrindo o lado esquerdo de minha testa.

— O que foi isso? O que aconteceu? — perguntei, tocando o curativo. Ai.

— Ferimento na cabeça — explicou Nathaniel. — Tinha sangue para todo lado. Não parava e eles não estavam tentando estancar. Estavam preocupados demais em saber se você tinha quebrado o pescoço ou se teria hemorragia interna. — Seus olhos assumiram uma expressão distante. — Cortes na cabeça costumam sangrar muito. Eu me lembro.

E, naquele segundo, Nathaniel não era mais um homem de 34 anos. Era um menino de 10, preso no carro.

— Mas parou — falei, baixinho.

— O quê? — perguntou ele, voltando de repente ao presente.

— Meu sangramento parou.

— Sim. Depois que concluíram que você não tinha quebrado o pescoço, fizeram o curativo na testa. — Ele se levantou e pegou a bandeja do meu jantar. — Vou colocar isto lá fora.

Nathaniel e Felicia tiveram outra discussão sobre quem passaria a noite comigo.

— Eu já trouxe uma bolsa com uma muda de roupas e escova de dentes para ficar à noite — disse Felicia.

— Linda está trazendo um jaleco para mim — argumentou Nathaniel.

— Acho que é uso impróprio de equipamento hospitalar. — Felicia apontou para o peito dele. — Talvez eu deva denunciar isto ao conselho.

Nathaniel se aproximou um passo dela.

— Linda *faz parte* do conselho.

Uma enfermeira entrou no meu quarto e contornou os dois. Olhou para mim como quem diz, *Devo expulsá-los?*

Meneei a cabeça.

— Nós dois vamos ficar — disse Nathaniel.

A enfermeira tirou a intravenosa de minha mão e colocou um curativo na ferida.

— Desculpe, Sr. West. Só um visitante no quarto durante a noite. É a regra.

Senti o rosto ficar quente com a palavra *regra*. Provavelmente assumiu 18 tons de vermelho.

Nathaniel endireitou o corpo.

— Entendo. Felicia, você pode ficar. — Ele se aproximou de mim. — É melhor eu ir antes que chamem a segurança. Verei você logo de manhã cedo. — Ele se curvou e cochichou no meu ouvido: — Durma bem.

As coisas se aquietaram depois que ele foi embora. Felicia se acomodou na cadeira reclinável no canto de meu quarto e logo eu adormeci.

É impossível dormir num hospital. Estão sempre entrando no quarto para conferir você, medir sua pressão ou coisa assim. Cochilei e acordei a noite toda, mas provavelmente dormi melhor do que Felicia. A cadeira não parecia ser muito confortável.

Felicia parecia mal quando acordei na manhã seguinte. Seu cabelo normalmente perfeito estava desgrenhado e ela tinha bolsas sob os olhos.

— Eu devia ter aceitado o conselho de Nathaniel e ido para casa — falou.

— Você teria dormido muito melhor, disso tenho certeza — falei, experimentando mexer várias partes do corpo.

— Quer dizer, até parece que fez alguma diferença. — Ela se levantou e se espreguiçou. — Ele ficou na sala de espera a noite toda, de qualquer forma.

Parei qualquer movimento.

— Nathaniel? Ele ficou aqui? A noite toda?

— A noite toda. — Ela veio à minha cama. — Ele se levantava no corredor sempre que aparecia uma enfermeira. Eu o julguei muito mal. Acho que ele realmente gosta de você.

Eu ainda tentava entender quando o homem em questão entrou. Olhou cautelosamente para Felicia, mas ela o ignorava, arrumando o quarto. Entrou um funcionário do hospital atrás dele, trazendo uma bandeja.

— Hora do café da manhã — disse Nathaniel, trazendo a mesa para o lugar para que eu comesse. — Omelete de queijo e presunto esta manhã.

— Tenho que correr, Abby — falou Felicia, aproximando-se e me dando um beijo no rosto. — Ainda vou fazer as malas. Quanto a você, pegue leve. Ligo assim que puder. — Ela se virou para Nathaniel. — Se você a machucar, eu corto seu pau e *te* dou de café da manhã.

— Felicia Kelly! — exclamei, assombrada.

— Desculpe. Simplesmente saiu. — Ela apontou para ele. — Mas eu falei sério.

— Não sei o que está dando nela — comentei com Nathaniel depois que ela foi embora.

Ele se sentou na beira da cama.

— Estava muito perturbada ontem. Ela só não quer que você se machuque.

— Vai me dizer sobre o que vocês dois discutiram?

— Não.

Eu não esperava nada dele mesmo. Dei uma mordida na omelete. Não me admirou que estivesse ótima.

— Os demais pacientes do hospital também comem omelete de presunto e queijo no café da manhã?

— Não tenho a menor preocupação com o que comem os demais pacientes do hospital no café da manhã.

Linda entrou, seguida por uma enfermeira. A enfermeira mediu minha pressão *de novo*.

— Bom dia, Abby — cumprimentou Linda. — Terei de pedir outra tomografia e, se não acusar nada, você estará liberada. Vai ficar com Nathaniel?

Assenti.

— Que bom — disse ela. — E, para ser franca, o quanto antes você sair daqui, melhor. O pessoal da cozinha está ameaçando se demitir se Nathaniel descer lá novamente. Darei alta a você antes do almoço.

A tomografia não acusou nada e recebi alta antes do meio-dia, poupando Linda da tarefa de substituir o pessoal da cozinha. Elaina deixou um suéter de caxemira azul e calças cáqui macias, então não tive de ir embora com o avental de costas expostas do hospital.

Só depois de entrar no carro de Nathaniel que me lembrei do acidente.

— O que aconteceu com o taxista? — perguntei enquanto Nathaniel navegava pelo trânsito.

— Escoriações leves. Foi liberado ontem. Não gosto de táxis. Vou te dar um carro.

— O quê? Não.

Ele me olhou incisivamente e, pela primeira vez, não me importei. Isto não era uma coisa de fim de semana de dom. Isto era... Bom, não sei. Diferente.

Suas mãos apertaram mais o volante.

— Qual é o problema de te dar um carro?

Meneei a cabeça.

— Parece errado. — Eu não queria explicar a ele. Ele devia entender. Pisquei, reprimindo as lágrimas quentes.

— Você está chorando?

— Não. — Funguei.

— Você está chorando. Por quê?

— Não quero que você me dê um carro. — Ele não pode simplesmente dizer *tudo bem* e deixar isso pra lá? Fechei os olhos. Não, ele não agiria assim. — Isso faria eu me sentir...

— Faria você se sentir o quê?

Suspirei.

— Faria eu me sentir suja, como uma prostituta.

Os nós de seus dedos ficaram brancos.

— É o que você pensa que é?

— Não. — Enxuguei uma lágrima. — Mas sou bibliotecária. Você... é um dos homens mais ricos de Nova York. O que ia parecer?

— Abigail — falou calmamente —, devia ter pensado em como as coisas pareceriam muito antes. Você usa minha coleira todo dia.

Sim, uso, e recebia alguns olhares estranhos.

— Isso é diferente.

— É a mesma coisa. Minha responsabilidade é cuidar de você.

— Comprando um carro para mim?

— Certificando-me de que suas necessidades sejam atendidas.

Ele dirigiu em silêncio por vários quilômetros. Olhei pela janela lateral para a paisagem que passava. Depois de um tempo, fechei os olhos e fingi dormir. Por que ele estava tão decidido a me dar um carro? Eu morava em Nova York. Não precisava de carro.

Quando finalmente paramos em sua casa de campo, ele se aproximou e abriu a porta para mim.

— A conversa do carro não está encerrada, mas você precisa entrar e descansar. Vamos conversar mais tarde.

Ele me acomodou na sala de estar, em um dos sofás de couro. Apollo pulou e se aninhou em meus pés. Nathaniel entrou minutos depois com um sanduíche e frutas.

Havia uma mesa na sala de estar e, enquanto eu descansava no sofá, zapeando distraidamente pelos canais da TV, Nathaniel trabalhava. Eu sabia que ele tinha muito a colocar em dia desde a véspera.

Eu cochilava e acordava. Em algum momento, lá pelas três e meia da tarde, acordei. Olhei em volta. Nathaniel levantou a cabeça no computador.

— Sente-se melhor? — perguntou ele.

Eu não sabia se estava falando da questão do carro ou de minhas várias dores.

— Um pouco — falei, respondendo às duas perguntas ao mesmo tempo, depois vi os analgésicos na mesa ao meu lado. Levantei-me e me espreguicei. Ahhh. Isso era bom.

Nathaniel desligou o computador.

— Venha comigo. — Ele estendeu a mão. — Quero que veja a parte sul da casa.

A parte sul da casa? Segurei sua mão. Era quente e tinha uma força tranquilizadora.

Passamos pelo corredor principal, atravessando o saguão e entrando numa área da casa em que eu nunca estivera. No final do corredor, havia portas duplas.

Nathaniel soltou minha mão, sorriu para mim e abriu as portas.

Fiquei sem ar.

Não admirava que ele nunca tivesse usado o cartão da biblioteca: ele podia abrir as portas desta sala e atender ele mesmo ao povo de Nova York. Eu conhecia pessoas que tinham uma biblioteca em casa, mas nunca vira nada parecido com isso. Nem sabia que esta sala existia.

A sala era grande e o sol de fim de tarde entrava obliquamente pelas janelas que iam do chão ao teto por uma parede. Mas as outras paredes... Tinham prateleiras e mais prateleiras de livros. Nada além de livros. Havia até uma escada móvel instalada numa estante, para alcançarmos as prateleiras de cima.

Dois sofás ficavam perto do centro de tudo. Mas bem no meio da sala, no lugar de honra, havia um piano de cauda extraordinário.

— Quero que esta seja a sua sala — disse Nathaniel. — Quando estiver nesta sala, é livre para ser você. Seus pensamentos. Seus desejos. É tudo seu. A não ser pelo piano. O piano é meu.

Andei assombrada pela sala, passando a mão pelas lombadas dos livros. Era uma coleção ímpar — primeiras edições, volumes antigos —, não consegui apreender tudo. A madeira suntuosa, os livros encapados em couro, aquilo tudo era demais.

— Abigail?

Virei-me para Nathaniel.

— Você está chorando — sussurrou ele. — De novo.

— É tão lindo.

Ele sorriu.

— Você gosta?

Voltei-me para ele e o envolvi com os braços.

— Obrigada.

Capítulo Quinze

Foram dois longos dias.

Não que eu estivesse entediada, nem nada. Explorar a biblioteca era um de meus passatempos preferidos e passei horas descobrindo novos livros e reatando minha amizade com velhos amigos.

Nathaniel foi atencioso. Educado. Talvez um tanto distante. Ele me manteve bem-alimentada e repousada. Até se juntava a mim na biblioteca de vez em quando, mas não ficava muito tempo. Eu sentia falta de seu lado dominador. Não o suficiente para me antagonizar com ele propositalmente ou coisa assim, mas sentia muita falta *daquilo*.

A conversa sobre o carro nunca voltou à tona. Pensei no que ele dissera, sobre ser responsabilidade dele cuidar de mim. Garantir que minhas necessidades fossem atendidas. Ele estava fazendo exatamente isso naquele fim de semana. E por mais que eu quisesse fingir que seus gestos no hospital e de me dar a biblioteca como espaço livre fossem românticos, eu sabia muito bem da verdade. Ele estava fazendo o que falara no carro: cuidando para que minhas necessidades fossem atendidas. Era um meio para se chegar a um fim. Ele precisava de uma submissa saudável e faria o que estivesse a seu alcance para me deixar saudável. Tratava-se apenas disso. Ponto final.

Mas eu estava um tantinho enervada por ele não tocar em mim. Descansei o fim de semana todo. Sentia-me perfeitamente bem.

E eu tinha necessidades que *não estavam sendo* atendidas.

Pus um copo no lava-louças e saí da cozinha. Olhei o relógio — uma da tarde. O jogo de futebol só começaria às três. Havia muito tempo.

Passei pela academia. Vazia. Nathaniel também não estava na sala de estar. Perguntei-me se estava lá fora ou em seu quarto. Não, trabalhava na biblioteca. Sentado a uma mesa pequena no canto.

Ele levantou a cabeça quando entrei.

— Está tudo bem? Precisa de alguma coisa?

— Sim. De você. — Tirei a blusa pela cabeça.

Ele baixou os papéis que estivera lendo.

— Você precisa descansar.

Isso não pareceu uma ordem direta, então não respondi. Desabotoei a calça e a deixei cair. Livrei-me delas. Era a *minha* biblioteca.

Ele ficou sentado, olhando para mim com uma expressão vaga. O que estava pensando? Ele não ia dizer para eu ir embora, ia? Estendi a mão a minhas costas e abri o sutiã. Não achava que podia lidar com isso se ele me rejeitasse.

E se ele me rejeitar?

Tirei a calcinha e deixei que caísse no chão. Era a minha biblioteca, mas ele também tinha livre-arbítrio. Podia me rejeitar.

Nunca me senti mais exposta na vida.

Nenhuma resposta da parte de Nathaniel.

Ele vai me rejeitar.

Lentamente, muito lentamente, ele empurrou a cadeira para trás. Abriu a mesa da gaveta e pegou alguma coisa. Sete passos e estava na minha frente. Passou as mãos por meus ombros, depois pelos braços e pegou minhas mãos. Colocou-as na frente de sua camisa abotoada, passando alguma coisa para minha mão.

— Tudo bem — disse ele.

Olhei o que segurava. Uma camisinha.

Porque os antibióticos anulam a pílula anticoncepcional.

A vitória tomou meu corpo. A excitação disparou de minha cabeça até o centro de meu ser e desceu ao ponto ansioso entre minhas pernas.

Larguei a camisinha no chão. Meus dedos se atrapalharam com os botões de sua camisa, mas consegui abrir todos. Empurrei a camisa até seus ombros, desembainhando-a das calças. Passei as mãos em seu peito, lembrando-me de senti-lo, acompanhando sua barriga plana. Andei em volta dele. Eu adorava ver as costas de um homem.

Suas costas eram perfeitas, é claro. Circulei as omoplatas e fiquei na ponta dos pés para dar um beijo na junção entre elas. Ele puxou o ar, mas não tocou em mim, permitindo que eu o explorasse do meu jeito. Lambi a linha de sua coluna, saboreando seu gosto.

Eu o contornei para ficar de frente e me ajoelhei. Ele estava ereto e apertava a frente da calça.

Ora, ora, ora.

Rocei nele a ponta dos dedos, despertando um silvo. Muito lentamente, desabotoei a calça, certificando-me de roçar nele de vez em quando pelo tecido. Fui ainda mais lenta com o zíper, arrastando os dedos rudemente por todo o caminho.

Ele ficou ainda mais duro.

Puxei sua calça e a cueca ao mesmo tempo, enfim libertando-o. Seu pênis se sacudiu diante do meu rosto. Curvei-me para a frente e o peguei intensamente na boca, passando os braços por seu traseiro e puxando-o para mim ao mesmo tempo. Ele se equilibrou brevemente, colocando as mãos na minha cabeça. Com gentileza.

Eu o chupei com força, saboreando a sensação de tê-lo em minha boca novamente. Abri o pacote metalizado a meus joelhos, coloquei a camisinha em seu membro e me levantei. O sofá estava atrás dele. Empurrei seu peito e Nathaniel recuou. Caímos ali juntos, montando-o com minhas pernas.

Ele se inclinou para a frente e pegou um mamilo na boca, girando a língua em volta dele até que gemi de prazer. Mas este era o meu show, então o empurrei de volta para baixo e me posicionei bem acima de seu pau.

Baixei nele, centímetro por delicioso centímetro, deleitando-me com o modo como ele me preenchia.

— Abigail — gemeu Nathaniel, tentando se empurrar em mim.

Eu o mantive deitado e empurrei até que estivesse inteiramente dentro de mim. E então *eu* gemi. Parei por uns segundos para me concentrar na sensação. Como era tê-lo embaixo e dentro de mim. *O paraíso.* Curvei-me para seu peito e ele chupou meu mamilo novamente. *Ahh. Ainda melhor.*

Comecei um ritmo lento e persistente, pressionando para baixo e me erguendo enquanto meus quadris se moviam de um lado a outro. Nathaniel ajudou, arremetendo para se encontrar comigo. Começamos uma dança erótica e ardente. Para cima, para baixo e rodando. Sem parar.

Suas mãos não ficaram paradas. Circulavam minha cintura, corriam por minhas costas, pegavam meus seios. Sua respiração ficou entrecortada. Então, Nathaniel me segurou pela cintura e começou a me erguer e abaixar, metendo em mim com mais força, mesmo enquanto eu me pressionava contra ele. Eu não me fartava dele. Não podia chegar fundo o suficiente.

— Droga, Abigail. — Ele gemeu e arremeteu de novo para cima, atingindo um novo ponto.

Eu estava perto, então me mexi mais rapidamente. Ele percebeu o que eu fazia e se juntou a mim, impelindo-se para dentro, ajudando-me a chegar lá.

O orgasmo inundou meu corpo trêmulo e ele me seguiu segundos depois, arremeteu uma última vez, grunhindo enquanto gozava.

Ficamos deitados no sofá, deixando que nossas respirações voltassem ao normal. Esperando que braços e pernas voltassem a funcionar. Ou talvez fosse apenas eu. O acidente tinha me detonado mais do que eu pensava.

Nathaniel fez com que rolássemos, até que ficássemos de lado, deixando-me entre ele e o sofá.

— Você está bem?

— Agora estou — disse, com um sorriso malicioso. A biblioteca era meu mais novo cômodo favorito, com toda certeza. Ele podia retirar todos os livros e ainda seria meu favorito. Passei a mão por seu peito. *Meu*. Ali eu podia fingir que ele era meu.

Ele pegou minha mão e a segurou contra o peito.

— Quero que você pegue leve pelo resto do dia.

— Tudo bem. — Isso eu podia fazer, porque conseguira o que eu queria.

Ele rolou do sofá, tirou a camisinha e pegou suas roupas.

— De que tipo de pizza você gosta? — perguntou, abotoando a camisa.

O Sr. Coma-isso-e-não-aquilo queria pizza? Era sério?

Ele sentiu minha hesitação.

— A família Clark deve comer pizza e frango frito durante todo jogo da semifinal. Se não fizermos isso e os Giants perderem, Jackson vai nos deserdar.

— Já ouvi todo tipo de superstição maluca — falei, saindo do sofá. — Mas não me diga que ele usa a mesma cueca suja sempre.

— Meus lábios estão selados.

De várias maneiras, pensei, perguntando-me se um dia me beijaria.

— Champignon — respondi, decidindo não insistir nos lábios dele. — Gosto de pizza de champignon. E bacon.

— Então será de champignon com bacon. — Ele colocou a cueca. — Pode ser um piquenique no chão?

Nathaniel no chão, cercado de caixas de pizza? Minha mente vagou...

— Abigail?

— Sim. Seria ótimo um piquenique no chão.

Mas eu não o enganei nem um pouco.

— Você vai pegar leve pelo resto do dia.

Ele pegou minha coleira durante o intervalo do jogo.

Até essa altura, estivemos fazendo nossa parte por Jackson, comendo frango frito e pizza. E estava funcionando: os Giants estavam na frente por um touchdown.

Ele desligou a TV e ficou acima de mim, estendendo a coleira.

— Elaina me entregou no hospital.

Eu não podia mentir para ele, mesmo que fosse uma mentira por omissão.

— Elaina sabe — falei, depois me apressei a acrescentar: — Mas não fui eu. Não contei a ela.

Ele assentiu.

— Foi o que pensei. Obrigado por ser sincera. — Ele hesitou por um minuto. — Quero ter certeza de que você ainda quer isto. Eu não estava certo... — Seus olhos encontraram os meus. — Agora você sabe mais. Talvez você não... queira.

— Eu quero.

A surpresa iluminou seus olhos só por um segundo. *Ele pensou que eu ia dizer não.* Fiquei de joelhos e baixei a cabeça, pronta para ele recolocar a coleira.

— Olhe para mim, Abigail.

Olhei. Ele estava de frente para mim, ajoelhando-se e colocando a mão por meu pescoço para fechá-la, depois passou os dedos em meu cabelo. Seus olhos escureceram, caíram na minha boca e voltaram aos meus olhos. Ele se aproximou um pouquinho mais.

Ele vai me beijar.

Fiquei petrificada. Não conseguia me mexer. Não conseguia respirar.

Nathaniel fechou os olhos e suspirou.

Então seus olhos se abriram e ele se levantou para ligar a TV novamente.

A decepção me tomou. *Idiota. Idiota. Idiota.* Levei a mão ao pescoço. Mas eu ainda tinha sua coleira. Ainda tinha essa parte dele. Ele ainda queria *a mim.*

Os Giants venceram por um ponto.

— Sabe o que o que isso quer dizer? — perguntou Nathaniel enquanto exibiam um close de Jackson socando o ar.

— Que vamos ao Super Bowl?

— Sim — disse ele, passando os dedos na coleira. — E tenho planos para o Super Bowl.

Capítulo Dezesseis

Felicia apareceu na segunda à noite, toda alvoroçada. A Filadélfia tinha sido ótima. O jogo tinha sido ótimo. Os Welling foram ótimos. Mas principalmente Jackson. Jackson era ótimo. Ela estava cem por cento, totalmente apaixonada por ele. Depois do quê? Duas semanas? Era loucura.

Fiquei emocionada por ela.

Depois que ela se acalmou, perguntei sobre a discussão que ela teve com Nathaniel.

Felicia colocou uma mecha de cabelo atrás da orelha.

— Na verdade, não foi nada.

— Felicia. Meu subconsciente ouviu vocês. Não é verdade que não foi nada.

Ela mordeu o lábio.

— Eu só estava chocada que Nathaniel já estivesse lá. Sou sua melhor amiga. Devia ter chegado lá primeiro. É idiotice. Como eu disse, nada.

Tentei pensar naquele momento. Era difícil. As lembranças eram indistintas.

— Quando você chegou ao hospital?

— Quando levaram você para o quarto. Logo depois do seu exame de tomografia.

Isso fazia sentido.

— Quando Nathaniel chegou ao hospital?

Ela suspirou e arriou no sofá.

— Ele estava na sala de traumatismo com você. As enfermeiras tiveram que expulsá-lo. — Ela ergueu uma sobrancelha. — Por que não pergunta a ele?

Eu a ignorei.

— Por que você o chamou de "porra de animal"?

— Porque achei que era um. Você é, tipo, a escrava sexual do cara ou coisa assim. Ele tem só uma necessidade atendida por você, mas vai correndo ao hospital quando você está machucada, como se o mundo estivesse caindo. Isso me deixou irritada.

— Mas agora você gosta dele?

— Eu não usaria a palavra *gostar*, mas sim, eu o aturo. — Ela foi até a porta. A conversa estava encerrada. — Vai ao Super Bowl com ele?

— Sim. Nathaniel falou alguma coisa sobre isso.

Na tarde de quarta-feira, por volta de uma e meia da tarde, eu estava trabalhando na seção de devolução. Estava de costas para a porta da frente, catalogando novos lançamentos.

— Preciso ver uma coisa da Coleção de Livros Raros.

Deus me livre de um idiota que não conhece o regulamento da biblioteca.

— Lamento — falei, sem nem mesmo me dar ao trabalho de olhar. — A Coleção de Livros Raros é aberta apenas com hora marcada e no momento temos pouco pessoal. Eu não tenho disponibilidade esta tarde.

— Isto é decepcionante, Abigail.

Sabe quando o que você espera acontecer acaba influenciando o que você vê e ouve? Bom, nunca me ocorreu que Nathaniel podia entrar em minha seção da Biblioteca Pública de Nova York a uma e meia de uma tarde de uma quarta-feira qualquer. E por isso não percebi que era ele antes de dizer meu nome.

Girei o corpo.

Ele estava de pé na minha frente, embrulhado em um sobretudo de lã, com apenas uma sugestão da gravata aparecendo pela gola do casaco. Um sorriso presunçoso estava firme em seu rosto.

Nathaniel West estava na minha biblioteca. Numa quarta-feira.

Tombei a cabeça de lado.

Para ver a Coleção de Livros Raros?

— É uma hora realmente muito ruim? — perguntou ele.

— Não — grasnei. — Mas tenho certeza de que você tem exatamente os mesmos livros na sua casa.

— Provavelmente.

— E — continuei, ainda sem entender o que ele fazia —, alguém terá de acompanhá-lo o tempo todo.

— Espero que sim. Seria tedioso ficar na Coleção de Livros Raros sozinho. — Ele tirou as luvas lentamente, um dedo de cada vez. — Sei que não é fim de semana. Por favor, fique à vontade para me dizer não. Não haverá repercussões. Pode me acompanhar até a Coleção de Livros Raros?

Ai. Meu. Deus.

— S-s-sim — gaguejei, vendo que ele tirava a outra luva.

— Excelente.

Fiquei petrificada.

— Abigail — disse ele, arrancando-me do estupor. — Quem sabe aquela moça ali — disse ele, apontando por sobre meu ombro —, pode assumir esta mesa enquanto você estiver... ocupada com outra coisa?

Dããã.

— Abigail?

— Martha? — chamei, saindo do meu posto. — Você poderia cuidar da mesa para mim, por favor? O Sr. West tem hora marcada na Coleção de Livros Raros.

Martha acenou.

— Só para minha informação — disse Nathaniel enquanto andávamos —, a sala da Coleção de Livros Raros por acaso tem uma mesa?

Uma mesa?

— Sim — respondi.

— Ela é firme?

— Acho que sim.

— Que bom. — Ele me seguiu escada acima. — Porque pretendo abrir mais do que livros diante de mim.

Meu coração dobrou de velocidade.

Eu me atrapalhei com as chaves, tentando encontrar aquela que se encaixava na fechadura da sala da Coleção de Livros Raros. Finalmente encontrei, destranquei a porta e a abri.

— Ah, não — disse Nathaniel, segurando-a. — Depois de você.

Entrei na sala com os olhos percorrendo o ambiente. Estava vazia e, a não ser que alguma coisa inesperada acontecesse, assim continuaria pelo futuro previsível.

Nathaniel fechou a porta às minhas costas e a trancou. Tirou o casaco e o pendurou no encosto de uma cadeira, depois deu uma volta na sala, examinando as várias estantes e mesas.

— Esta — disse ele por fim, apontando uma mesa na altura da cintura, no meio da sala —, é exatamente o que tenho em mente.

Eu ia fazer sexo na Coleção de Livros Raros.

Com Nathaniel.

— Dispa-se da cintura para baixo, Abigail — falou ele. — E suba na mesa.

Calando a parte do meu cérebro que avisava que eu não devia fazer isso, tirei os sapatos e abri a calça. Deixei que escorregasse com minha calcinha passando dos quadris e caindo no chão. Nathaniel olhava enquanto eu subia atrapalhada na mesa.

— Muito bem. — Ele abriu o cinto. — Coloque os calcanhares e a bunda na beira da mesa e abra bem esses lindos joelhos para mim.

A temperatura na Coleção de Livros Raros era sempre mais baixa do que em outras partes da biblioteca. Em geral, eu sentia frio quando entrava ali, mas agora tinha calor. Eu ardia em brasa. E ficava mais quente vendo Nathaniel abrir o zíper de sua calça e tirar a cueca. Ele rolou uma camisinha em seu pênis ereto.

— Maravilha. — Ele andou até a mesa, separou mais meus joelhos, depois olhou para baixo, movendo-me ligeiramente, alinhando-me com seu pau. Provocando. Fazendo-me saborear a expectativa.

— Me diga, Abigail. Você já foi comida na Coleção de Livros Raros?

— Não.

Sua cabeça disparou para cima.

— Não o quê?

— Não, senhor.

Ele pressionou seu pau em mim um pouquinho

— Muito melhor assim.

Esperou um minuto e meteu tudo. Meus quadris se deslocaram para trás. Ele estendeu a mão para me segurar pelo traseiro e puxar para perto.

— Recoste-se nos cotovelos, Abigail. Vou foder você com tanta força que ainda vai estar sentindo na sexta-feira à noite.

Ele não precisou me falar duas vezes. Reclinei-me para trás e joguei os quadris para a frente, movendo-me o máximo que podia para ele.

Nathaniel arremeteu, estocando sem parar, e eu me firmei o máximo que pude. Impelia-me para cima com os calcanhares para poder encontrar suas investidas.

— Você é minha — disse ele, avançando novamente.

Minha cabeça tombou para trás. Eu estava tão exposta nesta posição que tudo parecia muito mais intenso. *Sim,* eu queria dizer. *Sua e somente sua.*

— Minha. — Ele manteve meus quadris firmes enquanto seu pênis investia com força. — Diga, Abigail.

— Sua — repeti enquanto Nathaniel metia sem parar. — Sua. Sua. Sua.

Comecei a gemer diante da aproximação do orgasmo. Isso era *tão bom.* Mas eu estava no trabalho. Mordi os lábios enquanto meu clímax se aproximava cada vez mais, até explodir descontrolado e me fazer soltar um gritinho. Nathaniel puxou o ar e o prendeu enquanto gozava intensamente na camisinha.

Ele se curvou para mim, respirando com dificuldade, e deslizou pela minha barriga aos beijos.

— Obrigado por me acompanhar em minha visita à Coleção de Livros Raros.

— Disponha — repliquei, passando os dedos por seu cabelo.

Ele deu um último beijo em minha barriga antes de vestirmos nossas roupas.

Calcei os sapatos novamente e então me ocorreu o que havíamos acabado de fazer. E se alguém tivesse nos ouvido? E se houvesse gente do lado de fora? Nathaniel tinha trancado a porta, mas vários funcionários tinham a chave.

Ele tombou a cabeça de lado.

— Está tudo bem?

— Sim — respondi, querendo sair da sala o mais rápido possível. Peguei a camisinha de Nathaniel e fui para o corredor. — Vou me livrar disso.

Ele assentiu.

— Vejo você na sexta-feira às seis horas.

— Sim, senhor.

Tomamos rumos separados, ele indo para a saída e eu, ao banheiro. Sentia-me bamba e formigava por dentro — provavelmente ficaria com um sorriso idiota na cara pelo resto do dia.

Quando voltei à recepção, havia uma rosa esperando por mim por cima dos livros que estivera catalogando. Uma rosa de cor creme, com as pontas tingidas de um leve rosado.

Peguei e senti sua fragrância.

Daqui a 52 horas.

Capítulo Dezessete

Sentei-me à mesa da frente, girando a rosa.

— Alguém está apaixonada — cantarolou Martha, sentada à mesa e apoiando o queixo nas mãos.

— Quem, eu? — Girei a rosa novamente.

— Evidentemente. Mas também aquele pedaço de homem que deixou essa rosa para você. — Ela piscou teatralmente várias vezes.

— Nathaniel West? — perguntei, deleitando-me com o som de seu nome em meus lábios. — Ele é só alguém com quem tenho saído. — Tudo bem, isto é mentira. Estive fazendo muito mais do que *sair* com Nathaniel. A rosa não passava de um agradecimento por eu não tê-lo decepcionado.

Martha se levantou.

— Uma rosa creme com um leve rosado é coisa séria.

— É mesmo? — Parei de girar a rosa. — Por quê?

— John Boyle O'Reilly? — perguntou ela. — O poeta irlandês?

Balancei a cabeça. Nunca ouvi falar dele.

Martha uniu as mãos.

— É tão romântico. É de um poema dele, "Uma rosa branca..."

— Ela não é branca.

Martha me lançou um olhar maligno.

— Sei disso. Só estou falando do título.

— Desculpe. — Gesticulei, interessada em descobrir aonde ela ia chegar. — Continue.

Ela pigarreou:

"A rosa vermelha sussurra paixão,
A rosa branca exala amor;
Oh, a rosa vermelha é um falcão,
A rosa branca a pomba em flor.
Mas lhe trago este alvo botão
De pétalas a ruborizar;
Pois até no amor mais puro e doce
Há o desejo de seus lábios beijar"

Baixei a rosa.

Isso não quer dizer nada. Não quer dizer ABSOLUTAMENTE NADA. Ele gostou da rosa, é só isso. É só uma coincidência.

Mas desde quando Nathaniel fazia alguma coisa que fosse simples coincidência?

Nunca.

— Abby?

O desejo de seus lábios beijar.

Nada. Não quer dizer nada, sussurrou a Abby Racional. Ou talvez fosse a Abby Louca. Quem saberia a essa altura?

Claro. Continue dizendo isso a si mesma. Diga a si mesma que é só uma coisa que ele faz todo fim de semana. Tanto faz. A verdade não importa mais, importa? Significa mais para você, disse a Abby Louca. Ou talvez tenha sido a Abby Racional.

— Abby?

— Desculpe, Martha. — Peguei a rosa e a coloquei na mesa. Olhei para ela. — É um lindo poema. Muito romântico.

O desejo de seus lábios beijar.

Olhei para Martha.

— Acho que vou ver a seção de poesia. Procurar mais alguma coisa de O'Reilly.

Eu tivera aquela fantasia louca de ser a submissa de Nathaniel West. De me submeter a seu controle, estar sob sua vontade. Eu já havia lidado com o fato de que me apaixonara por ele, mas e quanto ao que o próprio Nathaniel sentia por mim?

Seria possível que também estivesse apaixonado?

* * *

Pensei que a noite de sexta-feira nunca chegaria. Os minutos se arrastaram e as horas rastejavam para sempre. Ioga. Trabalho. Caminhar em vez de correr.

Mas a sexta chegou. Cheguei à casa de Nathaniel às dez para as seis e ouvi Apollo latindo dentro da casa quando saí do carro.

Nathaniel abriu a porta da frente. Droga, ele ficava ótimo com camisa de manga comprida e a calça preta. Minhas pernas ficaram bambas só de vê-lo. Seus olhos me acompanharam ao subir a escada.

— Feliz sexta-feira, Abigail — disse ele, sua voz tão suave que quase desmaiei.

É agora.

— Entre. — Recuou um passo e me deixou passar. — O jantar está servido.

E que jantar. *Coq au vin* servido à mesa da cozinha. Peitos delicados de frango em um molho saboroso de vinho. Cada pedaço era delicioso. Enquanto comíamos, ocorreu-me que Nathaniel e eu partilhávamos a paixão pela culinária. Como seria trabalhar na cozinha com ele?

Cortando e fatiando. O calor e o vapor quente de uma panela fumegante. Tirando provas para ver o tempero. Toques sutis aqui e ali. Roçando nele enquanto me movimentava pela bancada. Estendendo a mão por cima de sua cabeça para pegar alguma coisa.

Uma reprise da mesa da biblioteca passou por minha cabeça, mas desta vez na bancada da cozinha.

Sua. Sua. Sua.

— Como está se sentindo hoje? — perguntou Nathaniel, trazendo-me de volta à realidade enquanto terminávamos de comer.

Lembrei-me do que ele disse na quarta-feira: *você ainda vai estar sentindo na sexta-feira à noite.*

Sorri.

— Dolorida em todos os lugares certos.

— Abigail. — Ele me repreendeu. — Foi uma menina má esta semana?

Tive um branco.

Ele, com muita precisão e toda intenção do mundo, baixou o garfo no prato.

— Sabe o que acontece com as meninas más, não sabe?

Meneei a cabeça.

— Elas são espancadas.

Ai, mas nem ferrando!

— Mas eu fiz ioga, dormi e caminhei em vez de correr, exatamente como mandou. — Isto não podia estar acontecendo. Havia infringido as regras da última vez. Entendia isso. Mas esta semana... Esta semana... Não fiz nada de errado. De jeito nenhum ficaria esparramada naquele cavalete de novo. Eu usaria minha palavra de segurança.

Droga.

— Abigail. — Nathaniel estava calmo e controlado. Não parecia com raiva nem decepcionado. Não como da última vez. — Quantos tipos de espancamento existem?

O quê? Quem se importa com quantos são? Todos doem.

— Três — prosseguiu ele, respondendo à própria pergunta. — Qual era o primeiro?

Eu estava deixando passar alguma coisa. O que era? Meu cérebro voltou freneticamente àquela noite. O que ele havia dito? Espancamento de aquecimento, de punição e erótico.

Erótico.

Ah.

Ele ergueu uma sobrancelha.

— Leve sua bunda lá para cima.

Saí da mesa e subi as escadas correndo. Para ser franca, esperava pelo cavalete. Soltei um suspiro de alívio porque ele não estava ali. Havia apenas uma pilha de travesseiros no meio da cama de Nathaniel.

A cama de Nathaniel.

O medo não tem lugar na minha cama. Eu acreditei nele. Esta noite seria de prazer. Ele cuidaria disso. A excitação se acendeu em meu ventre.

Tirei a roupa e esperei. Nathaniel entrou no quarto segundos depois. Assentiu para a cama e começou a desabotoar a camisa.

— De bruços, sobre os travesseiros.

Engatinhei em cima da cama e me posicionei sobre os travesseiros para que minha bunda ficasse empinada no ar. Nathaniel se aproximou da cabeceira e pegou uma amarra.

— Não podemos permitir que você tente se cobrir, podemos? — perguntou, amarrando minhas mãos e puxando-as para que eu ficasse apoiada nos cotovelos.

A cama se mexeu quando ele se moveu atrás de mim. Sentia suas mãos passarem por meu corpo.

— Esteve usando seu plugue, Abigail?

Assenti.

— Ótimo. — Ele separou minhas pernas. — Quero que se abra para mim. — Seu dedo roçou minha abertura latejante. — Veja só isso, Abigail. Já está molhada. A ideia de deixar seu traseiro vermelho excita você?

Mordi o interior de minha bochecha.

Ele me esfregou e desferiu três tapas em rápida sucessão. Doeram, mas foi o tipo de dor sim-senhor-posso-ter-mais-uma-senhor.

— O bom povo de Nova York paga seu salário para que você vá trabalhar na biblioteca, e não entrar escondida na Coleção de Livros Raros. — Ele me bateu repetidas vezes, sua mão caindo em uma área diferente a cada vez.

Mas em vez de dor, senti um prazer crescente. Em vez de sofrimento, senti um calor que se espalhava da mão dele e pulsava em mim da cintura para baixo. Precisava dele. Precisava que me tocasse. Precisava dele dentro de mim.

— Você está tão molhada. — Ele meteu um dedo em mim brevemente, depois me bateu bem onde estava escorregadia e ansiosa.

Gemi.

— Gosta disso, Abigail? — Ele me acertou novamente.

Isso. Sim, prazer. Isso.

Um tapa.

Eu mexi os quadris para ele. Ele começou a bater em meu traseiro de novo.

— Sua bunda está com um lindo tom de rosa. — Senti seu pau se apertar em mim e prendi a respiração. — Logo farei mais do que bater nela. Logo vou fodê-la.

Uma embalagem foi rasgada e ele se mexeu para deslizar por onde eu estava molhada e pronta.

Não consegui deixar de gemer.

Ele tirou.

— Nenhum barulho esta noite ou você não terá meu pau. — Ele me bateu de novo. — Você entendeu? Concorde com a cabeça.

Assenti.

— Ótimo. — Nathaniel mergulhou em mim violentamente e eu me pressionei contra ele. — Está gulosa esta noite, não? Bom, então somos dois.

Ele começou a meter com vontade, com força e profundamente. Eu apertava os músculos internos em volta dele sempre que entrava. Repetidas vezes, ele empurrou. E eu respondia a cada arremetida pressionando-me contra seu corpo, trazendo-o ainda mais fundo.

Mais fundo.

Mais fundo.

Sua mão foi no lugar em que nos uníamos e esfregou meu clitóris. Ele nunca fizera isso antes. Meu corpo explodiu de prazer e Nathaniel deu solavancos junto de mim, unindo-se em meu orgasmo.

Depois disso, rolei nos travesseiros e Nathaniel se deitou ao meu lado, recuperando o fôlego.

Sua mão deslizou pela minha cintura e pelo peito para segurar meu ombro, ainda acima de minha cabeça.

— Não acho que tenha visto tudo o que queria na quarta-feira — disse ele. — Talvez possa fazer a gentileza de marcar uma hora para mim na Coleção de Livros Raros novamente na quarta-feira que vem.

Sim e *senhor.*

Naquela madrugada, saí furtivamente do meu quarto e caminhei pelo corredor até a escada. A luz dourada da meia-lua iluminava meu caminho, conferindo um brilho surreal a tudo. A porta do quarto de Nathaniel estava fechada quando passei por ali. Ele nunca havia me dito que eu estava proibida de explorar a casa no meio da noite, mas não queria ser apanhada.

Desci a escada, silenciosa como um camundongo. Entrei na biblioteca. A minha biblioteca.

Andei até as prateleiras que guardavam a coleção de poesia de Nathaniel. Meus dedos dançaram por uma lombada depois de outra.

Tem de estar aqui. Tem de estar. Por favor, que esteja aqui.

Meus dedos pararam.

Obra reunida de John Boyle O'Reilly.

Com as mãos nervosas, tirei o livro da estante e me coloquei mais perto da janela. Abriu-se naturalmente a três quartos do final, bem na página que continha "Uma rosa branca".

Alguma coisa flutuou para o chão. Curvei-me para pegar: uma pétala de rosa de cor creme, com um leve rosado na ponta.

Capítulo Dezoito

Coloquei a pétala de rosa no livro e o devolvi à estante bem na hora em que passos ecoaram no corredor. Parecia que alguém vinha diretamente à biblioteca.

Fui flagrada.

Nathaniel entrou na sala. Estava sem camisa e usava apenas uma calça caramelo listrada. Se ficou surpreso por me ver, não demonstrou. Acendeu uma pequena luminária.

— Abigail — cumprimentou, como se fosse a coisa mais natural do mundo que eu estivesse na biblioteca às duas da manhã.

— Não conseguia dormir.

— E decidiu que a poesia lhe daria sono? — perguntou ele, notando onde eu estava parada. — Então, vamos fazer um jogo?

E recitou:

"Ela anda na beleza, como a noite
De firmamentos sem nuvens e céus estrelados:
E o que há de melhor nas trevas e na luz
Encontra-se em seu aspecto e nos olhos..."

Nathaniel sorriu para mim.

— Dê o nome do poeta.

— Lord Byron. — cruzei os braços. — Sua vez.

"Durmo contigo e acordo contigo,
Entretanto tu não estás ali;

Encho os braços com pensamentos de ti,
E aperto o ar comum."

A diversão se acendeu em seus olhos.

— Eu devia saber que não podia sugerir um concurso com uma bibliotecária formada em inglês. Este não sei de quem é.

— John Clare. Ponto para mim.

Um sorriso malicioso iluminou seu rosto.

— Tente este — disse. E prosseguiu:

"Que teu coração profético
Não me anteveja nenhum mal;
O destino pode fazer a tua parte,
E teus temores se realizarão."

Bom, este era enigmático. Semicerrei os olhos.

— John Donne.

Ele assentiu.

— Sua vez.

Respirei fundo e pensei no poema que li na noite de quarta-feira, aquele que havia sido uma revelação para mim. Será que ele reconheceria?

"Deste-me a chave de teu coração, amor;
Então por que me fizeste bater?"

Eu sei, falei-lhe com os olhos. *Eu sei. Eu quero isto. Eu quero você.*

Nenhuma surpresa de Nathaniel, apenas o sorriso que aqueceu meu coração.

— John Boyle O'Reilly — disse. — E dou um ponto a mim mesmo por saber os versos seguintes:

"Oh, isto foi ontem, pelos santos dos céus!
E na noite passada — troquei a fechadura!"

Isto é novo para mim, sua expressão me alertava. *Deixe-me fazer do meu jeito.*

Eu podia deixar assim.

— Então está empatado. — Afastei-me da estante, passando o dedo pelo sofá de couro. — Então, por que veio à minha biblioteca a esta hora da madrugada?

Ele assentiu para o piano.

— Vim tocar.

— Posso ouvir?

— É claro. — Ele se sentou no banco e começou a tocar.

Minha respiração ficou presa.

Era a música do meu sonho. Era real.

Era Nathaniel.

Ouvi chocada a música que tanto tentei encontrar em meus sonhos. Não sabia quanto tempo tinha se passado enquanto me sentava e escutava. Talvez o tempo tivesse parado.

E Nathaniel...

Eu podia ficar ali para sempre vendo Nathaniel. Era como se ele estivesse fazendo amor. Seu rosto se tornou um retrato da completa concentração. Os dedos eram suaves e gentis, acariciando as teclas. Acho que às vezes me esquecia de respirar. A melodia ecoava na noite, dando um toque de melancolia à luz do luar. Finalmente, a música chegou a um crescendo provocante e diminuiu suavemente até parar.

Por um bom tempo, ficamos sentados em silêncio. Nathaniel foi o primeiro a falar.

— Venha cá — sussurrou.

Atravessei a sala.

— É a minha biblioteca.

— É o meu piano.

Aproximei-me do banco. Não sabia se devia sentar ou ficar de pé. Nathaniel tomou a iniciativa, passando os braços por minha cintura e me puxando para que eu montasse em seu colo. Fiquei de frente para seu peito, com o piano às minhas costas.

Ele passou as mãos em meu cabelo, por meus ombros, descendo por minhas costas até minha cintura. Sua cabeça caiu entre meus seios e ele suspirou. Levei as mãos a sua cabeça, enterrando os dedos em seu cabelo basto.

Por favor, por favor, por favor, me beija, eu queria pedir. Queria puxar sua cabeça para a minha e beijá-lo eu mesma. Era minha biblioteca, afinal. Mas desejava que ele me beijasse

Senão, não seria o mesmo.

Senão, não significaria tanto.

Ele beijou meu seio direito através do tecido fino de minha camisola. Pegou meu mamilo na boca e o chupou.

Tudo bem, decidi, talvez eu não deva pensar, apenas sentir.

— Eu quero você — disse ele, olhando profundamente em meus olhos. — Quero você aqui. No meu piano. No meio da sua biblioteca.

E novamente ele estava me dando uma opção. Era minha biblioteca. Eu podia rejeitá-lo.

Morreria antes disso.

— Sim — sussurrei.

Nós dois nos levantamos. Ele desceu as mãos a minha cintura e tirou a camisola por minha cabeça.

— No meu bolso — sussurrou ele enquanto eu descia suas calças.

Ah, sim. A camisinha.

— Está muito seguro de si, não está? — perguntei, abrindo a embalagem.

Ele não respondeu. Não precisava.

Já estava ereto e coloquei a camisinha, provocando-o com um aperto firme. Nathaniel se sentou no banco do piano e eu passei minhas pernas por sua cintura, mais uma vez de frente para ele.

— Toque para mim — sussurrei, envolvendo-o com meus braços, passando os dedos por suas costas.

Ele não conseguia alcançar muitas teclas comigo sentada em seu colo, mas tentou, e a música que tocou eu nunca tinha ouvido na vida. Começou lenta e sensualmente. Delicada. Provocante.

Ergui os quadris e me baixei nele. Ele pulou uma ou duas notas — eu não saberia.

— Continue — sussurrei, erguendo-me e me empurrando nele. Ele continuava tocando.

Mantive os quadris parados, curvei-me para baixo e mordisquei sua orelha.

— Adoro você dentro de mim. — Ele errou mais algumas notas. — Durante a semana, fantasio com seu pau... com o gosto dele. — Comprimi meus músculos internos. — Com a sensação. — Seus braços tremeram. — Conto as horas até ver você. — Eu o cavalgava lentamente. — Até poder ficar com você assim. — Suas mãos caíram do teclado para segurar meu traseiro, tentando me empurrar com mais força, mas eu fiquei parada. — Continue tocando.

A música ficou mais acelerada, mais intensa, e eu subia e descia nele enquanto tocava.

— Eu nunca me senti assim — falei. — Só você. Só você pode fazer isto comigo.

Agora sua execução ao piano era caótica: nem mesmo parecia uma música, apenas notas dissonantes. O suor se formou em seu corpo e eu soube que ele estava lutando. Lutando para ter o controle que tanto prezava. Lutando para que a música continuasse.

Lutando e perdendo.

A música parou e, com um movimento rápido, ele me segurou pela cintura e meteu em mim com toda força que tinha.

— Você acha que é diferente para mim? — murmurou com a voz rouca. Enganchou os braços em meus ombros, forçando-me ainda mais fundo. — O que a faz pensar que é diferente para mim?

Nós nos movemos mais rápido, cada um tentando se segurar para o outro, como se chegar ao clímax primeiro fosse uma desistência. Mordi o lábio, concentrada, querendo que ele gozasse antes. Ele baixou a mão entre nós e descreveu círculos em volta de meu clitóris.

Mas que droga.

Segurei um punhado de seu cabelo e o puxei. Ele gemeu em meu ombro e esfregou com mais força.

Por fim, foi demais. Nathaniel era o mestre, afinal. Podia fazer o que quisesse com meu corpo. Eu não tinha armas para usar contra ele. Desisti e permiti que meu clímax me dominasse. Ele me seguiu segundos depois.

Enquanto nossos corações e nossa respiração reduziam o ritmo, senti que ele levantava o muro. Tijolo por tijolo. Fechando-se. Tornando-se distante mais uma vez.

— Café da manhã às oito na sala de jantar, Abigail. — Ele me levantou de seu colo e me colocou no chão. O controle estava de volta.

— Rabanada? — perguntei, vestindo a camisola, querendo ver se ainda restava parte do Nathaniel que eu acabara de vislumbrar.

— O que você preferir.

Não. Tinha ido embora.

Capítulo Dezenove

Levei mais tempo do que o de costume para preparar o café na manhã seguinte. Eu prolongava cada passo, com medo do que encontraria esperando por mim na sala de jantar. O quanto Nathaniel estaria distante esta manhã do amante febril da noite anterior?

Coloquei um prato para mim na bancada depois de preparar o de Nathaniel. Eu não sabia onde comeria esta manhã. Não sabia onde queria comer. Não. Isso não era verdade. Eu sabia onde queria comer: à mesa da cozinha, com Nathaniel.

O que Elaina me dissera no almoço pouco antes do acidente? *Você precisa lidar com Nathaniel com cuidado.*

Eu podia ser cuidadosa. Lidaria com ele com luvas de pelica, eu o atrairia para fora muito lentamente, ele nem saberia o que o estava atingindo. Lidar com ele com cuidado, é verdade.

E derrubaria o muro, tijolo por tijolo.

Coloquei a rabanada diante dele. Era minha imaginação, ou o canto de seu lábio se ergueu ligeiramente?

Você acha que é diferente para mim? O que a faz pensar que é diferente para mim?

Ele podia muito bem ter dito isso em voz alta de novo. As palavras soavam por minha cabeça e eu sabia que não importava que ele estivesse comendo na sala de jantar. Abri uma pequena rachadura em seu exterior na noite passada. Só precisava de tempo para torná-la maior.

— Faça um prato e junte-se a mim — disse ele, pegando o garfo e cravando-o num pedaço da torrada.

Eu me juntei a ele minutos depois.

— A noite de ontem não muda nada — falou, enquanto eu me sentava. — Eu sou seu dom e você é minha sub.

Continue dizendo isso a si mesmo, Nathaniel. Talvez um dia consiga se convencer. A noite passada mudou tudo.

— Eu me importo com você — continuou ele — Isto não é inaudito. Na verdade, deve ser esperado.

Comecei a comer.

— Mas sexo não é o mesmo que amor. — Ele colocou uma fatia de banana na boca, mastigou e engoliu. — Embora eu suponha que muita gente confunda os dois.

Ele não olhava para mim enquanto comia, quase como se achasse mais fácil falar desse jeito. Senti-me certa de ter visto rapidamente seus verdadeiros sentimentos na noite passada. Mas seus atos à mesa davam a impressão de que estava se preparando para uma grande batalha. Perguntei-me se era contra ele próprio ou contra mim. Consigo mesmo, concluí. Definitivamente era consigo mesmo.

Eu te ouvi, Elaina. Eu te ouvi em alto e bom som

Depois do café da manhã, ele me instruiu a esperar em seu quarto.

As cortinas estavam praticamente fechadas, deixando passar só uma pequena quantidade de luz. Olhei em volta: não havia travesseiros na cama. Nem amarras. Nem cavalete. Só a cama.

Depois vi o travesseiro no chão, o que só podia significar uma coisa. Ajoelhei-me, totalmente vestida.

Nathaniel entrou, ainda com a calça caramelo listrada da noite anterior.

— Muito bem, Abigail — disse, aproximando-se de mim. — Agrada-me que se antecipe às minhas necessidades.

Ele tirou a calça e vi que estava só parcialmente ereto.

Curvei-me para a frente e peguei-o na boca, passando os braços por seus quadris. Seus dedos se cravaram em meu cabelo.

Rolei a língua pelo pênis, subindo e descendo por ele enquanto se movia lentamente para dentro e para fora de minha boca. Nathaniel podia fingir que isto não passava de sexo, mas eu não era boba e coloquei todo meu coração no único jeito que ele permitia. O único jeito que podia.

Eu não podia dizer-lhe como me sentia, mas podia mostrar. Mostrar a ele, sendo o que ele precisava. Tirando dele o que eu precisava em troca.

Sua respiração ficou entrecortada e suas arremetidas, mais intensas. Relaxei a garganta para tomá-lo todo, para deixar que ele aliviasse o que precisava. Os dedos em meus cabelos puxaram mais forte. Levantei a mão para pegar gentilmente seu saco. Afaguei-o.

Arrisquei uma espiada e seu rosto quase me fez parar. Os dentes estavam cerrados e sua expressão... Sua expressão era a imagem da dor. Como se fosse ele quem estivesse no cavalete.

Naquele segundo, eu soube o que Nathaniel estava fazendo. Tentando provar a si mesmo que nós dois éramos apenas sexo. E isso me deu raiva, porque a noite passada havia sido linda. Nós podíamos ser lindos. Ele não admitiria isso. Podia ser meu dom, eu podia ser sua sub e podia ser lindo.

Ele se contorceu dentro de mim e percebi que estava perto. Chupei com mais força e, quando ele gozou em minha boca, engoli freneticamente.

Senti-o relaxar e as mãos em minha cabeça se afrouxaram. Ele devia estar se sentindo melhor consigo mesmo, porque parecia mais tranquilo quando baixou a mão para me ajudar a levantar.

Seus dedos rapidamente trabalharam em minha blusa e na calça. Sinceramente, nem mesmo sei por que me dava ao trabalho de ficar vestida. Era uma completa perda de tempo. As roupas nunca ficavam em meu corpo.

Meus olhos foram à cama e vi um tubo de lubrificante na mesa de cabeceira. Não o havia visto antes. Meu corpo se retesou.

— Olhe para mim, Abigail. — Nathaniel pegou minhas mãos. — Quero que responda às minhas perguntas — disse, levando-me para a cama. — Onde estamos?

— Em seu quarto. — Subi na cama e fui para o meio, concentrando minha atenção nele.

Ele engatinhou até mim, ainda olhando em meus olhos.

— Onde em meu quarto?

— Na sua cama.

Ele subiu e desceu a mão pela lateral do meu corpo.

— O que acontece na minha cama?

Minha barriga formigou toda.

— Prazer.

— Sim — concordou Nathaniel, curvando-se para beijar meu pescoço, baixando-me na cama.

Fechei os olhos enquanto as sensações corriam em ondas por mim. Seus lábios, sua língua, seus dentes. Ele mordiscou, lambeu e chupou.

— Apenas sinta, Abigail — sussurrou. Suas mãos desceram e roçaram meus cachos, afagando ainda mais baixo até onde eu me doía por ele. Mas, em vez de subir em mim, ele se mexeu de novo. Sua boca mordiscou a curva de minha barriga, sua língua mergulhou em meu umbigo.

Um dedo entrou lentamente, girando por minha abertura, dançando para dentro e para fora. Eu balançava os quadris.

— Sim — sussurrou Nathaniel — Apenas sinta.

Ele se moveu por entre minhas coxas, dobrou meus joelhos e os separou. Ergui os quadris, implorando pelo atrito.

— Espere — falou contra a minha umidade, e a vibração de sua voz era tão boa que gemi. — Espere.

Sua língua substituiu os dedos, bem onde eu precisava dele. Depois, em um movimento rápido, colocou minhas pernas em seus ombros e sua língua passou a entrar e sair de mim. Lentamente. Muito lentamente. Eu me apertava nele, precisava dele, querendo mais. Um de seus dedos traçava círculos lentos em volta de meu clitóris.

Eu estava tão perto. Eu cambaleava na beira.

As mãos se afastaram e uma pequena parte de mim sabia o que ele estava fazendo. A maior parte, porém, não dava a mínima porque sua língua tinha substituído o dedo, rodando, mas nunca me dando exatamente o que eu precisava.

Os dedos escorregadios voltaram, circulando minha abertura inferior, combinando com o ritmo da língua, que não parava. Ele empurrou a ponta do dedo dentro de mim ao mesmo tempo em que lambia o clitóris.

Ofeguei.

— Prazer, Abigail — disse ele, movendo a ponta do dedo lentamente para dentro e para fora, enquanto sua voz fazia aquela coisa da vibração maravilhosa. — Só prazer.

Seu dedo entrava cada vez mais fundo enquanto ele continuava a lamber e mordiscar, minha ansiedade crescendo. Deslizou a língua para dentro de mim, entrando e saindo, entrando e saindo. Seu dedo se movia mais devagar.

Meu corpo mais uma vez estava à beira do abismo e, que droga, nunca esperei que isso fosse ser tão bom, mas era. Muito melhor do que o plugue. Muito melhor do que pensei ser possível.

— Relaxe — sussurrou, mas deve ter sido de brincadeira, porque eu não poderia estar mais relaxada. Ele acrescentou um segundo dedo e senti uma dor de estiramento, mas sua língua estava de volta. Girando. Lambendo. Provocando-me. Impedindo meu orgasmo. E seus dedos entravam e saíam.

Ele moveu a boca de modo que a língua se enfiava e saía enquanto os dentes roçavam meu clitóris. Os dedos mantiveram o ritmo.

Ergui os quadris para ter parte dele, qualquer uma, mais para dentro de mim.

— É isso, Abigail — disse Nathaniel. — Deixe estar. Deixe que seja bom.

Acreditei nele. Ele podia fazer com que fosse bom. Assim o faria. Eu não tinha mais dúvidas.

Seus dentes roçaram meu clitóris rudemente, bem no momento em que os dedos penetraram mais fundo.

O clímax me tomou, atirando-me inteiramente da beira.

Quando recuperei os sentidos, Nathaniel olhava para mim com certa presunção.

— Você está bem? — perguntou.

— Hmmmm — murmurei.

Ele se deitou ao meu lado e me pegou nos braços.

— Devo tomar isto com um sim?

Assenti e coloquei a cabeça em seu peito. E ali, só por um segundo, eu o tive de volta.

Capítulo Vinte

Nathaniel me surpreendeu quando visitou a Coleção de Livros Raros naquela quarta-feira. Surpreendeu-me no bom sentido.

— Estive pensando no que você disse sobre a questão do carro — falou ele, fechando o zíper da calça.

— Pensou? — Calcei as meias rapidamente, querendo estar completamente vestida caso houvesse alguma briga. Não havia como, de jeito nenhum, eu concordar que ele comprasse um carro para mim.

Nathaniel endireitou a gravata.

— Decidi não insistir na questão.

— O quê?

— A ideia deixou você muito desconfortável e pensei que, embora parte de mim ainda pense que é mais seguro que você mesma dirija, seu bem-estar mental é igualmente importante para mim. — Ele se aproximou e se colocou na minha frente. — Não quero que jamais pense que é uma prostituta.

Fiquei um pouco surpresa por ele ter encerrado o assunto sem discussões, mas satisfeita por não ter me pressionado.

— Obrigada.

— Toma lá dá cá, Abigail, os relacionamentos são assim. — Ele pegou o paletó a caminho da porta. — Gosto que seja franca comigo a respeito de seus sentimentos. Eu mesmo tenho dificuldades com isso.

Não brinca, Sherlock.

Desci da mesa e calcei os sapatos.

— Talvez possamos trabalhar nisso juntos.

Ele manteve a porta aberta para mim.

— Talvez.

Eu o encontrei no terminal particular do aeroporto às quatro da tarde de sexta-feira. Ele estava esperando perto de um lindo jato particular. Pelo menos, eu achei lindo — mas nunca tinha visto um jato particular tão de perto, então não tinha nada com que comparar.

— Boa tarde, Abigail — cumprimentou Nathaniel. — Obrigado por fazer os arranjos para sair do trabalho cedo.

Assenti e segurei a mão que ele me estendia para me ajudar a subir a escada do avião. O interior era espaçoso e elegante. Parecia um apartamento de luxo: tinha um bar, sofás de couro, até uma porta aberta levando ao quarto e, é claro, poltronas de couro.

O piloto acenou quando nos viu entrar na cabine principal.

— Estaremos prontos para decolar em breve, Sr. West — disse.

Nathaniel fez um gesto para as poltronas.

— Temos de afivelar o cinto.

Sentei-me ao lado dele, sentindo palpitações de nervosismo, enquanto alguns tripulantes se preparavam para o voo. Eu estava nervosa por várias razões: ver a família de Nathaniel de novo, preocupada com as expectativas que ele tinha com relação a mim, perguntando-me como seria o jogo e, tudo bem, não vou mentir, eu estava enlouquecida para saber o que envolviam os *planos* de Nathaniel.

Logo estávamos no ar. Respirei fundo e fechei os olhos.

— Quero conversar com você sobre o fim de semana — disse Nathaniel. — Sua coleira continua onde está. Você ainda é minha submissa. Mas minha tia e Jackson não precisam saber de nossa vida particular. Além disso, você não se dirigirá a mim como mestre, senhor, ou Sr. West. Se puder, evite usar meu nome. — Ele me olhou nos olhos. — Você não vai me chamar pelo nome de batismo a não ser que seja inevitável.

Assenti.

— Agora, quanto ao dia de hoje — prosseguiu —, você terá de aprender a se controlar.

Uma mulher mais velha entrou na cabine.

— Posso lhe trazer alguma coisa ou para a Srta. King, Sr. West?

— Não — disse Nathaniel. — Avisarei se precisarmos de algo.

— Muito bem, senhor.

— Ela vai passar o resto do voo com o piloto, a não ser que precisemos dela — falou Nathaniel, abrindo o cinto de segurança. — E não vamos precisar. — Ele estendeu a mão. — Venha comigo.

Fomos ao quarto. Nathaniel fechou a porta.

— Tire a roupa e vá para a cama.

Obedeci, vendo-o andar pelo pequeno ambiente. Eu estimava que tínhamos cerca de duas horas. Pensar nas coisas que ele podia fazer comigo nessas duas horas me deixava tonta.

Subi na cama, olhando o teto. A expectativa borbulhava em minha barriga enquanto eu me perguntava o que ele queria dizer por "controle".

Não precisei esperar muito tempo. Nathaniel, totalmente vestido, contornou a cama e esticou meus braços de forma que ficassem perpendiculares a meu corpo. Quanto às pernas, ele as deixou em paz.

— Fique assim e não vou precisar amarrá-la.

Ele se sentou na cama, segurando o que parecia uma tigela.

— Isto é um prato quente operado a bateria — disse ele. — Normalmente, uso uma vela para isso, mas o piloto não permitiria. — Ele abriu um leve sorriso. — E regras são regras.

Uma vela? Ele ia passar cera em alguma coisa?

Pegou uma venda no bolso.

— Isto funciona melhor se estiver vendada.

Logo, eu estava imersa na escuridão. Mais uma vez, nua e esperando.

Nathaniel falou naquela voz suave e sedutora:

— A maioria das pessoas acha a sensação do calor muito agradável.

Soltei um silvo enquanto uma gota de cera caía em meu braço, surpresa ao perceber como era bom.

Ele esfregou.

— E isto é cera de vela especial. Transforma-se em óleo corporal depois de aquecida.

Mais uma gota caiu no outro braço, seguida novamente pela sensação suave da mão de Nathaniel. Mas a incerteza de onde cairia a seguinte me deixava tensa e cheia de expectativa. E então veio: pingou em minha barriga, por minha coxa, descendo entre meus seios. O calor inicial aos poucos dava lugar a uma sensação cálida que me deixava fraca e mole. Depois de cada gota, Nathaniel esfregava o óleo no meu corpo com afagos longos e sensuais.

O calor caiu em meu mamilo e ofeguei.

Ahhhhh. Porcaria, isso foi bom.

Novamente veio sua mão, esfregando o óleo.

— Gosta do calor, Abigail? — perguntou Nathaniel, o hálito quente em meu ouvido enquanto outra gota caía no mamilo oposto.

Eu só consegui gemer.

Ele pingou um fio de cera nos dois seios. A cama se mexeu e senti Nathaniel montar em mim, com as duas mãos esfregando meu tronco, pegando os seios e correndo por meus braços.

— Controle — disse. — A quem você pertence? Responda.

— A você — sussurrei.

— É isso mesmo. E, no fim da noite, você estará implorando pelo meu pau. — Seus polegares esfregaram meus mamilos, beliscando-os, puxando-os. — Se for boazinha, posso até deixar que você o tenha.

A cama se mexeu novamente e ele saiu. Senti uma fraqueza de expectativa. Ainda nua, ainda a sua mercê e, de repente, muito solitária.

* * *

Nosso hotel era um resort cinco estrelas em Tampa. Eu me perguntei a semana toda o que ele teria nos reservado. Será que, enfim, eu dividiria a cama com Nathaniel? Ele me faria dormir no chão? Teríamos quartos separados?

Fiquei ao seu lado enquanto Nathaniel fazia o registro, agudamente consciente de seu corpo junto do meu. Eu quase podia sentir a eletricidade emanando dele. Perguntei-me como a recepcionista do hotel não ficava se abanando. É claro, ele não a massageara há menos de uma hora com cera corporal quente.

— Aqui está, Sr. West — disse ela. — A suíte presidencial está preparada para o senhor.

Ela me fitou.

Sim, eu queria dizer. *Eu estou com ele. Azar o seu.*

— De quantas chaves vai precisar? — perguntou ela.

— Duas, por favor.

Ela lhe entregou as chaves e ele colocou as duas no bolso.

— Sua bagagem subirá em breve — falou a mulher.

Ele agradeceu e tomamos o rumo de nosso quarto.

— Reservei para nós uma suíte para você ter seu próprio quarto e banheiro sem o embaraço de precisar andar pelo corredor ou ficar num lugar separado. — Ele me entregou uma chave. — Você pode precisar disso.

A suíte era espaçosa e arejada. Nathaniel apontou para meu quarto e disse que tínhamos uma hora antes de encontrar a todos para jantar. Nossa bagagem foi entregue logo depois de chegarmos e usei um vestido que Elaina deve ter-lhe entregado para que eu usasse. Ao mesmo tempo de bom gosto, sensual e sofisticado.

Encontrei Nathaniel na sala de estar da suíte pouco antes da hora de sair.

— Muito bom — disse, olhando-me de cima a baixo. — Mas volte e tire a meia-calça.

Tirar a meia-calça? O vestido batia pouco acima do joelho e fazia frio lá fora.

— Quero você totalmente nua embaixo desse vestido — falou. — Quero que saia sabendo que posso levantar sua roupa e ter você na hora que bem entender.

Meu cérebro se esforçou muito para compreender isso. Esforçou-se muito e fracassou. Voltei ao meu quarto e tirei as meias e a calcinha. Recoloquei os sapatos.

Nathaniel esperava por mim quando voltei.

— Levante a saia.

Meu rosto ficou quente enquanto eu puxava a saia para cima.

Ele estendeu o braço.

— Agora estamos prontos.

Encontramos a todos numa steakhouse no centro da cidade. Torcedores dos Giants e fotógrafos se enfileiravam pelas janelas e bloqueavam a entrada. Precisei de alguns segundos para perceber que esperavam por Jackson.

— Toda essa gente — murmurou Nathaniel enquanto um transeunte depois de outro esbarrava em nós. — Ninguém se importa com a nossa presença. Eu posso fazer o que quiser e ninguém vai notar.

Meus joelhos ameaçaram ceder debaixo de mim.

— Nathaniel! — chamou Elaina de dentro do restaurante, abrindo caminho pela multidão. — Abby! Por aqui.

Felizmente, os funcionários do restaurante faziam um excelente trabalho mantendo a multidão de fora. Mesmo assim, nossa mesa recebeu numerosos olhares e quase todas as cabeças estavam viradas para nós quando nos sentamos com os Clark e os Welling.

— Dá para acreditar nesse clima? — perguntou Elaina enquanto Nathaniel puxava a cadeira para mim. — Acho que trouxemos de Nova York.

Eu ri e me sentei.

— Acredito que esteja mais quente por lá.

— O que certamente explica por que você escolheu não usar meia-calça — disse ela, indicando minhas pernas expostas.

Olhei para Nathaniel, mas ele simplesmente deu de ombros.

— Detesto essas porcarias — falei. — Sempre parecem achar um jeito de puxar um fio.

— Como está você, Abby? — perguntou Linda, poupando-me de mais perguntas sobre minha falta de meia-calça. — Depois do acidente?

— Eu me sinto ótima, Dra. Clark — respondi. — Obrigada.

— Ei, Abby — disse Felicia. — Como foi a viagem?

Eu corei. Sei que ela percebeu.

— Ótima, Felicia. Foi simplesmente ótima.

— Ótima? — Nathaniel cochichou no meu ouvido. — Eu despejei cera quente no seu corpo nu e foi *ótima*? Estou muito ofendido.

Acho que ele estava me provocando.

O garçom chegou e serviu uma taça de vinho para mim e para Nathaniel enquanto olhávamos o cardápio. Eu me sentia meio insegura. Este não era o tipo de restaurante que eu frequentava normalmente. Era chique demais. Intimidante demais.

— O bisque de lagosta é excelente — disse Nathaniel. — E também a salada Caesar. Eu também recomendaria o filé ou o *strip steak*.

— Bisque de lagosta e filé, então. — Fechei o cardápio. — E então, Jackson. Pronto para o jogo?

Ele tirou os olhos de Felicia.

— Pode apostar!

Ele riu e desandou a falar de futebol. Tive dificuldades para acompanhar o que dizia e foi um esforço fingir um interesse educado, mas percebi que Felicia se agarrava a cada palavra dele. A certa altura, Jackson pegou a mão dela. Eu estava muito feliz por minha amiga. Felicia merecia um cara legal e, pelo que eu sabia, Jackson a tratava como uma rainha.

Elaina piscou para mim e me fez explicitamente uma pergunta, arrancando-me de toda aquela conversa sobre futebol. Ela e Todd foram muito gentis, perguntando sobre minha família e as faculdades que frequentei, tentando me deixar à vontade. Por acaso, Todd estudou medicina na Columbia, onde eu me formei. Conversamos sobre nossos tempos de estudante e descobrimos que gostávamos dos mesmos bares. Nathaniel tinha estudado em Dartmouth, mas isso não o impedira de se juntar a nossa conversa e contar suas lembranças preferidas da universidade. Todos rimos quando ele descreveu a primeira vez que usou a lavadora e a secadora de roupas operadas a moedas.

Houve um breve intervalo na conversa quando nossas entradas foram servidas. Coloquei o guardanapo no colo, percebendo pela primeira vez o quanto eu estava perto de Nathaniel. Podia sentir o calor de seu corpo, se me esforçasse o bastante.

Eu tinha acabado de tomar uma colher da sopa quando sua mão começou a traçar círculos no meu joelho.

Controle.

Que Deus me ajude.

Capítulo Vinte e Um

— Abby — disse Linda do outro lado da mesa, totalmente inocente de que o sobrinho fazia amor com minha rótula. — Eu pretendia te convidar para almoçar. Nesta semana não posso. Quarta-feira que vem é bom para você?

A mão em meu joelho continuou afagando.

— Quarta-feira não é um bom dia para mim — respondi. — Temos um patrono que vai toda quarta ver a Coleção de Livros Raros... E não deixamos os pesquisadores desacompanhados, então terei de estar com ele.

Nathaniel riu baixinho.

— Isso deve ser meio cansativo — comentou Linda. — Mas acho que o trabalho com o público é assim mesmo.

— Eu não me importo. É estimulante conhecer alguém tão dedicado.

A mão desceu para a face interna de meu joelho.

— Que tal na quinta-feira? — perguntou ela. — Ele não vai às quintas, não é?

Ainda não.

— Na quinta será ótimo.

— Então está marcado — disse Linda, sorrindo para mim.

A conversa fluía livremente. A certa altura, Nathaniel e Todd começaram a debater política. Elaina olhou para mim e revirou os olhos. Uma conversa perfeitamente normal de jantar. Nada fora do comum.

Isto é, acima da mesa.

Eu tinha de admitir: Nathaniel era sorrateiro. Brincava com meu joelho por alguns minutos, depois passava o pão a Felicia ou cortava sua salada, algo que exigia as duas mãos. Mais tarde, de repente, ela estaria de volta. Acariciando, apertando, subindo aos poucos. Retraindo-se.

Eu estava com os nervos em frangalhos.

Tomei uma colher de bisque. Nathaniel tinha razão. Estava fantástico. Cremoso. Suculento. Exatamente a quantidade certa de lagosta. Cruzei as pernas, por hábito. Quando a mão de Nathaniel voltou, ele tirou minha perna esquerda de cima da direita e continuou acariciando. Desta vez subindo um pouco mais.

Lagostas, falei a mim mesma. *Pense em lagostas.*

Lagostas. Lagostas são criaturas marinhas. Tinham pinças imensas e precisavam ter as garras presas com elástico. Adquiriam a cor vermelha quando eram fervidas.

A ideia de deixar seu traseiro vermelho excita você?

Engasguei com uma colherada de bisque.

Felizmente, desta vez as mãos Nathaniel estavam à plena vista, acima da mesa. Ele me deu um tapinha nas costas.

— Está bem?

— Sim. Desculpe.

O garçom veio retirar nossos pratos. Todos à mesa batiam papo e riam, imersos na conversa.

Nathaniel me serviu mais vinho e começou a acariciar minha coxa por baixo do vestido.

— O que você lê além de poesia?

Ele queria conversar sobre meus hábitos de leitura?

— Qualquer coisa — respondi, curiosa para saber até onde isso iria. — Os clássicos são meus favoritos.

— "Um clássico" — disse ele —, "é um livro que as pessoas elogiam e não leem." Mark Twain.

Entendi então que eu estava com um verdadeiro problema. Uma coisa era me provocar com carícias. Outra, bem diferente, era me envolver em disputas verbais. Especialmente no que se referia à literatura. Meu corpo, ele já dominava. Minha mente era a próxima em sua programação? Mas pensei na biblioteca e sabia que também podia ceder nisto.

— "Não consigo pensar bem de um homem que se diverte com os sentimentos de uma mulher." — falei. — Jane Austen.

Ele sorriu.

— "Mas quando uma jovem deve ser a heroína, nem a perseverança de quarenta famílias vizinhas consegue impedi-la." — Sua mão subiu por minha saia. — Jane Austen.

— "A verdade é mais estranha do que a ficção." — repliquei. — Mark Twain.

Ele riu e moveu a mão.

— Desisto. Você venceu. — Seus olhos ficaram sérios. — Mas só por esta rodada.

Perguntei-me quantas outras rodadas haveria.

Nossos pratos foram servidos e, mais uma vez, Nathaniel não decepcionou: o filé era tão macio que eu podia cortar com o garfo.

— Ei, vocês duas — disse Elaina, chamando minha atenção e de Felicia. — Linda e eu vamos ao spa amanhã fazer uma limpeza de pele, massagem e as unhas. Marcamos hora para vocês também. Por nossa conta. Vocês vão?

Felicia olhou para Jackson. Ele pegou sua mão e a beijou.

— Eu estarei ocupado pela manhã mesmo. Pode ir e divirta-se.

— Mas como é solícito — disse Nathaniel, acariciando meu joelho mais uma vez. — Imagino que Todd e eu vamos ter de nos divertir sozinhos no golfe. Gostaria de ir com as meninas, Abigail?

— Claro — falei. — Adoraria.

Elaine sorriu radiante para mim.

Um dia no spa parecia delicioso. Mas e minha coleira? Não seria estranho usá-la num spa? A mão de Nathaniel subiu mais um pouco por minha saia e perdi a capacidade de raciocinar por vários longos minutos.

Não foi fácil para Nathaniel continuar seus gestos por baixo da mesa enquanto comíamos, mas fiquei tensa do mesmo jeito. Na ponta da cadeira, esperando pelo que faria em seguida.

E provavelmente era exatamente isso o que ele queria de mim.

Quando os pratos principais foram retirados, todos nos recostamos e esperamos pela sobremesa. Dois adolescentes vieram à nossa mesa para tirar fotos e pegar autógrafos de Jackson. Ele bateu um papo com eles e disse que os veria no domingo. Como falei, um jantar totalmente normal.

Tudo bem. A quem estou enganando? Não havia nada de normal no jantar.

Nathaniel completou meu vinho e tentei me lembrar do quanto eu tinha bebido. Três taças? Quatro? Certamente não foram quatro.

Sua mão voltou, mas em vez de pegar minha perna, ele segurou minha mão e, ainda muito sutilmente, colocou em sua virilha. Ele estava ereto e pressionava as calças. Ele se empurrou na palma de minha mão. Mal se mexia. Ninguém na mesa desconfiou de nada.

Consegui me controlar, mas sentir a prova de seu tesão era demais para mim. Mordi o lábio. Quanto tempo até o jantar acabar? Olhei o relógio. Oito e meia. Ainda era cedo. Não me exigiria muito implorar por seu pau esta noite. Eu estava pedindo quase ali mesmo.

Os suflês foram servidos. A mão de Nathaniel subiu direto por minha saia, roçando bem onde eu estava molhada e ansiosa, depois reapareceu acima da mesa. Mordi o interior da bochecha.

Controle.

Eu não estava bêbada, disse a mim mesma. Só estava realmente relaxada. E feliz. Não posso me esquecer de que estava feliz. E quente. Quente e formigando por dentro. Levemente.

Nathaniel continuou sua provocação no carro. Foi fácil. Estávamos a sós e não havia ninguém para ver. Ele subiu minha saia com uma das mãos.

— Você vai sujar o interior do carro alugado — ele me repreendeu, metendo o dedo por dentro —, molhada desse jeito.

Eu queria dizer a ele para me bater. Mas não estávamos na cozinha nem em minha biblioteca. Estávamos no carro alugado, voltando ao hotel. Onde havia uma cama.

Nathaniel e uma cama...

Eu ia implorar.

Agora.

Por favor.

Voltamos ao hotel e entramos no elevador para um longo percurso até nossa suíte. Nathaniel apertou minha bunda e gemi.

— Ainda não — disse ele.

Alguém esteve ocupado enquanto estivemos fora. As luzes estavam baixas e a cama de Nathaniel havia sido arrumada. Ele me levou para cama e mexeu numa bolsa de viagem no chão. Colocou um tubo de lubrificante e um vibrador na cama.

— Eu fui paciente, Abigail — disse ele. — E serei o mais gentil possível, mas será esta noite. Você está pronta.

Adrenalina mais pura disparou por meu corpo. Certamente nunca pensei que ansiaria por isso.

Você vai implorar pelo meu pau.

Eu não tinha motivos para pensar que ele estava enganado.

— Tire minha roupa — ordenou.

Tremendo, deslizei o paletó por seus ombros, sentindo seus músculos firmes, poderosos e duros por baixo da camisa. Eu precisava disso. Desabotoei a camisa e a puxei das calças. Abri o cinto. Empurrei a calça e a cueca pelos quadris e me regalei ao ver sua ereção.

— É todo seu — disse ele. — Como se comportou muito bem no jantar esta noite, vou deixar que tenha uma provinha.

Caí de joelhos e peguei-o com a boca. Nós dois gememos. Ele enrolou meu cabelo nas mãos enquanto metia e tirava de minha boca.

Hmmmm. O gosto dele.

Cedo demais, ele tirou e ajudou a me levantar. Eu estava meio desequilibrada.

— Tire a roupa para mim — disse ele. — Lentamente.

Tirei os sapatos, estendi a mão às costas e abri o zíper. Empurrei o vestido lentamente pelos braços. Seus olhos eram ávidos. Como se ele quisesse me devorar. O vestido caiu em uma poça no chão. Abri o sutiã e acrescentei à pilha.

— Toque em si mesma — ordenou, sentando-se na beira da cama.

Levei as mãos a meus seios e os esfreguei, rodando lentamente, arrastando os dedos pelos mamilos. Belisquei-os. Rolei-os entre a ponta dos dedos. Apertei mais forte porque era bom sentir a dor. Passei a mão pelo lado do corpo, pelos quadris, circulando meu umbigo, e afaguei mais embaixo. Esfreguei-me na palma da mão.

— Chega — disse Nathaniel. — Venha cá.

Fui até a cama, sentindo que a umidade escorria por minhas coxas. Ele me pegou pelo pulso e me virou para ficar embaixo dele. Suas mãos e seus dentes exploraram tudo. Mordendo e me arranhando. Beliscando e provocando. Fui dominada pela pura sensação.

Eu gemia de necessidade por ele, feliz por não me mandar ficar quieta, porque sabia que não conseguiria.

Suas mãos ficaram menos frenéticas e os dentes mais suaves. E eu me tensionava contra ele, querendo que ele voltasse. Precisava que voltasse. Alguma coisa. Por favor.

Ele me virou para que ficasse de lado, de costas para seu peito, e pegou o tubo de lubrificante junto de meu cotovelo. Quando me tocou novamente, seus dedos estavam quentes e escorregadios.

Como ele os aqueceu?

Como durante o fim de semana anterior, um dedo circulou meu clitóris enquanto o outro deslizou para dentro da abertura inferior. Ele se demorou, movendo-se lentamente, esticando-me, por fim acrescentando o segundo dedo.

Por que isso é tão bom?

O dedo em meu clitóris esfregava suavemente e eu me empurrava contra ele, querendo com mais força. Mais rude. A outra mão de Nathaniel levantou minha perna e ele deslizou por trás de mim: seu pau quente e escorregadio comprimindo-se em minha abertura

Ele avançou, pressionando a cabeça para dentro de mim. Eu arquejei enquanto me esticava. Certamente não ia caber. Não tinha como. Mas ele ficou parado, trabalhando em meu clitóris novamente. Relaxando. Avançando um pouco mais, esticando. Doía, mas eu confiava em Nathaniel. Sabia que ele também queria o meu prazer.

Avançou lentamente para dentro de mim, pressionando contra a resistência natural e ficou totalmente imóvel depois de ter colocado a cabeça de seu pau para dentro. Dando tempo para eu me adaptar. Ele parou de circular meu clitóris e pegou minha mão.

— Você está bem? — perguntou.

Ai, ai, ai.

Esperei até poder ser sincera.

— Sim.

Ele apertou minha mão e beijou minha nuca.

— Você está indo muito bem.

E então, simples assim, eu era dele.

Ouvi alguma coisa ser ligada. *O vibrador.* Com uma das mãos Nathaniel me segurava junto dele, com a outra passou o vibrador gentilmente por meu corpo até parar em minha abertura molhada. Devagar, ele o empurrou para dentro enquanto metia o pau mais fundo.

Eu estava me esticando de maneiras que não sabia ser possível. Sendo preenchida por duas vias. Não sabia que podia me sentir tão completa. Mas ele ainda se mexia, ainda empurrava. Centímetro por centímetro. O tempo todo.

Aaai.

— Ainda está bem? — perguntou ele, e sua voz estava tensa.

— Sim — respondi, minha voz combinando com a dele.

De novo, ficou parado. Para ter certeza de que eu estava bem, dando o tempo de que eu precisava para me adaptar.

Lentamente, concentrei-me no tremor dentro de mim que estava tão bom. Ele começou a se mexer, com o pau e o vibrador, trabalhando-os em direções opostas. Fiquei parada, novamente banhada na sensação. Permitindo que me inundasse. Que me tomasse.

Puxei a respiração pelos dentes. A dor se misturava com o prazer. Era demais, demais. Ofeguei enquanto ele se mexia um pouco mais rápido. O zumbido me dominou, vibrando por todo o meu corpo.

Eu não ia aguentar muito tempo. A respiração de Nathaniel ficava pesada, irregular, e minha barriga enrijecia. Alguma coisa crescia, crescia bem dentro de mim e ameaçava me espatifar.

Gemi enquanto a sensação aumentava. Nunca havia sentido nada tão intenso. Tão inteira e completamente intenso. Eu não ia suportar. Entrando e saindo, ele se mexia. Seu pênis. O vibrador. Ele continuava incessantemente e o vibrador agora atingia um novo lugar.

Ah, por favor. Ah, por favor. Ah, por favor.

Quase. Quase. Quase.

— Isso! — gritei enquanto o mundo se desfazia em volta de mim em clarões de luz.

Ele arremeteu mais uma vez e gozou dentro de mim. Estremeci ao ser dominada por um segundo orgasmo.

Eu estava vagamente consciente da água correndo.

Tentei rolar na cama, mas meu corpo não obedecia. Sentia-me muito fraca.

Dois braços me levantaram e me carregaram para a banheira. A luz era baixa, o suficiente para que eu enxergasse enquanto ele me colocava com cuidado na água quente.

Não teve pressa em me dar banho. Lavou-me com ternura, preocupado em ser gentil. Ele ainda estava nu e devia estar com frio, mas toda a atenção estava concentrada em mim. Quando terminou, tirou-me da banheira, sentou-se na beira e me secou completamente com toalhas macias.

— Você foi maravilhosa — sussurrou, escovando meu cabelo. — Eu sabia que seria assim.

Então me pegou nos braços, carregou-me para a cama e me cobriu.

Capítulo Vinte e Dois

O som de vozes sussurradas na sala de estar acordou-me na manhã seguinte. Rolei na cama e semicerrei os olhos para o relógio ao lado. Sete e meia.

Sete e meia!

Saí correndo da cama e vesti o roupão antes de perceber que não estava na casa de Nathaniel. Estava no hotel. Em Tampa. Não havia cozinha. Não havia necessidade de preparar o café da manhã.

Aliviada, voltei a me sentar na cama e percebi a garrafa de água e dois ibuprofenos na mesa de cabeceira. O lembrete de sua preocupação comigo me deixou formigando por dentro.

Tomei os comprimidos com água gelada e entrei no banheiro. Elaina e Linda não me disseram a que horas eu as encontraria no spa, então tomei um banho demorado e me arrumei. Para ser franca, passei a maior parte do tempo pensando na noite anterior.

Havia imaginado que a noite na biblioteca tinha mudado tudo para nós dois, mas, considerando agora, eu sabia que estava enganada. A noite passada é que mudara tudo.

Na noite anterior eu ficara receosa de usar minha coleira no spa. Esta manhã eu pisaria em cacos de vidro por Nathaniel. Ou carvão em brasa. Cacos de vidro com carvão em brasa espalhados por ali. Qualquer coisa, qualquer coisa que ele quisesse, eu faria. E usaria a coleira no spa com orgulho.

Entrei na sala de estar principal. Nathaniel estava sentado à mesa de jantar adjacente à área de estar. Baixei a cabeça quando o vi.

— Sente-se e tome o café da manhã, Abigail — falou.

Fui até a mesa. Devia ter sido o serviço de quarto batendo na porta que me acordou. Minha comida ainda estava quente. Bacon, ovos, frutas e torrada. Suco de laranja fresco e café. Meu estômago roncou um pouco alto.

— Linda e Elaina querem que você e Felicia estejam no spa às nove e meia — disse ele. — Não sei o que planejaram, mas ao que parece você só terminará à tarde.

De repente, fiquei um pouco triste de não passar o dia com ele. Nosso único dia de fim de semana inteiro e eu estaria num spa e ele jogando golfe. Era ridículo ficar triste, mas fiquei.

Comi em silêncio, pensando em como eu aguentaria passar um dia longe de Nathaniel: talvez pudesse reclamar de dores no estômago, um resfriado repentino, talvez a popular TPM. Mas era um dia de spa e eu estaria com Elaina, Felicia e Linda.

E sempre teríamos a noite...

Quando terminei de comer, Nathaniel me disse para ficar de pé.

Ele veio às minhas costas.

— Elaina e Felicia sabem de nosso estilo de vida. Prefiro pensar que minha tia não tem ideia, mas mesmo que saiba — ele abriu o fecho da coleira —, não há motivos para ostentar isso. — Ele se voltou para a minha frente. — Terá sua coleira de volta esta tarde.

Baixei a cabeça.

Ele ergueu meu queixo com o dedo e seus olhos cintilavam ao olhar nos meus.

— Você ainda é minha. Mesmo sem isto.

Isso me fez formigar toda novamente.

Encontrei-me com Felicia na frente do spa.

— Felicia — cumprimentei, correndo até ela. — Oi!

Ela se virou para mim, toda sorrisos.

— Oi, como foi sua noite?

Eu tinha certeza de que meu sorriso rivalizava com o dela.

— Monumental — respondi, mexendo as duas sobrancelhas.

Ela pegou meu braço.

— Com certeza não quero ouvir isso. Pergunte-me como foi a minha noite.

Por mim, estava tudo bem: eu não tinha vontade de falar da minha noite para ela.

— Como foi sua noite?

— Ah, Abby — disse ela, feliz. — Foi perfeita. Depois do jantar, descemos à praia. Foi tão divertido, Jackson tentando ser discreto sem conseguir, porque você o viu, não é? Não há nada de discreto nele. As pessoas se aproximavam sem parar, querendo camisas autografadas e tudo mais. E foi tão gentil com todo mundo, embora desse para saber que queria ficar a sós comigo. Mas finalmente encontramos um lugar tranquilo e conversamos sem parar, e sabe de uma coisa?

Ela não parou por tempo suficiente para eu adivinhar. Uma pergunta retórica, obviamente.

— Ele não quer jogar futebol profissional por muito tempo — falou. — Ele... quer se aposentar cedo e treinar uma escola. E, Abby, ele quer ter quatro filhos.

Para qualquer outra pessoa, esta teria sido a declaração de um fato, mas para Felicia... era algo mais. Ela queria uma família grande desde o dia em que eu a conheci.

— Depois que Jackson largou essa bomba em cima de mim — continuou ela —, contei a ele o quanto queria abrir uma escola, e ele não achou engraçado nem esquisito. — Ela parou de andar e segurou minhas mãos. — Talvez eu esteja sendo idiota, Abby, mas acho que ele é *o cara*.

Eu a abracei.

— Não acho que você esteja sendo nada idiota. E estou muito, muito feliz por você.

— Obrigada. Ei, onde está a sua... — ela gesticulou para meu pescoço —, coisinha?

— É uma coleira. — Revirei os olhos. — Nathaniel não quer ostentar nosso estilo de vida na frente de Linda. Ela não sabe.

Elaine e Linda chegaram logo depois de nós e, acompanhadas, fomos guiadas pelo spa. Terminamos no vestiário luxuoso, onde recebemos a programação do dia e roupões. Todas tínhamos serviços separados marcados para a primeira parte da manhã, mas nos encontraríamos novamente no almoço.

Felicia e eu fomos nos trocar.

— Mas que droga, Abby — disse Felicia. Ela apontou para as minhas costas.

— O que foi? — Girei o corpo.

— Tem um arranhão ou uma marca de mordida no seu ombro. O que vocês fizeram ontem à noite?

Suspirei, lembrando.

— Pensando bem — falou ela —, deixa pra lá. Não quero saber.

Fomos chamadas e tomamos rumos diferentes: Felicia para uma massagem e eu para uma limpeza de pele.

Foi completamente relaxante. Na verdade, dormi por metade do tempo. Mas isto não teria sido tão difícil. O banco era aquecido e coberto com toalhas felpudas. Uma música suave tocava ao fundo e a sala tinha cheiro de lavanda aromática.

A técnica me sacudiu gentilmente para me acordar e me levou a uma sala no corredor para minha massagem.

Comecei por uma limpeza com sal. Novamente, lavanda, desta vez combinada com uma esfoliação suave de sal, que tirei do corpo no boxe largo com múltiplos chuveiros.

Mas pensar em chuveiros me fez pensar em Nathaniel e no banho que ele me dera na noite anterior. As mãos dele. O jeito como me lavou, quase com reverência. E depois se demorando para escovar o cabelo e secar cada parte de mim...

Uma batida na porta do boxe me interrompeu.

— Srta. King — chamou a massagista. — Está pronta?

Mais uma vez, vi-me sobre cobertas aquecidas. Prometi a mim mesma que desta vez ficaria acordada para me lembrar da massagem. Até esse momento, só tive aquela que Nathaniel me dera no avião. Cera quente e Nathaniel. Nham. Perguntei-me o que ele tinha planejado para a volta para casa.

— Algumas áreas da senhorita precisam ser mais trabalhadas? — perguntou a terapeuta.

Perguntei-me brevemente o que ela faria se eu mencionasse a irritação específica que eu tinha como resultado das atividades da noite passada...

— Não — respondi. — Não mesmo.

Logo eu estava no restaurante de cor marfim do spa, esperando por Felicia, Elaina e Linda. Uma música suave tocava ao fundo e velas bruxuleavam nas mesas. Recostei-me em uma espreguiçadeira bem acolchoada, fechei os olhos e esperei.

— Abby? — disse Linda.

Sentei-me.

— Linda, oi. Estava relaxando um pouco.

Ela se sentou ao meu lado.

— Teve uma boa manhã?

— Ah, sim, a melhor. Foi tão gentil de sua parte e de Elaina organizarem isso para nós.

Ela pegou um copo de água.

— Foi ideia de Elaina. Eu pretendia passar o dia fazendo compras. Esta foi uma ideia muito melhor.

Felicia e Elaina chegaram juntas enquanto Linda falava. Riam de alguma coisa que Elaina dissera. Sentaram-se exatamente quando foram servidas quatro saladas de frango grelhado. Estavam deliciosas: verduras frescas, queijo feta, amêndoas e cranberries. Eu sorri. Nathaniel aprovaria.

— Todas tiveram uma boa noite? — perguntou Linda, pegando um pedaço de frango no garfo.

Elaina sorriu para ela.

— Nós duas já discutimos muitas vezes os benefícios do sexo em hotéis, Linda.

Uma leve sugestão de cor se espalhou pelo rosto de Linda.

— Sim, Elaina, mas na verdade eu estava perguntando se Jackson e Nathaniel foram bons anfitriões e agiram como os cavalheiros que criei para ser.

— Não tenho certeza se *cavalheiro* é a palavra certa para Todd — respondeu Elaina, colocando um guardanapo no colo —, mas ele esteve muito bem.

Felicia bufou na água.

Elaina e Linda obviamente tinham uma relação mais íntima do que eu imaginava. Apesar disso, eu adorava vê-las implicando uma com outra. O jeito como conversavam sobre sexo e homens era como se fossem irmãs.

— Abby — disse Linda, mudando de assunto —, lembrei que na noite passada você disse que estudou na Columbia.

— Sim. A mesma universidade de Todd, não é?

Elaina se intrometeu.

— Ele fez mestrado lá.

— E Nathaniel estudou em Dartmouth. — Peguei um pedaço de cranberry com feta. Queijo feta nunca é demais. Combina com tudo.

— Sim — confirmou Linda. — Por muito tempo Nathaniel quis ir para a Academia Naval. Até marcamos uma hora para ele. Mas mudou de ideia e foi para Dartmouth. — Ela estava com um olhar distante. — Ele sempre foi uma criança retraída. Acho que pode entender por quê. A morte de minha irmã foi muito dura para ele.

Olhei meu prato, lembrando-me do olhar assombrado que ele tinha quando estávamos no hospital.

— Agora, o Jackson — disse Linda, pegando a mão de Felicia. — Jackson sempre foi meu filho rebelde. Ainda bem que o levamos a praticar esportes... Nem gosto de pensar no tipo de problemas em que ele se meteria se não fosse por isso.

— Ele ainda se mete em muitos problemas — falou Elaina entre as garfadas. — Lembra do incidente de paraquedismo?

Linda riu.

— O treinador o deixou no banco no jogo seguinte por causa deste pequeno incidente. Não acho que ele um dia vá tentar fazer paraquedismo de novo.

Depois de almoçarmos, despedimo-nos e fomos para a hidromassagem. Puxei o cabelo de lado para cobrir a marca que Felicia tinha percebido. Pensei na noite anterior, tentando lembrar quando Nathaniel podia ter me marcado, mas não consegui. Lembrei-me da dor em outras partes do corpo, mas não no ombro. Eu me lembrava principalmente do prazer.

Acho que me desliguei na banheira por vários longos minutos só de pensar na noite anterior. Levantei a cabeça para o relógio que havia num canto da sala. Quanto tempo até que eu visse Nathaniel novamente?

— Abby — disse Elaina. — Nathaniel contou a você?

— Me contou o quê?

Ela veio para meu lado dentro da banheira.

— Linda vai dormir cedo e Jackson e Felicia vão sair com os colegas de time dele, então você, eu, Todd e Nathaniel vamos jantar juntos.

Normalmente eu teria adorado jantar com Todd e Elaina, mas depois de passar o dia todo longe de Nathaniel, meus pensamentos vagavam para um jantar íntimo na suíte. Um jantar na suíte, nus.

— Não fique tão decepcionada — falou, batendo gentilmente no meu ombro. — Nathaniel vê você o tempo todo... Eu só quero você hoje. — Ela se curvou para perto. — E nós vamos dormir bem cedo. Amanhã é o grande dia, você sabe. É melhor dormir bem.

Ah, tá, dormir. Quem precisa dormir?

Capítulo Vinte e Três

Depois da hidromassagem, seguimos para outra sala para fazer as unhas. Nós quatro fomos distribuídas entre diferentes manicures, que fizeram as mãos e os pés. Todas decidimos pelo mesmo esmalte vermelho-escuro, chamado After Sex. Elaina deu uma boa gargalhada com o nome e todas nos juntamos a ela como uma irmandade de malucas.

Nós nos abraçamos numa despedida e fomos para nossos quartos. Havia um brunch no dia seguinte a que todas compareceríamos. Elaina me soprou um beijo e disse que me veria logo.

Eu também estava pronta para ver Nathaniel.

Esperava na suíte, lendo o jornal. Quando entrei, ele levantou a cabeça. Seus olhos arderam.

— Curtiu o seu dia? — perguntou, sendo um cavalheiro. Como se seus olhos não estivessem me dizendo de seis maneiras diferentes que ele me desejava. Me desejava loucamente.

— Sim, mestre.

Ele se levantou, com a coleira na mão.

— Sentiu falta de alguma coisa?

Assenti.

— Quer de volta? — perguntou Nathaniel, aproximando-se de mim.

Assenti novamente.

— Diga — falou. Sua voz baixou o tom. — Diga que quer.

— Eu quero — sussurrei enquanto ele vinha às minhas costas. — Eu quero sua coleira.

Ele tirou minha blusa pela cabeça, empurrando meu cabelo para a direita. Beijou meu ombro e se demorou em minha pele.

— Eu a marquei na noite passada. Marquei você como minha e farei isso de novo. — Seus dentes roçaram meu ombro. — Existem muitas maneiras de marcar você.

Precisei de todo meu autocontrole para não implorar a ele, por que, ora essa, eu queria que me marcasse. Minhas pernas ficaram bambas só de pensar nisso.

— Infelizmente — prosseguiu, fechando a coleira —, teremos que jantar com Todd e Elaina. Vá se trocar. Coloquei suas roupas na cama.

O vestido de algodão de manga cumprida esperava por mim, com um par de sandálias sem salto no chão. Sem meia-calça. Entendi a sugestão e deixei minha calcinha de fora.

Nathaniel estava de pé ao lado do sofá quando reapareci.

— Curve-se no braço do sofá, Abigail.

Fiz o que ele mandou, perguntando-me aonde ele ia chegar com isso. Logo teríamos de sair. Ele se colocou atrás de mim e levantou minha saia, passando a mão em minha pele nua. Ele riu.

— Parece até que você leu meus pensamentos. Que pena. Estava ansioso para te dar uma surra antes do jantar.

Tomei nota mentalmente de usar calcinha da próxima vez.

Fomos de carro a um bistrô na praia, provavelmente não muito distante de onde Jackson e Felicia haviam conversado na noite passada.

— Haverá vários pratos de peixe no cardápio — disse Nathaniel no carro. — Você pedirá um deles.

Felizmente, eu adorava peixe. Perguntei-me o que aconteceria quando ele pedisse para fazer uma coisa que eu não quisesse.

Chegamos antes de Todd e Elaina e fomos nos sentar a uma mesa. Nathaniel gesticulou para eu entrar primeiro.

Eu olhava o cardápio, tentando me decidir entre o salmão e a garoupa, quando Todd e Elaina chegaram.

— Abby — cumprimentou Todd numa voz severa.

Fiquei surpresa. Será que fiz alguma coisa que o havia irritado? Levantei a cabeça, mas ele olhava feio para Nathaniel. Não era comigo que estava chateado.

Olhei para Elaina. Ela deu de ombros. Ou não queria que eu soubesse o que havia de errado, ou ela própria não sabia.

O garçom veio anotar os pedidos de bebidas. Quando saiu, Todd bateu o cardápio na mesa. Nathaniel fechou a cara para ele.

— E então, Nathaniel — disse Elaina, com os olhos vagando entre ele e o marido. — Onde Apollo está neste fim de semana?

— Num canil — respondeu Nathaniel, ainda olhando para Todd.

— Ele está melhor, então? — perguntou ela. — Você pôde deixá-lo lá?

Eu queria perguntar por que ele não poderia deixar Apollo num canil, mas não consegui deixar passar a expressão de Todd. O que tinha acontecido entre ele e Nathaniel?

— Ele melhorou um pouco.

Todd murmurou alguma coisa.

O garçom voltou com nossas bebidas.

— Já decidiram o que pedir? — perguntou ele. Seu olhar foi até a mão de Elaina. Sua grande aliança de noivado e de casamento cintilava na luz. Ele escreveu os pedidos e olhou para nosso lado da mesa. — Senhora? — dirigia-se a mim.

— Vou querer o salmão — repliquei, entregando o cardápio a Nathaniel.

— Uma ótima opção — disse o garçom. — O salmão é um de nossos maiores sucessos. — Ele piscou para mim.

Nathaniel pigarreou.

— Sim, senhor — disse o garçom, voltando seu olhar a ele. — O que o senhor prefere?

— O salmão — falou Nathaniel e entregou nossos cardápios.

O garçom anotou o pedido e girou nos calcanhares.

— Estão na cidade para o jogo? — perguntou ele, olhando para mim.

Eu me aproximei um pouco mais de Nathaniel. *Desculpe*, tentei dizer ao garçom. *Comprometida*.

Seus lábios se ergueram no canto.

— É claro — intrometeu-se Elaina quando ninguém mais respondeu. — Dá-lhe Giants.

— Sabe — disse Nathaniel ao garçom —, se levar nosso pedido, vamos poder comer mais rápido e sair daqui mais cedo.

O garçom me lançou mais um olhar e saiu.

Ficamos sentados em silêncio por vários longos minutos. Eu olhava o mar pela janela, ainda tentando entender qual era o problema entre Todd e Nathaniel. Perguntei-me se tinha alguma coisa a ver comigo.

— Preciso ir ao toalete — falou Elaina. — Abby?

— Claro — respondi.

Nathaniel se levantou para que eu saísse.

— Mas o que está acontecendo? — perguntei depois de entrar no banheiro.

— Não sei — disse ela. — Acho que aconteceu alguma coisa depois de jogo de golfe, mas não tenho certeza. Espero que esteja tudo encerrado amanhã. Se não estiver, será um longo dia.

— Acha que tem alguma coisa a ver comigo?

Ela balançou a cabeça.

— Sinceramente, acho que não. Ele sabe de você e Nathaniel. — Ela se virou para o espelho e mexeu no cabelo. — É estranho que Todd não tenha me contado.

Ao sairmos do banheiro, vi Nathaniel e Todd discutindo. Todd levantou a cabeça, viu que nos aproximávamos e os dois pararam.

O jantar foi tenso. Elaina tentava estabelecer uma conversa, mas não chegava a lugar nenhum. Até o garçom percebeu, baixando nossos pratos e voltando apenas para completar nossas bebidas.

Nathaniel e eu estávamos meio mal-humorados quando voltamos ao quarto de hotel. Ele bateu a porta depois de entrar e eu me assustei. Em um movimento rápido, ele me colocou contra a porta.

— Droga, droga, droga — disse ele contra minha pele enquanto suas mãos subiam por meu vestido até tirá-lo por minha cabeça. Arrancou meu sutiã, jogando-o no chão.

Seus atos violentos e desenfreados me excitaram e uma onda de puro desejo pulsou por meu corpo. Eu o queria. Queria tanto quanto ele me queria. Ele recuou e baixou a calça. Tirou-a aos chutes.

Ele me pegou e me empurrou contra a porta.

— No fim de semana que vem você não vai usar roupa nenhuma desde a hora que chegar até o segundo em que for embora da minha casa.

Sim. Sim.

Suas mãos desceram e ele meteu dois dedos dentro de mim. Eu já estava molhada.

— Vou pegar você sempre e onde eu quiser. — Seus dedos se torceram. — Vou foder com você cinco vezes só na sexta-feira à noite.

Por favor.

— Quero você completamente depilada no fim de semana que vem, Abigail — disse. — Que não reste nem um pelo.

Er, como é?

— Abra suas pernas e dobre — disse ele. — Não vou esperar muito mais tempo.

Fiz o que mandou e ele se abaixou, metendo dentro de mim e me erguendo em um só movimento. Soltei um gritinho curto, admirando-me de ele ir tão fundo com uma só arremetida. Depois, recuou e meteu de novo, batendo na porta. Passei as pernas em volta dele.

Ele me batia na porta repetidas vezes. Meus braços foram às suas costas e minhas unhas o arranharam.

— Isso — gritou Nathaniel com outra arremetida que o mandou ainda mais fundo de mim do que já estivera antes. Tão fundo que prendi a respiração, tentando me acostumar com ele e o abracei com mais força. — Droga. Isso.

Bang.

Bang.

Bang.

Eu torcia para que ninguém estivesse passando pelo nosso quarto. Cada batida provocava vibrações por meus braços, descendo por minha coluna, diretamente até o ponto em que nossos corpos estavam conectados.

A sensação familiar de orgasmo iminente cresceu dentro de mim. Gemi enquanto ameaçava me dominar.

— Ainda não, Abigail — falou Nathaniel, metendo outra vez. Minhas costas bateram na porta. — Eu não terminei.

Gemi novamente. Apertei meus músculos internos em volta dele.

— É melhor não gozar antes de eu mandar — disse ele, recurvando-se e nos batendo na porta novamente. — Eu trouxe a tira de couro.

Cravei as unhas em suas costas, seus músculos tensos sob minhas mãos. Novamente batemos na porta. Eu não ia aguentar muito tempo. De novo. Ele curvou as pernas e, quando arremeteu, minha bunda bateu na porta, empurrando-o para o fundo. *Porcaria, ele é bom*. De novo.

Mordi minha bochecha por dentro. Uma batida. Eu fiz mal. Senti gosto de sangue. Uma batida. Eu não ia aguentar. Ia explodir. Uma batida. Gemi.

Ele baixou a cabeça.

— Agora.

Joguei a cabeça para trás e deixei que meu clímax me dominasse. Seu gozo disparou dentro de mim e ele mordeu meu ombro, provocando outra onda de prazer por meu corpo.

Nathaniel respirava com dificuldade enquanto me descia para o chão, minutos depois. Minhas pernas tremiam e eu mal conseguia ficar de pé. Ele foi ao banheiro e voltou com uma toalha de banho, depois me limpou gentilmente, como fizera na noite anterior.

— Desculpe — falou, e por um momento pensei que estivesse se desculpando pelo sexo bruto. — Preciso sair. Voltarei mais tarde.

Eu não o vi voltar naquela noite, embora tenha certeza de que a certa altura ele tenha chegado. Por fim, fui para cama e tive um sono inquieto.

Capítulo Vinte e Quatro

O brunch só seria às onze da manhã, então dormi até tarde novamente e não tive pressa para me vestir. Nathaniel não disse nada sobre o que usar, então decidi colocar uma calça preta e um suéter de caxemira cinza. E vesti uma calcinha.

Porque ele não disse para não colocar.

E eu queria ver o que ele faria quando descobrisse.

É claro que foi o Nathaniel calmo, frio e inteiramente controlado que me recebeu. Nenhum sinal do louco que tinha me jogado contra a parede, mordendo meu pescoço enquanto gozava...

Porcaria, sim.

Mas eu teria de passar a manhã com sua tia, os amigos dele e vários estranhos. Não poderia ficar toda agitada só porque tive uma noite de sexo incrível ontem.

O sexo incrível me-fode-agora-contra-a-porta.

Pare com isso, disse a Abby Boa.

Mostre a Nathaniel que você está de calcinha, disse a Abby Má.

Decidi que a Abby Má tinha razão. Nathaniel fitou enquanto eu seguia até o bule de café e me servi de uma xícara. Virei-me para que minha bunda ficasse à plena vista. Rebolei um pouco.

— Abigail — repreendeu-me ele. — Estou vendo a marca da calcinha?

Fiquei imóvel, com a xícara de café na mão. *Ora essa, sim, você está vendo a marca da calcinha. O que vai fazer a respeito disso?*

— Venha cá — mandou, baixando o café.

Eu me aproximei, com o coração batendo na garganta.

Ele se levantou e foi para trás de mim.

— Você está de calcinha. Tire. Agora.

Abri minha calça e a empurrei pelos quadris. Tirei a calcinha.

— Fique em cima do braço sofá, Abigail.

Eu me curvei no braço do sofá, de bunda virada para ele.

Ele bateu no meu traseiro.

— Não quero mais calcinha pelo resto do fim de semana. — Outro tapa. — Quando terminar, você vai para seu quarto e trará todas para mim. — Um tapa. — Só vai colocar de volta quando eu disser. — Um tapa. — E não será no próximo fim de semana também. — Um tapa. — Eu disse a você ontem à noite o que vai acontecer no próximo fim de semana.

Deu-me outro tapa. O calor se espalhava, chegando entre minhas pernas. Tudo o que ele fazia era tão bom. Droga. Absolutamente tudo. Inclinei-me para ele, querendo mais.

— Esta manhã, não. — Outro tapa desceu em meu traseiro. — Coloque a calça e faça o que mandei.

Mas que droga. Não gozei.

Descemos de elevador até um salão privativo onde seria servido o brunch. Reconheci apenas Linda e Felicia, embora soubesse que vários associados de negócios de Nathaniel estariam presentes.

Felicia e Linda conversavam de pé num canto. Elaina e Todd chegaram logo depois de nós.

— Estamos um pouco adiantados — disse Nathaniel, colocando a mão na base de minhas costas. — Preciso falar com algumas pessoas. Levo você até Felicia e Linda, ou vai ficar bem aqui?

Se eu ficasse onde estava, talvez Elaina viesse falar comigo.

— Vou ficar bem aqui.

Ele roçou o alto de meu braço.

— Não vou demorar.

Olhei enquanto ele seguia para um grupo de pessoas. Minutos depois, Elaina estava do meu lado.

— Venha cá — disse ela, puxando-me para trás de um vaso alto.

Olhei para Nathaniel. Ele estava imerso numa conversa com um casal mais velho e bonito.

— Nathaniel foi ao nosso quarto ontem à noite — prosseguiu. — Todd saiu com ele logo depois de tomar um banho. — Ela olhou o marido. — Ele não me disse o que está havendo, mas acho que você tem razão. Acho que se trata de você.

O que foi o sexo contra a porta? Provar alguma coisa a Todd? Ou Nathaniel estava provando alguma coisa a si mesmo?

Provando alguma coisa a mim?

— Estou tentando aceitar seu conselho — respondi. — Estou sendo muito cuidadosa com Nathaniel. Às vezes — pensei na biblioteca —, acho que estou abrindo uma brecha e em outras — pensei em duas noites atrás —, eu não me importo.

— Todd estava com um humor melhor quando voltou — disse Elaina. — Algo que Nathaniel disse o acalmou.

Mordi o lábio, tentando imaginar o que seria.

— Meu conselho é, o que quer que esteja fazendo, continue. — Ela apertou minha mão. — Está dando certo.

— Quanto tempo Todd ficou fora ontem à noite? — perguntei. Eu não conseguia lembrar a que horas fui dormir, mas foi muito tarde.

— Algumas horas. Todd disse que Nathaniel ficou no térreo procurando um piano.

Um piano fazia sentido. Ele sempre parecia se sentir melhor depois que tocava. Pensei na vez em que montei nele enquanto tocava — certamente sei que ele ficou melhor depois. Olhei a multidão. Nathaniel ainda conversava com o casal mais velho.

— Quem são? Parceiros de negócios? — perguntei, sem querer pensar na biblioteca e no piano com Elaina tão perto. Depois de passar o dia com ela no spa, eu tinha certeza de que ela teria um sexto sentido para o sexo.

— Não — respondeu, sua voz baixando em um sussurro. — Aqueles são os pais da Melanie.

Meu queixo caiu. *Os pais da Melanie.*

— O que estão fazendo aqui?

— São amigos da família.

— Onde está a Melanie? — Olhei em volta. Onde ela estava?

— Não foi convidada — disse Elaina com um leve sorriso.

Todd se aproximou de nós.

— Senhoras.

Elaina pegou sua mão.

— Hora de comer?

Havia um bufê para o brunch. Escolhi meu café da manhã normal, colocando também alguns sanduichinhos no prato. Todd e Elaina sentaram-se à nossa mesa junto com Felicia.

— Há quanto tempo você trabalha na biblioteca, Abby? — perguntou Todd a certa altura, quando a conversa saiu do jogo.

— Na biblioteca pública, há sete anos — respondi. — Mas trabalhei em uma das bibliotecas do campus antes disso.

— Trabalhou? — perguntou ele. — Eu me perguntava se já tinha visto você. Passava muito tempo nas bibliotecas do campus.

Semicerrei os olhos para ele. Ele era bem bonito, embora não tão impressionante quanto Nathaniel.

— Não sei — falei, pensando no passado. — Acho que me lembraria de você.

— É de se imaginar — disse ele, quase à meia voz.

Elaina olhou de Todd para Nathaniel e depois para mim. O que estava acontecendo? O que eu estava deixando passar? Olhei para Nathaniel. Nada.

— Você gosta mais da biblioteca pública do que a do campus? — perguntou Todd.

— Tem mais diversidade. Além disso, os universitários podem ser meio irritantes. — Sorri, tentando dar mais leveza ao que tinha transformado uma simples pergunta numa conversa tensa. — Já tive de mandar você baixar a voz ou parar de arrancar páginas dos livros de referência?

Todd riu.

— Não, eu sem dúvida me lembraria disso.

A conversa voltou ao jogo de futebol e talvez fosse impressão minha, mas eu tinha quase certeza de sentir Nathaniel soltar um suspiro de alívio nesse momento.

Tínhamos um camarote reservado no estádio. Ainda estava frio e fiquei agradecida por estarmos entre quatro paredes, ao contrário de quem assistiria ao jogo ao ar livre, numa temperatura gélida.

Os Giants ganhavam por três pontos pouco antes do intervalo. Nathaniel pegou minha mão e me levou à porta do camarote, dizendo a todos que voltaríamos mais tarde. Pegou uma bolsa de viagem no caminho.

— Meu plano? — cochichou em meu ouvido. — Começa agora.

Engraçado, pensei que já tivesse completado esse plano: aquela noite em sua suíte, quando tomou posse plenamente de mim, a noite em que tudo mudou. Meu coração disparou... O que mais ele poderia ter planejado para o estádio?

Ele me deu a bolsa.

— Vá se trocar. Tem outro ingresso na bolsa. Encontre-me lá antes que comece o segundo tempo.

Levei a bolsa ao banheiro. Dentro dela havia uma saia curta. *Neste frio?* Também havia dois cobertores compridos. Por que estávamos trocando de lugar? E por que nos sentaríamos fora do camarote? Lá pelo menos tinha aquecimento.

Mas então pensei nos últimos dias. Qualquer coisa. Eu faria qualquer coisa que ele pedisse. Mudei de roupa, vestindo a saia, dobrei minha calça e a coloquei na bolsa. Os cobertores eu joguei por cima.

Olhei o ingresso: no meio, se não me engano.

Não me enganei. Meu novo lugar ficava na primeira fila do meio. E estava abarrotado. Ninguém disse nada enquanto eu me sentava. Nem mesmo me olharam. Nathaniel se juntou a mim minutos depois.

Ele passou um braço em meu ombro e me puxou para perto. Traçou círculos em meu ombro. Meu coração martelava com sua proximidade.

Curvou-se para mim e sussurrou:

— Sabe que três entre quatro pessoas fantasiam com o sexo em público?

Mas...

Sua língua rolava por minha orelha.

— Pelo que entendo, por que fantasiar quando se pode realmente experimentar?

Que...

— Vou trepar com você durante o Super Bowl, Abigail. — Ele mordeu o lóbulo de minha orelha e puxei o ar. — E, desde que fique quieta, ninguém vai perceber.

Merda.

Fiquei molhada só de pensar no que me disse. Olhei em volta, vendo as pessoas ao nosso lado. Todos estavam enrolados em cobertores. Eu começava a entender seu plano.

Nathaniel ainda traçava círculos em meu ombro.

— Quero que você se levante e se enrole no cobertor, com a abertura atrás — disse ele. — Coloque um pé na grade na sua frente.

Fui até a grade, minhas coxas ficando mais escorregadias ao pensar no que Nathaniel queria fazer. O que Nathaniel *ia fazer*. No campo abaixo, alguém interceptou um passe. A multidão em volta gritou. Enrolei-me no meio do cobertor: era mais comprido do que eu pensava. Não senti nem mesmo um arzinho.

Os segundos avançavam no relógio do campo. Dez, nove, oito — Nathaniel se colocou atrás de mim —, cinco, quatro, três — as pessoas em volta de nós se levantaram —, um. Todos gritaram enquanto os jogadores saíam correndo do campo.

Nathaniel nos enrolou com o outro cobertor. Éramos apenas um casal namorando. Nada de diferente acontecia. Só que eu sentia a diferença pressionada quente e dura contra mim.

Abaixo de nós, homens trabalhavam freneticamente na montagem do palco. A mão de Nathaniel abriu caminho por minha blusa. Arquejei enquanto ele rodava meu mamilo entre os dedos.

— Precisa ficar quieta — alertou.

Ele trabalhou em mim em um frenesi por baixo dos cobertores, suas mãos lentas vagando por baixo de minha blusa e sua ereção, dura com um prego, atrás de mim. E o tempo todo ele murmurava no meu ouvido, dizendo-me como se sentia bem, como estava ansioso, como eu o deixava duro.

Eu sabia o que era. Era a retribuição por nosso encontro na biblioteca, quando eu o fiz tocar enquanto montava nele. Era uma retribuição, e uma retribuição dos infernos. E do paraíso. Eram paraíso e inferno se misturando, se embolando. Tão entrelaçados que não se podia saber a diferença entre eles.

As luzes baixaram subitamente no estádio. Nathaniel deu um leve passo para trás e senti que suas mãos mexiam na calça.

— Curve-se um pouco na grade. — Ele se aproximou.

Olhei à minha direita. Outro casal estava parado ali na grade, lado a lado. Não prestavam nenhuma atenção em nós.

— Ninguém sabe — disse Nathaniel, levantando a bainha de minha saia por baixo dos cobertores. — As pessoas estão totalmente presas em seus próprios mundinhos, não percebem o que acontece em volta delas. O evento mais transformador pode estar acontecendo bem ao lado e elas não percebem nada. — Passou um dedo para dentro de mim. — É claro que, neste caso, é bom que seja assim.

Alguém apareceu no palco e a multidão explodiu em aplausos e barulho. Nathaniel meteu em mim. Meu gritinho foi tragado pelos gritos da plateia.

Nathaniel se mexia no ritmo da música. Podíamos estar dançando. Pensando bem, nós *estávamos* dançando. Uma dança erótica, lenta e ardente. Ele me envolveu com os braços, puxando-me para perto enquanto metia em mim de novo. Afastei as pernas e ele entrou ainda mais fundo na arremetida seguinte.

— Toda essa gente — cochichou no meu ouvido —, e ninguém sabe o que estamos fazendo. — Ele foi ainda mais fundo. — Você pode até gritar. — Ele torceu um mamilo e mordi meu lábio.

A música mudou e Nathaniel reduziu o ritmo, demorando-se, movendo-se disfarçadamente. Mas ainda estávamos conectados, e a sensação dele dentro de mim era divina. Ele foi ainda mais lento, mas era o suficiente. Sua velocidade não importava. O que importava é que ele ainda estava *ali*. Ainda me reivindicava.

A música seguinte foi ainda mais lenta. Novamente, Nathaniel foi devagar. Mas de novo ele estava ali e era isso que importava. Ele podia ser lento ou rápido. Podia me jogar contra a porta ou me pegar num estádio com milhares de pessoas. O que decidisse, ele faria, mas ele ainda estava ali.

Finalmente a música acelerou. Nathaniel baixou a mão e começou a circular meu clitóris, seu toque ficando mais rude a cada passo. Por um segundo tive medo de cair da grade. Ou desabar em um monturo incoerente. Em volta de nós, as pessoas se balançavam com a música e, debaixo de nossos cobertores, sua mão e seu corpo nos mantinha dançando em nosso próprio ritmo.

Empurrei o corpo para trás enquanto ele investia e Nathaniel soltou um pequeno grunhido. Cada vez mais rápido, ele trabalhava em mim, metendo e circulando enquanto a música chegava ao fim. As luzes se acenderam a minha frente, ou talvez tenham sido fogos de artifício. É difícil de saber. Tocaram várias batidas firmes e em staccato, pontuadas pelas arremetidas fundas de Nathaniel.

— Goze comigo — sussurrou enquanto metia uma única vez e chegamos ao orgasmo juntos, a multidão rugindo de aprovação pelo artista no palco.

Ficamos ali, encostados na grade, enquanto as pessoas à nossa volta se acalmavam. Enquanto nossos corações se acalmavam. Ele continuou apertado em mim, como nunca, e senti seu coração batendo em minhas costas. Parecia acelerado.

— Ora, este — disse ele em meu pescoço —, foi o show de intervalo mais incrível que já vi.

Capítulo Vinte e Cinco

Fiquei sentada no colo de Nathaniel por todo o terceiro quarto. Apenas ficamos ali, vendo o jogo, enrolados nos cobertores. De vez em quando, ele passava os dedos em meu cabelo e acompanhava o contorno de minha orelha.

— Temos de voltar para o camarote — disse ele enquanto o quarto chegava ao final.

É verdade, o jogo.

Quem estava vencendo?

Eu ia me levantar, mas seus braços não me deixaram ir.

— Sabe por que tivemos de esperar? — perguntou.

Porque você gosta que eu esteja sentada no seu colo.

Porque você quer me abraçar.

Porque você está fascinado com os detalhes mínimos de minha orelha.

Porque, por mais que você tente negar, você está sentindo alguma coisa.

Porque, talvez, você me ame.

— Porque seu rosto revela absolutamente tudo — disse ele. — Você é um livro aberto.

Eu ri. *Tudo bem, isso também.*

Mas nos levantamos. Eu ainda estava enrolada no cobertor.

— É melhor se trocar — disse Nathaniel. — Felicia vai arrancar minha cabeça se vir você com essa saia.

Eu tinha a sensação de que Felicia arrancaria a cabeça de nós dois de qualquer forma, mas isso dificilmente importava no momento.

Depois que troquei de roupa, voltamos ao camarote. Entreouvi várias mulheres no banheiro enquanto estava me vestindo: os Giants ganhavam o jogo. Era bom saber, uma vez que eu passaria o resto da partida com pessoas que devem ter visto o último quarto.

Felicia veio diretamente a mim quando entrávamos no camarote e me puxou de lado.

— Mas onde vocês estiveram? — perguntou em voz baixa.

— Estávamos ocupados. — Tentei dizer isso com uma cara séria, mas aparentemente minha expressão me entregou.

— Mas que coisa, Abby. No Super Bowl? Isso não é ilegal?

— Felicia — coloquei a mão em seu ombro —, devia ser ilegal *não fazer* o que fizemos.

— Um dia desses vocês serão presos.

— Puritana.

— Pervertida.

Os Giants venceram. Depois que o cronômetro zerou, Jackson correu ao meio do campo e olhou para nosso camarote. Mandou um beijo em nossa direção. Todos exclamaram e suspiraram.

Todos, menos Nathaniel. Ele só balançou a cabeça e murmurou novamente sobre o quanto o primo devia a ele. Mas eu sabia que estava feliz por Jackson. Da mesma forma que eu estava feliz por Felicia.

Saímos do estádio depois da entrega dos troféus. Nathaniel e Todd trocaram um olhar cauteloso, mas finalmente se aproximaram num abraço amistoso.

— Três semanas — pensei ter ouvido Nathaniel sussurrar, mas não tinha certeza.

Elaina me puxou em seus braços.

— Se eu descobrir alguma coisa, te ligo.

Felicia ia ficar em Tampa com Jackson, mas Nathaniel precisava voltar, então fui para o aeroporto com ele. O voo de volta para casa foi muito mais tranquilo do que nossa viagem a Tampa. Passamos o tempo nas poltronas de couro do capitão.

— Marcou uma hora para mim na quarta-feira? — perguntou Nathaniel. — Ou você só estava dando uma desculpa a Linda?

— Eu tinha esperanças de que você quisesse dar uma passada — respondi. A essa altura ele já não sabia que eu nunca mentiria para ele?

— Na quarta, então. — Ele sorriu. — Pesquisa?

— Você precisa de ajuda com sua literatura. Se você se esforçar de verdade, tenho certeza de que da próxima vez pode fazer melhor do que Mark Twain e Jane Austen.

— Sério? Quem você sugeriria?

— Shakespeare — repliquei, recostando-me e fechando os olhos.

Marquei por telefone uma hora para fazer depilação na quarta-feira à tarde depois do trabalho. Eu podia ter feito mais cedo, mas queria ver se Nathaniel diria mais alguma coisa sobre isso quando aparecesse à uma da tarde de quarta-feira.

Ele não disse.

E deixe-me dizer uma palavrinha sobre fazer depilação.

Aimeudeusdóitantoqueputaqueupariu.

Mas depois — muito, muito depois —, concluí que gostei. Ficou puro, limpo e eu só podia imaginar como seria o sexo. Podia realmente tornar o sexo melhor, se fosse possível.

Também decidi pensar um pouco na ideia de Nathaniel de ter um carro. Um carro meu, é claro. Pedi o de Felicia emprestado para o fim de semana. Ela o usava poucas vezes.

Às seis da tarde de sexta-feira eu estava no saguão da casa de Nathaniel.

Ele apontou minhas roupas.

— Tire. Só vai recolocar no domingo.

Demorei para me despir. Havia pensado a semana toda neste fim de semana, como Nathaniel tinha planejado, tenho certeza. Perguntei-me como eu me sentiria andando pela casa completamente nua. A Abby Louca assumiu e prometeu manter a Abby

Racional ocupada com a nova regulamentação fiscal ou algum outro absurdo do tipo.

Eu não me esqueci do que ele dissera na noite de sexta-feira e, quando tirei a calça — *olha, Nathaniel, sem calcinha* —, a expressão em seus olhos me informou que ele não estava brincando sobre a sexta à noite. Na realidade, me pegou pela primeira vez ali no saguão mesmo.

E, er, sim. O sexo *era mesmo* melhor.

No início fiquei constrangida, andando por ali sem roupa, especialmente quando fazia alguma coisa banal, como cozinhar. Mas à medida que o fim de semana avançava, vi-me ficando mais confiante. O jeito como Nathaniel olhava para mim, seus olhos acompanhando meus movimentos, fez com que eu me sentisse poderosa. Mais uma vez, provavelmente era este seu plano o tempo todo.

Ele estava sentado à mesa da cozinha quando entrei para preparar o café da manhã de domingo.

— Suba e vista uma roupa — disse, muito sensatamente.

O que estava acontecendo? Fiquei tão confusa que não perguntei. Saí da cozinha e voltei ao meu quarto, onde me atrapalhei para vestir a calça jeans e uma camiseta de manga comprida antes de voltar a descer a escada.

— Sente-se — falou.

— Está tudo bem? — Eu me sentei, tentando entender o que teria provocado um olhar de... *culpa* nele.

— Desculpe — disse, finalmente olhando para mim. Seus olhos estavam perturbados. — Eu devia ter feito um trabalho melhor. Devia ter ficado mais atento.

— Está me assustando. Qual é o problema?

Ele gesticulou para a janela.

Merda.

A neve chegava à metade da vidraça, cerca de 1,5 metro e ainda caía.

— Eu devia ter ouvido a previsão do tempo — continuou ele. — Visto o noticiário. Qualquer coisa.

— E qual é o veredito? — perguntei, ainda olhando a neve. — Está muito ruim?

Ele balançou a cabeça.

— Ninguém tem certeza. Pode levar dias antes que você possa ir embora. Desculpe. Eu devia ter mandado você para casa ontem.

Então eu estava presa com Nathaniel por mais alguns dias. Era melhor do que ficar presa no apartamento...

— Felicia — sussurrei. Eu estava com o carro dela!

— Ela está com Jackson — disse Nathaniel. — Falei com ele há pouco... Ele a pegou ontem. Ela vai ficar bem.

Assenti. Felicia estava muito bem com Jackson e gostei da ideia de ficar com ele em vez de entocada no apartamento.

— Precisamos discutir as diretrizes da semana — falou Nathaniel. — Achei que seria mais fácil conversar se estivesse vestida.

Isto explicava a mesa da cozinha: ele queria minha opinião.

— Pensei que podemos dividir o preparo das refeições. Eu farei uma; você, a seguinte. — Ele me olhou e concordei com a cabeça. — Estarei trabalhando na maior parte do tempo, então quero que se sinta em casa. A casa está aberta a você, exceto por meus dois aposentos.

Acho que isso significava que eu não ia dormir em sua cama.

— Minhas regras permanecem — continuou. — Pode usar a academia e os DVDs de ioga. Espero que me chame de "senhor", mas não desejo nada de você sexualmente. Não creio que o horário de dormir seja um problema. Você terá as suas oito horas.

Nevasca com Nathaniel. A Abby Louca dava cambalhotas. A Abby Racional tinha uma suspeita irritante de que podia não ser uma ideia assim tão boa.

— Tem alguma pergunta? — indagou ele.

— Sim. Você não *deseja* alguma coisa sexual, mas não disse que o sexo está proibido. Isso significa que existe alguma possibilidade de sexo?

— Pensei em deixar as coisas correrem naturalmente, se não tiver problema para você.

Sexo natural com Nathaniel? Meu rosto ficou quente e senti a dor familiar de desejo se apertar em meu baixo-ventre.

Fique fria, disse a Abby Racional. *Não deixe que ele saiba o quanto essa ideia te excita.*

Idiota, ele já sabe disso há séculos, replicou a Abby Louca.

Do outro lado da mesa, Nathaniel abriu um sorriso malicioso. Maldita Abby louca, ela estava certa.

— Fiquei ao natural o fim de semana todo — respondi, friamente. — Por que parar agora?

Ele riu. Eu não o ouvia rir com muita frequência. Talvez a nevasca fizesse bem a nós.

— Onde vou dormir? — perguntei.

Ele ergueu uma sobrancelha.

— Em seu quarto.

Ah, bom. Mas valeu a tentativa.

— Muito bem — falei. — As novas regras começam quando?

— Às três da tarde de hoje. — Ele olhou relógio. — Você é minha pelas próximas oito horas; assim, se não tiver mais perguntas, quero que tire a roupa enquanto prepara o café da manhã.

Você está errado, pensei comigo mesma enquanto subia para tirar a roupa. *Eu não sou sua por oito horas. Sou sua para sempre.*

Capítulo Vinte e Seis

Tudo seguia lentamente pelo plano natural. No domingo à tarde, exatamente às três horas, Nathaniel me disse para subir e me vestir. Falou que o jantar era responsabilidade dele, uma vez que eu tinha preparado o café da manhã e o almoço.

Jantamos na cozinha, vendo a neve cair. Era estranho estar vestida. Quase como se estivesse me escondendo.

Telefonei para Felicia depois do jantar para saber se ela estava em segurança com Jackson. Pareceu meio irritada quando perguntei sobre sua segurança, mas eu sabia o quanto significava para ela que eu tivesse telefonado. Quando desliguei o telefone, fui para minha biblioteca e passei a noite sozinha. Nathaniel ficou na sala de estar. Embora tivéssemos ficado separados à noite, surpreendeu-me sentir-me tão à vontade em sua casa.

Logo de manhã cedo, na segunda-feira, telefonei para o celular de Martha e expliquei minha situação. Ela me disse que a biblioteca estava fechada devido à nevasca e que me manteria informada. Recusei-me a passar um dia ociosamente, então fui à esteira de Nathaniel depois de café da manhã. Eu tinha de concordar... Ele sabia o que estava fazendo quando elaborou meu plano de exercícios. Eu já podia ver melhorias em meu tônus muscular, na força e nos níveis de energia. Depois de algumas semanas, não só eu me sentia bem, como também estava em forma.

Talvez tenha sido depois de passar todo o fim de semana nua, eu não tinha certeza, mas não tirei imediatamente a roupa da ginástica. Em vez disso, andei pelo térreo enquanto as endorfinas bombeavam por meu corpo. Não estava com vontade de ficar em minha biblioteca de novo, então decidi limpar a casa. Claramente, Nathaniel tinha uma arrumadeira. Alguém que não poderia vir devido à tempestade.

Havia uma despensa na cozinha e eu a vasculhei até encontrar o que procurava — um espanador de penas. Olhei em volta —, Nathaniel não estava à vista.

Entrei na sala de estar, coloquei meu iPod no player de Nathaniel e aumentei o volume. Avancei por minhas músicas até encontrar uma que Felicia tinha baixado para a faxina. Nós duas concordávamos que não achávamos ruim limpar a casa, desde que pudéssemos dançar ao mesmo tempo.

Quando a música começou, eu rodei, girei e me balancei. Continuei rodando sem parar, brandindo meu espanador, limpando cada superfície da sala. No fim, joguei a cabeça para trás e cantei alto.

Olhando pela sala com um gesto de cabeça satisfeito, eu me virei para sair. Nathaniel estava parado na porta, observando.

Xii.

— Abigail — disse ele, com os olhos brilhando de diversão. — O que está fazendo?

Eu rodei o espanador.

— Tirando a poeira.

— Eu pago uma arrumadeira para essas tarefas.

— Sim, mas ela não poderá vir esta semana, não é?

— Acho que não. Mas se você insiste em ser útil, pode lavar os lençóis da minha cama. — Seus olhos riam para mim. — Alguém os deixou sujos neste fim de semana.

— Sério? — Fingi incredulidade. — Que audácia.

Ele se virou, depois parou e olhou por sobre ombro.

— A propósito — disse. — Estou retirando a ioga de sua rotina de exercícios.

Não poderia ter pronunciado palavras mais doces.

— Está?

— Sim. E acrescentando a faxina.

* * *

Nathaniel preparou salada de frango para o almoço.

— Não é tão boa quanto a sua — falou, colocando o prato na mesa da cozinha. — Mas vai servir.

Tombei a cabeça de lado.

— Você gosta da minha salada de frango?

Ele se sentou.

— Você é uma excelente cozinheira. Sabe disso.

— É bom ouvir isso de vez em quando — brinquei.

— Sim. — Ele sorriu educadamente. — É.

O que foi?

Repassei suas palavras.

Ah.

— Você também é um excelente cozinheiro — falei. Eu nunca havia dito isso a ele?

— Obrigado. Mas você já elogiou meu frango.

O clima ficou mais leve depois disso, como se tivéssemos atravessado algum obstáculo simplesmente admitindo que gostávamos da comida do outro.

— Eu estava me perguntando — disse, entre as garfadas —, se esta tarde eu poderia levar Apollo lá fora. — Tinha parado de nevar, pelo menos por enquanto. Apollo estava sentado ao lado de Nathaniel e levantou a cabeça ao ouvir seu nome.

Nathaniel pensou por um segundo.

— Acho que seria uma boa ideia. Ele precisa sair e parece gostar de você.

— Qual é a história dele, posso perguntar? Elaina falou alguma coisa em Tampa que me fez pensar que estava doente.

— Apollo foi resgatado — disse Nathaniel, estendendo a mão para fazer carinho na cabeça do cachorro. — Estou com ele há mais de três anos. Ele sofreu maus-tratos quando filhote e isso o deixou hostil. Mas ele nunca teve problemas com você. Talvez tenha algum sexto sentido com as pessoas.

— E sobre o que Elaina falou no fim de semana?

— Ele se mostra ansioso quando fica longe de mim por longos períodos de tempo. — Ele acariciou de novo cabeça de Apollo. — Estamos trabalhando nisso.

— No início deve ter sido difícil.

— Foi, mas as recompensas valeram todo o trabalho.

— Hummmf — falei, pegando uma salada no garfo. — Tem um lugar especial no inferno para pessoas que maltratam animais.

— Ora essa, Abigail, não sabia que você tinha sentimentos tão fortes quanto ao assunto.

— Não sou uma grande fã de cachorros, tirando Apollo, quero dizer. — Dei uma garfada na salada de frango e mastiguei. Engoli. — Mas alguém fazer mal a uma coisa tão indefesa... Bom, acho que isso desperta o que há de pior em mim.

— Ou de melhor — replicou, seu sorriso dizendo que ele sabia exatamente como me sentia. — Acho que foi por isso que decidi doar medula óssea. Para ajudar os indefesos.

A medula óssea.

— Eu estava me perguntando sobre isso.

— É o projeto de estimação de Linda. Ela fez com que todos assinássemos o cadastro. Nunca pensei que eu seria compatível para alguém. Mas quando veio o telefonema — ele deu de ombros —, que opção havia? Eu tinha o poder de salvar a vida de alguém. Não se precisa pensar muito para se tomar esta decisão.

— Algumas pessoas não sentiriam o mesmo.

— Prefiro pensar que nunca fui considerado como *algumas pessoas*.

— Desculpe, senhor — falei, aturdida. — Eu não pretendia...

— Sei que não — disse ele com brandura. — Eu estava implicando com você.

Baixei os olhos para meu prato.

— Às vezes é difícil saber.

— Talvez da próxima vez eu use legenda. — Ele levantou meu rosto com o dedo. — Prefiro que não esconda seus olhos quando estiver falando comigo. Eles são muito expressivos.

Seu olhar encontrou o meu e só por um momento eu quase pude ler seus pensamentos. Eu queria nadar naqueles olhos verde-escuros. Mergulhar tão fundo e nunca ter de sair.

Ele baixou a mão e conversamos mais um pouco sobre o menino que recebera sua medula óssea: Kyle. Nathaniel havia ficado íntimo dele desde a doação. Ele o levava a jogos de beisebol no verão e queria tê-lo convidado ao Super Bowl.

— Mas ele estava doente e não podia — explicou Nathaniel. — Talvez no ano que vem.

— Felicia falou alguma coisa sobre Jackson se aposentar. Ele vai jogar no ano que vem?

— Acho que sim, mas esta pode ser sua última temporada. Ele já está preparado para sossegar. — Ele me olhou com o sorriso que sempre derretia meu coração. — Se Felicia concordar, isto é.

— Está disposto a ter Felicia como membro da família?

— Eu o farei por Jackson — respondeu Nathaniel. — E ela tem uma melhor amiga maravilhosa.

Depois do almoço, fiz uma trouxa com algumas roupas do quarto de hóspedes e levei Apollo para passear. A neve tinha parado e o vento a soprara em bancos que chegavam a uma altura que nunca vi em todos os meus anos em Nova York. Apollo e eu andamos para um campo grande. Ou, preciso dizer, eu andei. Apollo correu.

Fiz algumas bolas de neve e joguei, vendo que ele corria atrás delas, sacudindo a cabeça sem acreditar quando se desmanchavam. Eu ria e Apollo olhava para mim e latia, abanando o rabo, querendo mais. Fiz outras e atirei.

— Você está confundindo meu cachorro — disse Nathaniel, de repente atrás de mim.

— Ele adora — respondi, jogando outra bola de neve. Eu ri enquanto Apollo corria atrás dela.

— Acho que ele ama a pessoa que está jogando. — Nathaniel fez uma bola de neve e jogou ele mesmo.

Apollo olhou para trás e latiu.

— Você roubou minha brincadeira — falei, tentando não pensar no fato de que Nathaniel tinha dito *ama*. Não importa que estivesse falando de seu cachorro. Fiz mais uma bola de neve e joguei em Nathaniel. — Agora ele não vai querer brincar comigo.

Minha bola de neve errou o alvo.

— Ah, Abigail — disse, andando levemente para mim, como um gato. — Você cometeu um grande erro.

Epa.

— Por acaso você não está usando legenda, está? — perguntei.

— De jeito nenhum — replicou, jogando uma bola de neve de uma mão a outra.

Eu recuei, erguendo as mãos.

— Você jogou uma bola de neve em mim. — Ainda com o movimento das mãos. De um lado a outro. Olhando para mim. De um lado a outro.

— Eu errei.

— Ainda assim, tentou. — Ele recuou um braço para jogar a bola em mim, mas no último minuto virou-se e jogou-a para Apollo.

Eu, é claro, não vi e gritei como uma garotinha assustada. Virei-me e corri. Tropecei em minhas botas e caí de cara na neve.

Essa agora...

— Você está bem? — perguntou ele, aproximando-se de mim e estendendo a mão enluvada.

— Não tem nada ferido além do meu orgulho. — Eu estava coberta de neve e toda molhada. Meu corpo se sacudia com o frio repentino. Peguei sua mão e ele me ajudou a levantar.

— Hora de entrar? Beber alguma coisa quente perto do fogo?

Fogo. Bebida quente. Nathaniel.

Pode contar comigo.

Capítulo Vinte e Sete

Como sempre, Nathaniel havia pensado em tudo. Um fogo ardia alto na lareira da biblioteca quando voltamos para dentro e o calor aos poucos penetrou em minhas roupas molhadas. Nathaniel subiu e voltou com roupas secas para mim. Enquanto eu me trocava, ele nos serviu bebidas.

Sentei-me e ergui a sobrancelha para o copo que ele me estendia.

— O que é isso?

— Conhaque. Pensei num café, mas decidi que isto nos aqueceria mais rápido.

— Sei. — Girei o líquido âmbar no copo. — Você está tentando me embriagar.

— Como sempre, eu não *tento* nada. — Ele bebeu seu drinque. — Mas tem mais de quarenta por cento de álcool, então é melhor que você se limite a um copo.

Apollo entrou e se sentou aos pés de Nathaniel, na frente da lareira. O dono afagou sua cabeça.

Eu começava a perceber que Nathaniel e eu tínhamos ideias diferentes sobre o que significava "aquecimento". Eu também começava a me perguntar se "natural" era um código de dom para "nunca vai acontecer". Isso não fazia sentido para mim. Ele havia suspendido tranquilamente nosso acordo de fim de semana em outras ocasiões: fora me visitar na Coleção de Livros Raros às quartas-feiras e por duas vezes fizemos sexo nesta mesma biblioteca, a *minha* biblioteca, aqui, na casa dele, e não havíamos seguido as regras de sempre. Então por que ele não deixava alguma coisa acontecer entre nós agora? Às vezes tudo ficava confuso. Eu adorava a parte dom de Nathaniel, a parte que podia deixar meus joelhos fracos e me derreter com uma simples palavra. Mas eu começava a ansiar muito por este novo Nathaniel dos dias úteis. Se houvesse um jeito de combinar os dois... Seria possível? Ele iria querer?

Mas se nós não íamos fazer um sexo quente na frente da lareira, ainda estávamos em minha biblioteca — e por falar em bibliotecas...

— A biblioteca veio com a casa, ou foi algo que você acrescentou depois de comprar? — perguntei.

— Não comprei esta casa. Eu a herdei.

— Era a casa dos seus pais? Você foi criado aqui?

— Sim. Fiz uma reforma grande. — Ele ergueu uma sobrancelha. — Como na sala de jogos.

Aproximei-me um pouco mais dele.

— Foi difícil morar aqui?

Ele meneou a cabeça.

— Pensei que seria, mas fiz tantas reformas, que não parece mais a casa de infância. A biblioteca, porém, é praticamente a mesma da época.

Olhei em volta, vendo o grande número de livros, e tomei um gole do conhaque. Aqueceu minha garganta ao descer.

— Seus pais deviam adorar livros.

— Meus pais eram colecionadores ávidos. E viajavam com frequência. — Ele gesticulou para uma parte da biblioteca que tinha mapas e atlas. — Muitos livros foram encontrados no exterior. Alguns estão na família há gerações.

— Minha mãe gostava de ler, mas preferia principalmente ficção popular. — Abracei os joelhos ao peito, surpresa de ele falar dos pais, mas sem querer que se sentisse pressionado.

— Há um lugar para ficção popular em toda biblioteca. Afinal, a ficção popular de hoje pode muito bem ser o clássico de amanhã.

Eu ri.

— E isto partindo do homem que disse que ninguém lê os clássicos.

— Não fui eu — replicou, levando a mão ao peito. — Foi Mark Twain. Só porque citei não quer dizer que concorde com ele.

O conhaque percorria meu corpo, deixando-me toda aquecida e relaxada. Ele tinha razão: um copo era suficiente.

— Conte mais sobre seus pais — pedi, sentindo-me corajosa. Ou talvez fosse o conhaque.

— Na tarde em que morreram — começou ele, e me sentei mais ereta. Eu não pretendia que ele me contasse sobre *isso*. — Estávamos voltando para casa do teatro. Nevava. Papai dirigia. Minha mãe ria de alguma coisa. Era tudo muito normal. Acho que sempre é assim.

Então ficou em silêncio e tentei não fazer movimento nenhum. Não queria que nada o impedisse de contar sua história.

— Ele deu uma guinada para se desviar de um cervo — prosseguiu Nathaniel, baixinho. — O carro desceu um barranco e capotou — ele semicerrou os olhos —, acho que capotou. Faz muito tempo e eu procuro não pensar nisso.

— Está tudo bem. Não precisa me contar.

— Não, estou bem. É bom falar. Todd sempre me diz para falar mais.

A lenha na lareira se acomodou e lançou faíscas. Apollo rolou de costas. Perguntei-me por uns minutos se Nathaniel continuaria ou não.

— Não me lembro de tudo — prosseguiu. — Lembro-me dos gritos. Os gritos que perguntavam se eu estava bem. Os dois gemendo. Os sussurros que trocavam. A mão que me alcançou por trás. — Ele olhou o fogo. — E depois, nada.

Reprimi as lágrimas, piscando, imaginando tudo com muita clareza.

— Eu lamento. Eu lamento tanto.

— Usaram um guincho para tirar o carro. Meus pais já haviam falecido, mas como falei, não me lembro de tudo.

Eu queria fazer mais perguntas. Quanto tempo ficou preso no carro com os pais? Ele sentiu dor? Mas eu me sentia tão honrada por ele ter dividido tudo isso comigo, que não quis pressionar.

— Linda foi maravilhosa. Eu devo tanto a ela — falou.

Eu pude apenas assentir.

— Ela me deu muito apoio. E ter sido criado com Jackson ajudou. — Ele sorriu. — Todd também. E Elaina, quando se mudou para a vizinhança.

Eu queria pegar sua mão, tranquilizá-lo de algum modo, mas não tinha certeza de como seria recebida, então continuei parada.

— Sua família é o máximo.

— Eles são mais do que mereço — disse, levantando-se. — Terá de me dar licença. Preciso voltar ao trabalho agora.

— E preciso começar a preparar o jantar. — Peguei o copo dele. — Eu levo para você.

— Obrigado. — Ele olhou fundo em meus olhos e entendi que se referia a mais do que o copo.

No jantar, ele perguntou sobre minha família e lhe falei de minha mãe e meu pai. Falei do trabalho de meu pai como empreiteiro. Vi os olhos de Nathaniel de perto enquanto falava de minha mãe, procurando por algum sinal de reconhecimento, mas ou ele não se lembrava dela e da casa ou era muito bom ator. Não pareceu surpreso quando mencionei seu falecimento. Por um segundo, pensei que fosse me perguntar alguma coisa, mas ele rapidamente mudou de assunto.

Naquela noite, sonhei com Nathaniel tocando piano, mas sabia de onde vinha a música e, em meu sonho, corri à biblioteca. Ele estava lá, sentado ao instrumento. Quando me viu, estendeu a mão e sussurrou:

— Abby.

Mas desapareceu antes que eu o alcançasse.

* * *

Na terça-feira, decidi que precisava de um plano. A neve tinha amainado, mas não o suficiente para alguém passar muito tempo do lado de fora. Isto significava outro dia presa ali. Eu tinha limpado a casa e lavado os lençóis no dia anterior, e não estava mais com vontade de fazer faxina.

Nathaniel preparou panquecas para o café da manhã, então eu devia fazer o almoço. Talvez começasse o almoço.

O almoço...

Entrei na cozinha e vasculhei os armários. Encontrando o que precisava, peguei uma tábua de corte e algumas panelas.

Voltei à sala, onde Nathaniel estava sentado à sua mesa. Ele levantou a cabeça quando entrei.

— Sim? — perguntou.

— Pode me ajudar com o almoço?

— Me dá uns dez minutos?

— Dez minutos está ótimo.

Depois que voltei à cozinha, percebi que tinha me esquecido da cebola. Abri um armário onde sabia que estavam guardadas. Eu me agachei para encontrá-las.

Mas o que...?

Quando Nathaniel entrou um pouco depois, encontrou-me na bancada, com a cabeça nas mãos, olhando duas latas sem rótulo.

— Abigail?

Eu fitava as latas.

— Estou tentando entender o que alguém como você faz com latas sem rótulo em sua cozinha.

— A pequena é de pimenta italiana. — Ele se aproximou de mim. — A maior tem os restos da última submissa enxerida que me importunou sobre latas sem rótulo.

Levantei a cabeça.

— Legenda?

— Legenda. — Ele sorriu.

— É sério, o que está fazendo com latas sem rótulo em seus armários? Isto não infringe umas cem regras diferentes suas?

Ele pegou a lata maior.

— A menor é realmente de pimentas da Itália. A maior deve ter tomates da mesma empresa. Eu pedi on-line.

— O que aconteceu com os rótulos?

— Elas vieram assim. — Ele baixou a lata grande e pegou a menor. — Provavelmente são pimentas e tomates, mas hesitei em abri-las e nunca mandei de volta. E se tiverem língua de vaca em conserva? Eu não tenho fé suficiente.

— Tudo na vida é fé. Só porque alguma coisa tem rótulo não quer dizer que combine com seu conteúdo. Acredite em mim. Às vezes é preciso muita fé para acreditar no rótulo. — Peguei a lata da mão dele e a sacudi. — Não tenha medo do que está dentro dela. Posso fazer uma obra-prima com seu conteúdo.

Ele pegou meu rosto na mão em concha e olhei em seus olhos enquanto outro muro caía.

— Aposto que pode — disse, depois baixou a mão. — Agora, precisa de minha ajuda para quê?

Abri a caixa de arroz arbóreo.

— Quero preparar um risoto de cogumelos, mas não posso mexer o arroz e cozinhar as outras coisas ao mesmo tempo. Você pode mexer?

— Risoto de cogumelos? Ficarei feliz em mexer.

— Talvez você queira tirar o suéter. Provavelmente vai ficar quente aqui.

Ele ergueu uma sobrancelha, mas tirou o suéter. Tinha uma camiseta preta por baixo.

Ah, sim, muito melhor. Obrigada.

— Vou cortar os cogumelos e a cebola — eu disse. — Você começa o arroz.

— Você é meio mandona, não é?

Pus a mão no quadril.

— É a minha cozinha.

— Não. — Ele me empurrou contra a bancada, com a mão pousando em minha cintura. Balançou os quadris e senti sua ereção através da calça jeans. — Eu disse que a mesa da cozinha era sua. O resto da cozinha é *meu*.

Me. Fode.

— Agora — prosseguiu. — O que tem mesmo o arroz? — Ele acendeu o fogo e colocou azeite extravirgem na panela.

Fiquei parada por vários segundos até conseguir me mexer novamente. Peguei duas taças e ergui o vinho branco para Nathaniel ver.

— Sim, por favor — disse ele.

Servi o vinho nas taças e me ocupei de cortar a cebola.

— Está pronto para isso? — perguntei, depois da cebola cortada, mas sem me referir realmente à cebola.

— Estou sempre pronto.

Olhei para baixo e soube que ele também não falava da cebola. Sua ereção tinha aumentado mais uns centímetros. E ele estava preso ali, mexendo o arroz.

Eu não estava presa.

Coitadinho.

Esgueirei-me para perto, colocando-me debaixo de seu braço, e despejei a cebola na panela.

— Aí está — falei, deixando meu traseiro roçar em sua virilha.

Eu precisava cortar os cogumelos, mas decidi ser um pouquinho má. Tudo bem, mentira. Decidi ser muito má.

— Quer que eu pegue o caldo de galinha para você? — Estendi o braço e peguei o caldo fresco. Coloquei um pouco na panela, com o braço batendo em seu bíceps pelo mais breve segundo.

Uma linha de suor se formava em sua testa e ele tomou um gole do vinho.

Meu plano maligno estava dando certo.

Deslizei para a bancada e comecei a trabalhar nos cogumelos. Cortando-os em pedacinhos, empilhando-os de forma organizada. Dando um gole ocasional em minha taça de vinho.

Um cogumelo caiu *por acidente* no chão e rolou até onde Nathaniel estava parado, junto do fogo. Mexendo.

— Epa — falei. — Deixe que eu pego isso.

Aproximei-me dele e me espremi entre o fogão e seu corpo, percebendo desta vez que não ajudava nada em seu probleminha. Peguei o cogumelo e me segurei no cós de Nathaniel para me levantar. O leve roçar em sua virilha foi outro *acidente*.

O que posso dizer? Eu tendo a sofrer muitos acidentes.

Mas não falei isso porque Nathaniel tentava ao máximo se concentrar no risoto e, bom, quem precisa das palavras?

Abri o forno e coloquei os peitos de frango. Ficariam prontos ao mesmo tempo em que o risoto, se tudo saísse como planejado. Passei os cogumelos a Nathaniel e tomei outro gole do vinho enquanto me recostava na bancada. Meu trabalho estava encerrado, então eu não tinha nada melhor para fazer além de desfrutar dos músculos de Nathaniel.

Estava mesmo ficando meio quente na cozinha. Então tirei meu suéter, revelando a pequena camiseta branca por baixo. Ainda havia muito caldo de frango no jarro ao lado de Nathaniel, mas o risoto estava ficando bom. Quase pronto. Meti-me de mansinho entre o fogão e Nathaniel e levantei o jarro.

— Precisa de mais?

— Só um toque.

Coloquei um pouco na panela, mas, epa, parte caiu em minha blusa branca. E epa epa, eu me esqueci de colocar sutiã.

— Droga. Pode dar uma olhada nisso?

Ele olhou.

— Acho que preciso tirar antes que manche. Pode ser um problema. — Eu me virei e fui até a pia, arrancando a blusa no caminho.

O forno se desligou ao mesmo tempo que o queimador do fogão era ligado. Ouvi a panela sendo movida e a porta do forno se abrir.

Dois segundos depois, Nathaniel me pegou pela cintura e me rodou.

— Tenho um problema maior para você.

Olhei para baixo. Ora essa, sim, ele tinha. Aquela calça jeans não podia estar confortável.

Ele me colocou na bancada ao lado do fogão, tirando do caminho tábuas de corte e latas. Alguma coisa caiu no chão.

Nathaniel se atrapalhou com um botão da minha calça e a tirou rudemente, quase me arrastando da bancada. Seus olhos ficaram escuros, porque, epa, eu havia esquecido da calcinha. De novo.

Seus jeans foram ao chão e, em menos dois segundos, lá estava ele, nu e magnificamente ereto.

— É isso que você quer? — Ele veio a mim e passei as pernas por sua cintura.

Passei as mãos por sua camisa para chegar ao peito.

— Sim.

Ele colocou as mãos em concha em meus seios e esfregou o mamilo com o polegar.

— Por favor — implorei, puxando-o para mais perto. — Por favor. Agora.

Mas era a vez dele de implicar comigo e ele deslizou as mãos por meu corpo, descendo até minhas pernas e voltando a subir.

— Eu não queria... Eu não pensei... — começou ele, mas eu mordiscava seu pescoço, subindo pelo queixo até chegar à orelha.

— Você pensa demais — sussurrei.

Era tudo que ele precisava. Ele pegou minhas pernas e em um só movimento estocou em mim e, que droga, dois dias eram mesmo muito tempo. Eu gemi enquanto ele empurrava mais fundo.

— Ah, merda, sim — falei enquanto o tomava dentro de mim. Meus olhos se fecharam enquanto ele se retirava. — Mais. Mais, por favor.

Ele respondeu com a força de seu corpo, arremetendo em mim mais uma vez. Bati a cabeça no armário do alto e nem me importei.

— Mais forte — falei. — Por favor, mais forte.

— Porra, Abigail. — Ele pegou meu traseiro com as duas mãos e me puxou para ele enquanto arremetia. Nós dois gememos quando seu pau bateu na base de minha cérvice.

— De novo. — Mordi sua orelha. — Que merda. De novo.

Nós nos arranhamos e nos mordemos, ele tentando avançar mais dentro de mim e eu tentando tomar mais dele. Bati em seu traseiro com os calcanhares e ele chupou meu pescoço.

Mais fundo. Ambos queríamos mais fundo.

— Isso — falei quando ele atingiu meu ponto G. — Bem aí.

— Aqui? — perguntou ele, metendo novamente. — Aqui?

Gemi enquanto ele entrava em mim sem parar. Seus dedos estavam entre nós e ele esfregou meu clitóris. Meu orgasmo crescia e senti que seu pau se torcia dentro de mim.

— Mais forte — falei. — Está quase lá.

Seus dedos esfregaram com mais força e seu pênis pulsou dentro de mim.

— Eu... Eu... Eu... — gaguejei, minha barriga se apertando.

Eu me desfiz. Ele meteu mais fundo uma última vez e ficou parado enquanto gozava dentro de mim.

— Que droga — disse ele, depois que conseguiu falar de novo. — Isso foi...

— Eu sei — interrompi. — Concordo.

Ele me tirou da bancada e se certificou de que eu conseguia ficar de pé antes de pegar uma toalha e me limpar.

— Não tem como o risoto de cogumelo superar isso.

Capítulo Vinte e Oito

Nathaniel preparou o jantar. Em geral, quando ele cozinhava, eu ficava na sala de estar ou na biblioteca. Mas decidi me sentar na cozinha com ele naquela noite. Então, enquanto ele cozinhava, eu estava sentada à mesa e bebia uma taça de vinho tinto. Curtindo a vista, se preferir.

Acho que ele preparava um marinara. Pelo menos, foi o que desconfiei, já que usava as latas grandes sem rótulo. Ele pegou o abridor de latas e eu me levantei para olhar por cima de seu ombro.

— Só estou verificando — falei.

Ele sorriu e cantarolou quando a lata se abriu. Com um dedo hesitante, levantou a tampa. Nós dois prendemos a respiração.

— Tomates — dissemos em uníssono.

— Droga — exclamei. — Eu torcia para ser língua de vaca em conserva ou alguma parte corporal incriminadora.

— Um tanto quanto anticlímax, não acha? — perguntou ele, levantando um tomate com um garfo.

— Não. É melhor saber.

— Tem razão, e isto nos dará um jantar delicioso.

Ele colocou os tomates na panela que já continha a cebola e o alho.

— O cheiro está bom — falei, ficando na ponta dos pés para olhar por sobre seu ombro. Farejei ao fazer isso. Não tanto para sentir o cheiro do jantar, mas de Nathaniel. Um leve almíscar e um toque de cedro. Nham.

— Vá se sentar — disse ele. — Quero ter uma refeição quente hoje.

— O café da manhã foi quente. E o almoço foi quente. Pelo menos aquela parte antes do almoço.

— Abigail.

— Estou me sentando. Estou me sentando — eu disse, indo para a mesa.

Sentei-me e tomei um gole do vinho.

— Sabe de uma coisa, você fez um progresso hoje — comentei.

Seus ombros arriaram um pouco·

— E o que seria isso?

— Você abriu uma de suas latas sem rótulo. Acho que isso pede uma comemoração.

Ele relaxou.

— E o que tem em mente? — perguntou.

— Piquenique nus na biblioteca?

— Esta é sua ideia de comemoração? — Nathaniel colocou uma grande panela de água para ferver.

— Eu devia ter preparado pão para o jantar.

— Você já fez o suficiente por um dia.

Ergui uma sobrancelha e me esforcei para não rir.

— Sim, esta era minha ideia de comemoração.

— Tudo bem. — Ele suspirou, como se estivesse concordando com alguma coisa horrenda. — Piquenique nus na biblioteca. Em trinta minutos.

— Vou me arrumar — falei, levantando-me da mesa.

— Tem cobertores extras no armário de roupa de cama — disse Nathaniel por sobre o ombro.

Vinte minutos depois, eu estendia vários cobertores e acendia o fogo na lareira da biblioteca. Quatro almofadas roliças completaram o cenário improvisado de piquenique.

Olhei o relógio. Faltavam dez minutos. Tirei as roupas e as deixei numa das cadeiras.

Nathaniel veio trazendo o jantar numa bandeja grande. Ele já estava despido.

— Quer alguma ajuda? — perguntei, deleitando-me na visão dele.

— Não. Estou bem. Vou baixar a comida e pegar nossas bebidas. Mais vinho?

— Por favor.

Ele voltou com duas taças e uma garrafa de vinho tinto. Perguntei-me se ele teria uma adega. Certamente tinha. Eu podia dar uma olhada nisso mais tarde.

O marinara estava delicioso. É claro, eu não esperava menos de Nathaniel.

— Isto está soberbo — falei depois algumas garfadas. — Meus cumprimentos ao chef.

— Às latas sem rótulo — disse ele, erguendo uma garfada de macarrão.

— Às latas sem rótulo — concordei. Eu ia pegar mais massa no garfo, mas, quando o levantei, fiz com rapidez demais e parte do molho caiu. E caiu em Nathaniel, no... er... você sabe.

Ele olhou para baixo, sem acreditar.

— Você deixou cair marinara no meu pau.

— Epa.

— Tire. Isso. Daqui.

Eu tinha certeza absoluta de que ele não usava legenda. Abaixei-me e tirei o prato dele.

— Deite-se de costas.

— Abigail.

— Quer que eu use o guardanapo? — Empurrei seus ombros.

Ele não respondeu, então assumi que era um "não". Ele pôs a cabeça em um dos travesseiros e passei as mãos em seu peito.

— O marinara, Abigail — disse ele.

Meus dedos roçaram por seus mamilos.

— Estou chegando lá.

— Chegue lá. Mais rápido.

Lambi seu peito. Nham. Todo ele tinha um gosto bom. Dei uma mordiscada em seu baixo-ventre e ele ofegou em resposta.

Hmmm. Nathaniel era muito melhor do que o marinara. Mesmo um marinara feito com latas sem rótulo.

Baixei ainda mais, sugando de leve a ponta de seu pau. Ele se contorceu. Ahhh, sim, ali estava. *Olá, marinara. Desculpe por eu ser tão desajeitada.*

Tudo bem, era mentira. Não havia nada em meu corpo que se lamentava.

Limpei o molho com uma lambida. Mas, como eu disse, todo ele tinha um gosto bom. Até que ele me dissesse para parar, decidi ficar exatamente onde estava. Rolei a ponta dele na boca, de forma provocante. De vez em quando, eu abria bem a boca e o pegava inteiro, mas na maior parte das vezes só o provocava. Usei as mãos, afagando, segurando seu pau como se fosse um pirulito, lambendo bem na ponta. Uma gota ou duas escaparam dele e eu chupei.

Ele puxou o ar entre os dentes.

— Porra.

— Eu posso parar — falei, mas não tinha certeza se podia.

— De jeito nenhum. Passe as pernas por aqui. Quero sentir o gosto dessa boceta doce.

Remexi meu corpo, movendo-nos para uma posição 69.

Ele passou os braços por minhas coxas, fechando-me nele. Mexeu a língua dentro de mim e deu uma lambida, terminando em meu clitóris.

— Hmmmm. Mais doce que o melhor vinho. — Ele lambeu de novo. — Vou beber de você até que não sobre nem uma gota.

Peguei todo seu pau na boca — pão, pão, queijo, queijo —, e chupei com força.

Ele começou um ritmo, combinando as lambidas e mordiscadas com as minhas. Eu o peguei fundo na garganta e ele deslizou a língua para dentro de mim. Meus dentes rasparam seu pênis e os dele roçaram meu clitóris.

Meus quadris começaram a se mexer por vontade própria e logo ele estava metendo na minha boca.

Rolamos de lado, sustentando o ritmo, conseguindo mais alavancagem enquanto ele trepava com o pau na minha cara e comia minha boceta com a língua.

Ele acrescentou os dedos, metendo três dentro de mim enquanto sua língua movia por meu clitóris. Peguei suas bolas com as mãos em concha e passei o dedo de seu saco até o ânus. Seu pênis se torceu em minha boca e ele meteu mais forte. Dobrou a velocidade de seus dedos.

Enquanto seu membro batia no fundo de minha garganta, ele chupou meu clitóris. Nossos movimentos tornaram-se mais intensos e nós dois nos encontramos na beira do abismo.

A parte inferior de meu corpo começou a formigar e eu movia a cabeça para encontrar suas arremetidas, querendo que ele gozasse comigo. Gemi. Não pude evitar. Era tão intenso ter Nathaniel em *minha* boca enquanto a boca *dele* trabalhava em mim. Gozei, meu corpo se espatifando. Ele mordeu meu clitóris e gozei de novo enquanto ele arremetia em minha boca, aliviando-se em vários jatos fortes. Engoli freneticamente, sem querer que escapasse nem uma gota.

Ele me puxou para seu peito e coloquei a cabeça sob seu pescoço.

— O jantar está frio — falei, aninhando-me em seus braços.

— Dane-se o jantar.

Enfim voltamos a comer: apoiados nas almofadas, indolentes e relaxados.

Dei uma garfada na massa fria. Não estava tão ruim.

— Há quanto tempo você é dom?

Ele enrolou o macarrão no garfo.

— Quase dez anos.

— Teve muitas submissas?

— Isso depende do que você considera "muitas".

Revirei os olhos.

— Sabe o que eu quis dizer.

Ele baixou o garfo.

— Não me importo de ter esta conversa, Abigail. E a sua biblioteca. Mas lembre-se de que, só porque você faz uma pergunta, não quer dizer que terá uma resposta.

Engoli a porção de macarrão que tinha na boca.

— Muito justo.

— Então, pergunte.

— Você já foi submisso?

Ele assentiu.

— Sim. Mas não por muito tempo, só por uma ou duas encenações.

Tudo bem, isso era interessante. Deixei o assunto de lado para mais tarde.

— Algum dia uma submissa sua usou a palavra de segurança?

Ele me olhou com atenção enquanto respondia.

— Não.

— Nunca?

— Nunca, Abigail.

Encarei o prato.

— Olhe para mim — disse ele, e todos os vestígios do Nathaniel dos dias úteis desapareceram. Eu estava falando com o Nathaniel Dom. — Sei que você é muito nova nisso, então eu te pergunto: algum dia estive perto de te obrigar a fazer mais do que consegue suportar?

— Não — respondi com sinceridade.

— Eu não tenho sido gentil, paciente e carinhoso? Prevendo *cada* necessidade sua?

— Sim.

— Acha que eu teria sido gentil, paciente e carinhoso com minhas antigas submissas? Que previ *cada* necessidade delas?

É claro que sim.

— Ah.

— Estou começando com você aos poucos, porque vejo nisto uma relação de longo prazo, mas há muitas coisas que podemos fazer juntos. — Ele correu um dedo por meu braço. — Muitas coisas de que seu corpo é capaz e ainda nem sabe. E, assim como você precisa aprender a confiar em mim, eu tenho que aprender sobre seu corpo.

Eu podia muito bem ter rolado e morrido ali mesmo. Estava acabada.

— Tenho que aprender sobre seus limites, então estou trabalhando em você lentamente. Mas existem muitas, muitas áreas que ainda precisamos explorar. — Seu toque ficou mais rude. — E quero explorar todas. — Sua mão caiu. — Isto responde a sua pergunta?

— Sim — sussurrei, querendo explorar todas também.

— Mais alguma pergunta?

— Se as suas outras submissas não usaram a palavra de segurança, como a relação terminou?

— Terminaram como terminam qualquer relacionamento. Nós nos distanciamos e tomamos rumos separados.

Tudo bem, isso fazia sentido.

— Já teve uma relação amorosa com uma mulher que não fosse sua submissa?

Ele se remexeu um pouco.

— Sim.

— Como foi? — perguntei, imaginando que estava entrando no território de Melanie.

— Você está aqui agora. — Ele ergueu uma sobrancelha para mim. — Essa foi uma pergunta retórica?

Evidentemente, aquilo não saíra como o planejado. Mas eu não podia deixar passar.

— Melanie?

— O que Elaina lhe contou? — perguntou Nathaniel, em vez de responder.

Flagrada.

— Que Melanie não foi sua submissa.

Ele suspirou.

— Eu preferia que meus relacionamentos anteriores continuassem no passado. O que Melanie e eu fizemos ou deixamos de fazer não tem nada ver com nós dois.

Peguei o macarrão intocado no prato, ainda sem saber se me sentia melhor a respeito de Melanie.

— Abigail — disse ele, e encarei seus olhos. — Se eu quisesse ficar com Melanie, estaria com Melanie. Mas estou aqui com você.

Meus olhos correram seu corpo fabuloso.

— Já fez um piquenique nu com Melanie?

Ele sorriu.

— Não, nunca.

Não sei por que isso fez com que eu me sentisse melhor. Mas fez.

Capítulo Vinte e Nove

Acordei na quarta-feira com a ideia maluca de que devia olhar pela janela. Eu me sentia uma idiota, verificando se ainda havia neve do lado de fora, mas assim mesmo o fiz. Puxei as cortinas e, sem nenhuma dúvida, havia neve. Talvez um pouco menos do que na véspera, mas ainda assim estava lá. Nenhuma máquina de limpeza visível.

Deixei que a cortina voltasse ao lugar. Eu não sairia de casa hoje. Amanhã? Talvez, mas que sentido tinha se eu estaria de volta na sexta? Eu podia muito bem ficar na casa dele pelo resto da semana. Martha me mandou um torpedo dizendo que a biblioteca só seria reaberta na segunda-feira.

Na realidade, não achava que Nathaniel se importasse de eu ficar, mas decidi perguntar depois e, em vez disso, fui preparar o café da manhã. Tomei um banho rápido e desci a escada. Depois que o café estava borbulhando na cafeteira, concentrei-me no bacon e nos ovos. A frigideira estava aquecendo e dei alguns passos de dança rápidos na cozinha com a música que tocava em minha cabeça.

— "Dir-lhe-ei que é clara como a rósea manhã banhada pelo orvalho" — enunciou Nathaniel, entrando na cozinha e se encostando na bancada.

Shakespeare?

Não era possível.

Um sorriso cobriu seu rosto.

Mas era.

Voltei ao fogo e virei o bacon.

— "Tens magia em teus lábios."
Ele riu, claramente se divertindo. Falou:

"Todo o mundo é um palco,
E todos os homens e mulheres não passam de meros atores."

Tudo bem. Tá legal. Ele tinha estudado seu Shakespeare. Eu podia superá-lo.

"A vida não passa de uma sombra ambulante, um pobre cômico
Que se pavoneia e se agita por uma hora no palco,
Sem que seja ouvido depois."

Ele foi até o fogo, levou a mão ao peito e lançou a outra pela janela aberta, enquanto declamava:

"Mas, silêncio, que luz agora se escoa da janela?
É do Oriente, e Julieta é o sol.
Surge, formoso sol, e mata a lua de inveja,
Que pálida e doente de tristeza já está
Pois tu, como serva, és mais formosa do que ela."

Ri. Eu babava por Shakespeare. E ninguém tinha citado *Romeu e Julieta* para mim na vida. Ainda assim, era melhor que ele não soubesse o quanto isso me excitava, embora eu tivesse certeza de que já sabia.
— "Os asnos, como vós, suportam carga" — falei.
— "As mulheres, como vós, suportam carga" — ele citou o verso seguinte.
Que droga. Ele sabia esse também?
— "Tenho tão só motivos femininos: penso que ele assim é, porque assim penso" — declamei.
Ele riu. Um riso grave e caloroso.
— "Oh, vilã, vilã que ri, vilã maldita!"
Olhei para ele, fingindo choque.

— Você me chamou de vilã.

— Você me chamou de asno.

Não podia discutir com isso.

— Empatados?

— Desta vez, sim — disse ele. — Mas quero deixar registrado que estou ganhando de você.

— Concordo. E por falar em ganhar de mim, preciso usar sua academia. Tenho um atraso de alguns quilômetros na esteira.

— Eu também preciso correr — replicou Nathaniel, pegando um pedaço de bacon no prato. — Tenho duas esteiras. Podemos malhar juntos.

A única maneira de correr que poderia ser divertida.

Depois do café da manhã, troquei de roupa e fui para academia. Nathaniel estava no meio da sala fazendo alongamento. Juntei-me a ele, trabalhando lentamente a parte inferior de meu corpo. Passei muito tempo olhando-o, seguindo seus gestos, porque, ora essa, se ele decidisse abandonar seu trabalho, podia ser personal trainer. Ou chef. Ou professor de literatura. Ou muitas coisas.

Quando fomos para as esteiras, ele acompanhou meu ritmo. Achei isso tremendamente fofo: ele podia me deixar no chinelo, se quisesse. Brevemente, pensei na primavera, imaginando correr lá fora com Nathaniel e Apollo. Ele não falara ontem à noite que via nós dois numa relação de longo prazo?

Corremos juntos, dentro da academia, e minha mente vagava. Como seria passar a primavera com Nathaniel? Será que ele gostaria de passar uma tarde correndo comigo? Prefiro pensar que sim. Otimismo da minha parte?

A semana nos colocou mais próximos. Alguns tijolos do muro que o rodeava caíram e, embora muitos ainda precisassem ser derrubados, progresso é progresso.

E por falar em progresso, perguntei-me como estava indo Felicia. Não conseguia me lembrar da última vez em que ficamos tanto tempo sem nos falar. Como estava sendo sua nevasca com

Jackson? Estaria ela mais apaixonada agora do que antes? Seria isso possível?

Pensar em Felicia e na nevasca me levou à Linda e ao almoço que devíamos ter tido ontem. Talvez conseguíssemos nos encontrar na semana que vem.

Depois me perguntei o que Nathaniel e Todd haviam discutido em Tampa. Droga, eu devia ter perguntado a Nathaniel durante nosso piquenique nu. Mas acho que ele não teria respondido.

— Abigail? — perguntou Nathaniel, nem um pouco ofegante. — Você está bem?

Olhei para o lado.

— Ótima. Eu divago enquanto corro. — Eu *devia* estar divagando com o delicioso espécime masculino à minha direita, porque quem dava a mínima para a primavera quando se pode ficar preso em uma nevasca com Nathaniel em fevereiro?

Fui para a cozinha no final da tarde, tentando decidir o que prepararia para o jantar. Quem sabe peixe? Camarão? Tentei lembrar se ele tinha algum peixe no freezer. Olhei as bancadas. Talvez batatas assadas para acompanhar? Algo simples. Meu olhar caiu nos armários e pensei no dia depois do castigo no cavalete. Eu nunca tinha explorado as prateleiras de cima.

Levei uma cadeira até os armários e subi nela. Desequilibrei-me um pouco e me segurei na prateleira, concentrando para ter cuidado. Se caísse e quebrasse alguma coisa, como chegaria ao hospital? Equilibrando-me, espiei para dentro do armário.

Mais latas. Sorri. Com rótulos. Eu as examinei, procurando por algo interessante para servir com peixe, quando meus olhos pousaram numa caixa grande bem no fundo.

Estendi a mão, empurrando as latas e tirando-as do caminho enquanto puxava a caixa para mim.

Segurei, sem acreditar.

Barras de chocolate?

Nathaniel tinha uma caixa inteira de barras de chocolate no armário. Pensei nas vezes em que comemos juntos. Apenas na festa beneficente e no jantar de família durante o fim de semana do Super Bowl eu o vi comendo doces. E ele tinha uma caixa inteira de barras de chocolate no armário? Uma caixa que estava aberta?

Era uma mina de ouro.

Os vagos contornos de um plano se formavam em minha cabeça.

Seria divertido.

Capítulo Trinta

Entrei na biblioteca, com a caixa de chocolates às minhas costas. Nathaniel estava sentado à mesinha, folheando papéis.

O que aconteceria em seguida terminaria ou muito bem, ou muito mal.

— Nathaniel West.

Ele levantou a cabeça quando usei seu nome completo. Percebi que, embora pensasse nele como Nathaniel, nunca usara seu nome. Pelo menos, não diretamente a ele.

Seus olhos se estreitaram.

— Imagino que vá se desculpar por este lapso, não, Abigail?

— Não farei tal coisa — falei com a maior coragem que pude reunir. Mostrei a caixa de chocolate, torcendo para ele entender o que eu fazia. — O que é isto?

Ele baixou os papéis e me fuzilou intensamente com o olhar.

Ah, cara. Ele está com raiva. Com muita raiva. Ele não está entendendo nada.

Ou entendera tudo e não havia achado graça nenhuma.

Não estava sendo engraçado. Nada. Mesmo.

— São barras de chocolate, Abigail. É o que diz a caixa. — Ele se levantou.

Muito mal. A probabilidade era de que isto terminasse muito mal.

— Sei o que são, Nathaniel. O que quero saber é o que estão fazendo na cozinha?

Ele cruzou os braços.

— E isso é da sua conta? — perguntou naquela voz de agora-você-está-pedindo.

Ai, meu traseiro doeu só de pensar na surra que receberia. E ainda nem era final de semana. Eu tinha mais uma chance.

— É da minha conta — repliquei, sacudindo a caixa para ele —, porque este não é seu plano alimentar.

Ele piscou.

A compreensão tomou seus olhos.

Cheguei mais perto.

— Acha que elaborei um plano alimentar para você porque estou entediada e não tenho nada melhor para fazer? Responda.

Ele descruzou os braços.

— Não, mestra.

Mestra. Ele entendeu. Estava participando do jogo.

Soltei um suspiro dramático.

— Eu tinha planos para hoje, mas em vez disso teremos que passar a tarde aqui dentro, trabalhando em seu castigo.

Seus olhos escureceram.

— Lamento tê-la decepcionado, mestra — falou Nathaniel, com aquela voz baixa e sedutora.

— Vai lamentar ainda mais quando eu acabar com você. Vou para o meu quarto. Você tem dez minutos para me encontrar lá.

Girei o corpo e saí da biblioteca, depois corri pela escada até meu quarto. Tirei o vestido e coloquei o roupão prateado que Nathaniel uma vez elogiara. Depois fiquei ao pé de minha cama e esperei.

Ele entrou devagar. Em silêncio.

Cruzei os braços e bati o pé.

— O que tem a dizer em sua defesa, Nathaniel?

Ele baixou a cabeça.

— Nada, mestra.

— Olhe para mim — ordenei. Quando ele me olhou nos olhos, eu continuei: — Não sou uma mestra. Sou uma deusa. — Tirei o roupão de meus ombros. — E serei venerada.

Ele ficou parado por cinco segundos, imerso em pensamentos. Então, alguma coisa estalou. Ele avançou, pegou-me nos braços e me aninhou em seu colo na cama minúscula.

Seus olhos procuraram os meus e passaram por seu rosto mil perguntas que ele não fez. Gentilmente pegou minha face.

— Abby — sussurrou. — Ah, Abby.

Meu coração se contorceu. *Abby*. Ele me chamou de *Abby*.

Ele baixou os olhos para a minha boca, passando o polegar em meus lábios.

— "Há o desejo..."

— "...de seus lábios beijar" — concluí num sussurro.

Seus dedos tremiam. Muito lentamente, ele se aproximou e meus olhos se fecharam enquanto Nathaniel estreitava o espaço entre nós. Seu peito subia e descia em uma respiração trêmula. Então os lábios de Nathaniel apertaram ternamente os meus.

Só um toque, mas senti a eletricidade faiscar entre nós. Seus lábios voltaram, desta vez por mais tempo, mas com igual suavidade. Com igual gentileza.

Nada além de um sussurro.

Entendi então que, embora Nathaniel soubesse de muitas coisas e tivesse razão na maioria delas, estava completamente equivocado neste aspecto. Beijar na boca não era desnecessário: era a coisa mais necessária que existia. Eu preferiria viver sem ar antes de abrir mão da sensação de sua boca na minha.

Ele suspirou, um guerreiro derrotado no fim de uma longa batalha. Depois emoldurou meu rosto com as suas mãos e me beijou outra vez. Ainda mais longamente. Sua língua passou de leve em meus lábios e, quando abri a boca, ele entrou lentamente, como se memorizasse a sensação, o meu gosto. Eu podia chorar com a doçura de toda a cena.

Corri os dedos por seu cabelo, puxando-o para mim, sem querer soltá-lo. Ele gemeu e nossas línguas se atropelaram quando o beijo se aprofundou.

Ele se afastou e levantou para tirar a calça, olhando fundo em meus olhos o tempo todo.

— Me ame, Nathaniel — falei, abrindo os braços para ele.

— Eu sempre amo, Abby — disse ele enquanto se reunia gentilmente a mim. — Eu sempre amo.

Então, desceu sobre mim e seus lábios logo estavam nos meus novamente para outro beijo longo, lento e de boca aberta. E beijar Nathaniel era muito melhor do que fantasiar sobre isso. Sua boca era macia e forte, e a língua afagava a minha com uma paixão e um desejo que me faziam enroscar os dedos dos pés.

Não éramos mais dom e sub, não éramos mestre e serva, não éramos nem mesmo homem e mulher. Éramos amantes e, quando ele finalmente me penetrou, foi doce, lento e terno.

E não tenho certeza, mas acho, de algum modo, que nos segundos antes de gozar dentro de mim, senti uma lágrima cair de seus olhos.

Capítulo Trinta e Um

Esta foi a primeira noite que dormi nos braços de Nathaniel. Como a cama era pequena, ele me manteve por cima, com seus braços me envolvendo e minha cabeça em seu peito. Podíamos ter dormido em qualquer lugar e eu não teria me importado. Seus braços eram o paraíso e eu jamais queria deixá-los.

Acordei sozinha no dia seguinte, mas não fiquei muito surpresa. Nathaniel nunca dormia muito, pelo que eu havia percebido. Ainda assim, foi meio decepcionante. O desfecho perfeito da noite teria sido acordar em seus braços pela manhã.

Pulei da cama e vesti uma roupa. Hoje discutiríamos como mudaríamos nossa relação. Como misturaríamos o Nathaniel Dom com o Nathaniel dos Dias Úteis. Eu tinha certeza de que podíamos fazer isto dar certo.

Espiei pelo seu quarto, mas estava vazio. Ninguém na biblioteca, nem mesmo a lareira acesa. Nenhum som vindo da academia. Entrei na cozinha. O café estava servido, mas nada de Nathaniel. Pelo menos ele estivera ali recentemente.

De quem era vez de fazer o café da manhã? Eu teria feito o jantar ontem à noite, mas não descemos para comer. Minha mente vagou para Nathaniel... Sua boca encaixada na minha...

Foco, gritou para mim a Abby Racional.

Muito bem. Café da manhã.

Decidi que seria justo se eu preparasse o café da manhã. Afinal, tinha pulado o jantar. Talvez, depois do cafe, pudéssemos sair. Ter uma guerra de bola de neve. Citar mais Shakespeare.

Nos beijar.

Onde ele estava?

Meti a cabeça pela porta da sala de jantar e meu queixo caiu.

Lá estava ele: lendo o jornal, para minha frustração.

Como eu deveria chamá-lo? "Nathaniel" parecia informal demais para a sala de jantar.

— Olá — falei, em vez disso.

Assim era melhor. Não o chame de nada.

— Aí está você — disse ele, erguendo os olhos. Não sorria. Por que não estava sorrindo? — Eu estava pensando que talvez você devesse ir para casa hoje.

— O quê?

Ele baixou o jornal.

— As estradas estão limpas. Você não deve ter problemas para chegar ao seu apartamento.

Fiquei confusa. Não sabia como me dirigir corretamente a ele. Como falar com ele. Tudo estava de pernas para o ar. E por que queria me mandar para casa? Como Nathaniel podia pensar numa coisa dessas depois da noite de ontem?

— Mas por que eu iria para casa? Eu teria que voltar à noite.

— Quanto a isso — disse, olhando-me com olhos dissimulados. — Ficarei trabalhando a maior parte do fim de semana, compensando esta tempestade. Talvez seja melhor se você não vier neste fim de semana.

Não vier? O quê?

— Em algum momento, vai precisar vir para casa — repliquei.

— Não por um bom tempo... Abigail.

Abigail.

Meu coração afundou. Tinha alguma coisa errada. Alguma coisa estava muito, muito errada.

— Por que me chamou assim? — gemi.

— Eu sempre a chamo de Abigail. — Ele estava completamente imóvel. Nem sabia se tinha se mexido. Talvez ele não respirasse.

— Ontem à noite você me chamou de Abby.

Ele piscou. Foi o único movimento que fez.

— Era a encenação.

Mas de que diabos ele estava falando? Encenação?

— O que quer dizer?

— Nós trocamos. Você queria que eu a chamasse de Abby.

— Nós não *trocamos* — respondi ao perceber a realidade. Ele fingia que não havia significado nada. Que a noite passada fora uma espécie de encenação em que ele era o submisso.

— Nós trocamos. Era o que você queria quando entrou na biblioteca com o chocolate.

Porcaria, eu não conseguia raciocinar direito. Não conseguia entender o que ele estava fazendo.

— No início, esta era minha intenção — eu disse. — Mas depois você me beijou. Me chamou de Abby. — Olhei bem em seus olhos, procurando desesperadamente pelo homem que eu amava. — Você dormiu na minha cama. A noite toda.

Suas mãos saíram da mesa e ele respirou fundo

— E eu *nunca* a convidei para dormir na minha

Ah, não.

Ah, por favor, Deus, não.

As lágrimas arderam em meus olhos. Isto não podia estar acontecendo. Balancei a cabeça.

— Porra. Não faça isso.

— Cuidado com o linguajar.

— Não me diga o que fazer com meu linguajar, porra, quando você fica sentado aí tentando fingir que a noite passada não significou nada. — Cerrei os punhos. — Só porque a dinâmica mudou, não quer dizer que o que aconteceu seja ruim. Nós admitimos algumas coisas. E daí? Seguimos em frente. Vamos nos tornar melhores um para o outro.

— Alguma vez eu menti para você, Abigail?

Lá vinha ele com a *Abigail* de novo. Mas que droga. Limpei o nariz.

— Não.

— Então, o que a faz pensar que estou mentindo agora?

— Porque você está com medo. Você me ama e isto o assusta. Mas, sabe de uma coisa? Está tudo bem. Eu também estou um pouco assustada.

— Não estou assustado. Sou um babaca de coração frio — Sua cabeça tombou de lado. — Pensei que soubesse disso.

Nathaniel não iria voltar atrás. O muro estava erguido. Com reforços. Estávamos de volta ao ponto de partida.

Ele se sentou, rígido com uma tábua, com as mãos no colo e um jornal descartado de lado. Olhando-me de um jeito que não me dava esperança nenhuma.

Fechei os olhos e respirei fundo.

Eu precisava de limites.

Uma vez havia falado isso a mim mesma. É preciso saber quais são os seus limites. Quando se deve dizer *já chega* ou *para mim acabou.*

Pesei minhas opções. Se ele estava mentindo, fazia um excelente trabalho. Se estava dizendo a verdade, eu não podia suportar. Então pesei minhas opções novamente e, pela primeira vez, todas concordaram: a Abby Má e a Abby Boa, a Abby Racional e a Abby Louca.

É preciso ter limites.

Eu tinha chegado ao meu.

Abri os olhos. Nathaniel esperava.

Estendi a mão até a nuca, abri a coleira e a coloquei na mesa.

— Terebintina.

Capítulo Trinta e Dois

Nathaniel olhou fixamente a coleira, mas notei que não demonstrou surpresa nenhuma.

— Muito bem, Abigail. Se é o que quer. — Ele podia estar recitando números da lista telefônica, de tão morto que parecia.

— Sim — repliquei, com as unhas cravando as palmas das mãos. — Se vai fingir que a noite passada não foi nada além de uma porcaria de encenação, é isto que quero.

Ele assentiu com um pequeno movimento de cabeça.

— Conheço muitos dominadores na região de Nova York. Eu ficaria muito feliz em lhe dar alguns nomes. — Ele me olhava com olhos vagos. — Ou poderia dar o seu a eles.

Mas como ele se atrevia? Anotei no questionário que havia mandado que estava interessada apenas em ser submissa de Nathaniel. Ele sabia disso. Sabia disso e estava levantando a questão de outros doms para me magoar.

Nesse momento, compreendi que amor e ódio eram lados opostos da mesma moeda. Por mais que amasse Nathaniel dez minutos atrás, agora eu o odiava.

— Vou me lembrar disso — respondi, tensa.

Ele não se mexia. Era como se estivesse esculpido em gelo.

— Vou pegar minhas coisas. — Saí da sala de jantar e subi até o meu quarto, onde, poucas horas antes, Nathaniel e eu havíamos feito amor com tanta doçura que ele chorou.

Ele chorou.

Na noite passada, eu tinha pensado que as lágrimas eram devido ao que sentia por mim. Ou talvez às emoções esmagadoras de sua muralha indo abaixo. Mas e se ele tivesse chorado porque soubesse o que faria horas depois?

— Ah, Nathaniel — sussurrei quando a ideia me tomou. — Por quê?

Por que ele fazia isso? O que poderia levá-lo a tal coisa?

Depois, disse a Abby Racional. *Pense nisso depois.*

Tudo bem. Depois.

Vesti minhas roupas e peguei minha bolsa e o iPod. Deixei o despertador. Talvez a próxima submissa de Nathaniel o achasse útil.

A próxima submissa de Nathaniel...

Ele encontraria outra. Tocaria a vida. Exploraria o prazer e a dor com outra. Seria gentil, paciente e carinhoso com outra.

Ah, por favor, não.

Mas era o que ele faria.

Depois!, gritou a Abby Louca.

Reprimi o choro. A Abby Louca tinha razão. Eu cuidaria disso depois.

Parei na porta do quarto e me despedi do lugar onde experimentei a noite mais maravilhosa da minha vida.

Então andei pelo corredor. Passei pela porta fechada da sala de jogos de Nathaniel, onde não tínhamos ficado tempo suficiente. Parei brevemente à porta de seu quarto.

As palavras dele ecoavam no corredor silencioso enquanto eu olhava sua cama arrumada com perfeição. *E eu nunca a convidei para dormir na minha.*

Era verdade: Nathaniel aprendera muito sobre meu corpo, e muito bem. Mas também sobre a minha mente. Pois não havia palavras que pudessem ter cortado mais fundo.

Apollo me encontrou no saguão, abanando o rabo. Ajoelhei-me e o abracei.

— Ah, Apollo — falei, reprimindo mais uma vez as lágrimas. — Você é um bom menino. — Enterrei os dedos em seu pelo e ele lambeu meu rosto. — Vou sentir sua falta.

Afastei-me e olhei em seus olhos. Quem podia saber? Talvez ele compreendesse.

— Não vou mais ficar aqui, então não o verei de novo. Mas seja bonzinho e... prometa que vai cuidar de Nathaniel, está bem?

Ele lambeu meu rosto mais uma vez. Talvez concordando. Talvez se despedindo.

Eu me levantei e saí.

Bem, falei a mim mesma enquanto voltava de carro ao meu apartamento, pelo menos o dia não podia ficar pior. Havia algo de bom em receber notícias ruins no início da manhã. Você tinha o resto do dia para tentar se sentir melhor. Comer alguns potes de sorvete. Beber umas garrafas de vinho barato.

A menos que eu encontrasse Felicia.

A menos que Jackson aparecesse.

A menos que eu reprisasse a manhã incontáveis vezes em minha cabeça.

E a noite anterior.

Depois, lembrou-me a Abby Boa. *Pense nisso depois.*

Sim, eu precisava ficar de olho na estrada. Não seria horrível sofrer um acidente agora? Aparecer no hospital e ter de explicar a Linda que, desta vez, a equipe da cozinha não teria de se preocupar com Nathaniel?

Concentrei-me no que tinha à minha frente. As estradas estavam seguras: as equipes de limpadores tinham feito um excelente trabalho rapidamente. Só restaram alguns trechos de gelo.

Muito bem. Concentre-se na estrada, nos lindos bancos de neve, e na maneira como o sol bate neles, no carro atrás de você.

Meus olhos dispararam para o retrovisor. Eu ainda não tinha chegado à rodovia, então o trânsito era leve. E não seria nada extraordinário encontrar outros carros nesta estrada.

Ainda assim...

Eu tinha uma sensação estranha...

Reduzi a velocidade. O carro atrás de mim fez o mesmo.

Tentei dar uma boa olhada no motorista, mas estava muito longe. Eu nem mesmo conseguia ver que carro era.

Acelerei. O carro atrás de mim fez o mesmo.

Sinalizei que ia me misturar ao trânsito da rodovia. O carro atrás de mim fez o mesmo.

Idiota, disse a Abby Racional. *Acha que é Nathaniel? Acha que está te seguindo? Vê se cresce.*

Verdade. Isso só acontecia nos filmes. Ignorei o carro e voltei minha atenção para a estrada.

Entrei no apartamento e joguei minha bolsa no sofá, depois fui diretamente ao freezer e encontrei meu estoque de emergência de sorvete com pedacinhos de chocolate.

Comi metade do pote antes de alguém bater na porta.

— Vai embora!

— Abby! — gritou Felicia. — Me deixe entrar.

— Não.

— Abra a porta ou vou usar minha chave e entrar sozinha.

Abri a porta para ela e voltei a me sentar para terminar o sorvete.

— Você está em casa! — Ela saltitou até a cozinha. — Tive medo de que você ficasse com Nathaniel e não voltasse para cá. Adivinha só? É uma coisa maravilhosa.

Seus olhos faiscavam de empolgação, o rosto corado num rosa suave. Ela era a encarnação de uma mulher apaixonada.

— Desisto — eu disse, agitando a colher para ela. — Pode falar.

— Jackson me pediu em casamento! — Felicia rodou. — Ele se ajoelhou e tudo. Vamos escolher a aliança neste fim de semana. Não é romântico?

Francamente, não. Romântico seria um homem conhecer você tão bem que pudesse escolher a aliança sozinho e estendê-la quando fizesse o pedido. Mas era de Felicia que estávamos falando, Jackson provavelmente tinha razão em deixar que ela escolhesse a própria aliança. Além disso, era o conto de fadas da minha amiga, não o meu.

O conto de fadas de Felicia.

Que inferno. Felicia e Jackson iam se casar.

De repente o dia ficou pior.

— Mas que droga, Abby, você podia fingir que está um pouquinho animada.

Felicia e Jackson iam se casar.

O choro conseguiu se libertar e as lágrimas escorreram pelo meu rosto.

— Abby? — Ela olhou verdadeiramente para mim pela primeira vez desde que entrou na cozinha. — O que você está fazendo comendo sorvete? — Sua testa se enrugou e a voz caiu para um sussurro: — Onde está a sua coleira?

Minha colher caiu na mesa. Pousei a cabeça nas mãos e chorei.

— Ah, que porcaria — disse ela. — O que ele fez? Vou matá-lo.

Chorei ainda mais.

Ela se aproximou de mim, abaixou-se e me abraçou.

— Abby — sussurrou.

Ela esperou até que eu tivesse esgotado meu choro. Nessa hora, ela própria estava aos prantos. Felicia pegou minha mão e me levou para o sofá.

— Vai me contar? — perguntou, acariciando meu cabelo. — Você pode falar?

— Foi a coisa mais maravilhosa do mundo — falei, quando recuperei minha voz. — Ele finalmente me beijou, me chamou de Abby e fizemos amor...

— Ele *finalmente* te beijou? Ele não tinha beijado você?

Isso me fez chorar ainda mais.

— Que droga. Eu e minha boca. Desculpe. Não vou dizer mais nada.

O celular dela tocou. Felicia o ignorou.

— Está tudo bem. — Dei um soluço. — Mas não quero falar nisso agora.

Quando queria e se concentrava, Felicia podia ser muito intuitiva. Em geral, isso matava as pessoas de susto — mas, quando se concentrava, Felicia podia enxergar qualquer coisa.

— Você o ama — disse ela. — Você realmente o ama.

— Não quero falar sobre isso.

Ela me encarou, confusa.

— Você ama aquele babaca. Não é só uma história de sexo pervertido.

Assenti.

Seu celular tocou novamente. Ela olhou o visor.

— Espere um pouco. — Ela abriu o telefone. — Oi, amor — disse, entrando na cozinha. — Olha, esta noite não vai dar.

Silêncio.

Sua voz baixou.

— Você falou com Nathaniel?

Gemi. Era meu pior pesadelo. O único problema era que nunca teria um fim.

— Vou te dizer uma coisa — continuou ela —, só o que me impede de retalhar aquele cretino agora mesmo é que ele é seu primo e pode ser que um dia Abby queira matá-lo ela mesma. Detestaria lhe negar esse privilégio.

Silêncio.

— É, eu sei — falou Felicia. — Parece ótimo... Eu também te amo.

Por favor. Alguém. Me dê um tiro.

Cobri o rosto com uma almofada.

Em toda a primeira semana, eu fui um zumbi. Fui trabalhar, voltei para casa e fui para cama. Não dormi nada. Ficava repassando minha última semana com Nathaniel sem parar em minha mente. Perguntando-me se havia feito alguma coisa de errado. O que podia ter feito de diferente. Mas, por fim, concluí que não tinha feito nada de errado. Era tudo culpa de Nathaniel.

Abandonei a academia e o plano de refeições. Eu passava o tempo livre no sofá vendo porcarias na TV e devorando sorvete demais. Mas meu corpo não estava acostumado ao sedentarismo e à comida ruim, então, no fim, eu apenas me sentia péssima. E isso também era culpa de Nathaniel.

Fui trabalhar e lembrei-me de ele entrando na biblioteca toda quarta-feira para visitar a Coleção de Livros Raros. Lembrei-me de sentar na recepção, contando as horas até que o visse novamente.

Meu único consolo a semana toda era que o apartamento era só meu. Minha casa era uma zona livre de Nathaniel. Nenhuma vez ele se aventurara a visitar meu apartamento e eu podia entrar em qualquer cômodo e não o veria ali, deitaria na cama para outra noite inquieta e não sentiria sua presença.

Minha única esperança era que minha presença não o tivesse deixado. *Que ele me veja na biblioteca,* pensei. Que ele não seja capaz de tocar piano sem pensar em mim em seu colo. Que ele prepare o jantar em sua cozinha e se lembre de minhas pernas envolvendo sua cintura. Se houvesse um Deus no céu, Nathaniel pensaria em mim sempre que se virasse, sempre que saísse de casa, sempre que acariciasse a cabeça de Apollo, sempre que comesse uma refeição, sempre que fosse dormir.

Sempre que respirasse, eu queria que minha lembrança o assombrasse e que ele soubesse que era tudo culpa dele.

Capítulo Trinta e Três

Várias coisas aconteceram nas semanas que se seguiram à minha separação de Nathaniel.

Antes de tudo, levantei do sofá e comecei meu próprio plano de exercícios. Eu tinha me esforçado muito para obter meu novo corpo e não queria que nada disso fosse desperdiçado.

Segundo, Felicia e Jackson marcaram a data do casamento para o dia 1º de junho. Fiquei aliviada — pelo menos eu tinha um período de tempo com que trabalhar. Um casamento em junho significava quatro meses antes de ver Nathaniel novamente. Em quatro meses, eu sabia que estaria em um estágio muito mais feliz. Em quatro meses, eu seria capaz de andar pela nave central atrás de Felicia de cabeça erguida e ignorar o cretino.

Isto se devia à terceira coisa: Felicia me pedira para ser sua dama de honra. No que concordei de todo coração. Talvez, pensava em meus momentos mais filosóficos, o propósito de toda minha relação com Nathaniel tenha sido unir Felicia e Jackson. Nesses momentos, sentia como se tudo tivesse valido a pena, simplesmente para ver minha amiga feliz. Felicia merecia a felicidade. Os momentos filosóficos, porém, eram poucos e espaçados, especialmente devido ao número quatro.

E qual foi a quarta coisa que aconteceu? A revista *People* publicou meu nome, embora em um artigo muito pequeno. Tenho certeza de que o noivado de Jackson com Felicia teria passado despercebido pela maioria das pessoas se não tivesse acontecido logo depois do Super Bowl. Mas aconteceu muito rápido, então lá estava meu nome na *People*: "A melhor amiga de Felicia Kelly,

Abby King, teve uma ligação amorosa com o primo de Jackson, Nathaniel West."

Mas então. Tocar a vida.

Tudo isso aconteceu antes do número cinco: Linda decidiu dar uma festa de noivado a Felicia e Jackson. Em março.

O que significava que eu não tinha mais quatro meses para me preparar para ver Nathaniel. Apenas um.

Elaina me telefonou logo depois de Felicia me contar a novidade. Senti-me mal: eu a estava ignorando desde que terminei com Nathaniel.

— Oi, Elaina.

— Abby! Finalmente. Queria tanto falar com você.

— Desculpe. — Suspirei. — É que eu simplesmente... Não estava preparada.

— Entendo — respondeu, e percebi que era verdade. — Queria saber como você está.

— Eu estou ótima. — Sentei-me no sofá e puxei as pernas para baixo de meu corpo. — Mas estou meio chateada com essa festa.

— Foi coisa da Linda. Ela queria dar uma festança para Felicia e Jackson. Especialmente porque o casamento será bem modesto.

Felicia e Jackson se casariam em junho na casa de campo de Elaina e Todd. Os noivos queriam um casamento pequeno.

— Está tudo bem — eu disse. — Vou conseguir.

— Ele está um trapo — falou Elaina, mudando completamente de assunto. — Sei que você não deve estar nem aí e não a culpo, mas ele está um trapo. Conversou com Todd e pediu por alguns nomes. Está procurando ajuda.

— Que bom — respondi. — Ele precisa de ajuda. E também de um chute no saco, mas isso é irrelevante.

Ela riu.

— Nisso todos concordamos. Basta uma palavra sua e teremos o prazer em ajudar.

— Eu a informarei — falei e sorri. Era bom sorrir. — Se não se importa que eu pergunte, pode me dizer o que... Nathaniel e Todd discutiram em Tampa? — Pronto, disse o nome dele em voz alta.

Ela suspirou.

— Todd ainda não me contou. Disse que cabe a Nathaniel falar. — Ela baixou a voz. — E, acredite em mim, eu tentei arrancar dele.

Eu ri e, droga, era bom rir.

— Aposto que tentou.

Percebi então como me fazia falta me sentir bem — rir, sorrir.

— O que Nathaniel disse sobre nossa separação? — Está vendo?, falei a mim mesma. Vai ficando mais fácil com o tempo.

— Que você decidiu ir embora. Não acreditamos nele em nenhum momento. Sabemos que há mais nessa história do que ele está dizendo. Nathaniel precisava mesmo ser um gênio desmiolado para te deixar ir embora.

— Gênio desmiolado? — Eu ri. — Isto é possível?

Ela riu.

— É, quando se trata de Nathaniel.

A partir daí passamos a falar de outras coisas. Parecia normal. E o normal era bom.

Felicia e eu discutimos quando ela apareceu no Dia dos Namorados com uma aliança.

— Você já pensou — perguntei, depois de soltar as exclamações apropriadas —, que você e Jackson estão avançando rápido demais?

— E isto partindo da mulher que...

— Pode falar — eu disse, pronta para a briga. — Ande, pode falar.

— Não. — Ela franziu os lábios.

— Você quer falar — Decidi cutucar a onça com vara curta. — Você sabe que quer. Ande. Pode falar. Isto partindo da mulher que deixou Nathaniel West foder com ela de todos os jeitos possíveis e depois veio correndo para casa chorando porque ele finalmente fodeu demais com ela.

— Não desconte em mim.

— Desabafe, vai se sentir melhor.

— Tudo bem, então. — Ela pôs as mãos nos quadris. — Mas que outra coisa você achava que ia acontecer? Que ele ia se apaixonar por você e que tudo acabaria bem? Que você ia estalar os dedos e ele viria correndo feito um cachorrinho? Se você o amava, se verdadeiramente o amava, talvez devesse ter ficado e, sei lá — ela jogou as mãos no ar —, conversado sobre isso. Mas não, você teve que correr para casa quando as coisas não saíram do seu jeito. Acha que Nathaniel tem problemas? Ora essa, todos temos problemas. Encare-os. Que droga. Não fique sentada em casa se acabando de chorar e deixando todo mundo infeliz com isso.

— Terminou?

— Ainda não. Eu sei que essa festa será difícil para você. Não será moleza para ninguém. Você é minha dama de honra e Nathaniel, o padrinho...

— Nathaniel é o padrinho?

— É. E não será fácil para nenhum dos envolvidos. Jackson contou que Nathaniel voltou para dentro de sua antiga concha. Que ele passou os primeiros dias depois que você foi embora se embriagando. Linda está...

— Ele fez isso?

— Fez. Linda está morta de preocupação com a história toda e fica pedindo a Jackson para adiar o casamento. Ela acha que se esperarmos mais alguns meses, você e Nathaniel poderão lidar melhor com isso. Mas, no fim, Jackson e eu a convencemos a dar esta festa de noivado...

— Você a convenceu?

— Sim. Mas que droga, pare de me interromper.

— Desculpe.

— Jackson e eu a convencemos a dar a festa. — Ela se aproximou de mim. — E você vai, será gentil e irá conversar com o sujeito, Abby. Está me entendendo? Vai falar com ele de um jeito civilizado. Não me importa que diga a ele para comer merda e morrer, desde que seja civilizada. Sabe por quê? Porque sou a noiva e não quero que você estrague meu casamento.

Ã-hã, esta era Felicia. Mas, em algum ponto dessa história toda, pensei que parte de seus argumentos eram até bons.

— Diga alguma coisa — disse ela.

— Você tem razão — respondi. — Eu devia ter ficado e conversado. Peguei o caminho fácil da covardia. Acho que pensei que ele tentaria me impedir.

— Pelo que você me contou, Nathaniel estava te mantendo a uma distância segura desde o começo. Nunca lhe passou pela cabeça que você estava fazendo exatamente o que ele pensou que você faria?

— Por uma ou duas vezes.

Ela colocou as mãos em meus ombros.

— Sei que está chateada com ele. Caramba, eu estou chateada com ele. Segundo Jackson, até Todd e Elaina estão chateados com ele. Mas, se você quiser, fale com ele. — Ela me sacudiu de leve. — Mas esteja disposta a admitir que você também cometeu seus erros.

— Está pedindo muito.

— Ele vale a pena?

— Antigamente eu pensava que sim — sussurrei.

— Ele ainda é o mesmo homem, e isso quer dizer que ainda vale a pena.

Enxuguei uma lágrima.

— Mas não facilite demais. Nathaniel tem sua cota de erros. E os dele foram bem piores, na minha opinião. — Ela sorriu. — E você e eu sabemos que só a minha opinião importa.

Os dias que antecederam a festa foram ao mesmo tempo arrastados e rápidos. Em um dia eu olhava o calendário, agradecendo à minha boa sorte por ainda ter duas semanas antes de ver

Nathaniel, e, antes que desse por mim, só tinha duas horas para me arrumar.

Coloquei um vestido prateado que encontrei em um cabide na liquidação de uma loja. Não era nem de longe tão lindo quanto o que Elaina ofereceu, mas rejeitei sua oferta. Queria fazer tudo sozinha. Do meu jeito.

Felicia saiu cedo com Jackson no dia da festa. Acho que isso era esperado, uma vez que ela era a convidada de honra. Jackson veio a meu apartamento e me abraçou antes de saírem. Eu gostava de verdade dele. Ele não disse nada, mas seus gestos foram suficientes. Jackson nunca conversava demais sobre o primo. Acho que sabia como isso me deixaria pouco à vontade.

Meu corpo tremia no táxi que me levou à Penthouse, o salão de festas onde aconteceria o noivado. Tentei lembrar quando havia sido a última vez que fiquei tão nervosa e não consegui.

Nunca. Eu nunca havia ficado tão nervosa.

Ele chegaria primeiro ou depois de mim? Falaria comigo primeiro ou eu teria de tomar iniciativa?

Como estaria? Teria ele mudado neste último mês? Ele olharia para mim com os olhos frios de que eu me lembrava, ou seu olhar estaria cheio de remorsos?

É só por Felicia, eu entoava ao andar até a porta. Eu só fazia isso por Felicia.

Elaina esperava por mim. Ela me deu um abraço demorado.

— Ah, Abby — disse ela. — A gente não pode ficar tanto tempo sem se ver. Prometa.

— Eu prometo — respondi e, nesse minuto, fui sincera.

Ela enxugou os olhos.

— Ele ainda não chegou.

— Que bom. Preciso de um minuto.

— Venha ver a Linda.

Linda chegou quase às lágrimas quando a encontrei.

— Abby. Obrigada por vir.

— Eu não perderia isso por nada. — Retribuí o forte abraço que ela me dava.

Quando me recompus, olhei o salão. As paredes brancas pareciam cremosas à suave luz das velas. Um bufê de *hors d'oeuvres* ladeava uma parede, junto de um bar, e o DJ estava num canto, tocando as músicas. Havia uma pista de dança e várias mesas e cadeiras cobertas.

— Está lindo — falei.

— Não consegui pensar num lugar melhor para comemorar a chegada de Felicia à família. — Linda riu baixinho. — Jackson está contando os dias até junho.

— E Felicia também.

A conversa zunia à nossa volta, baixa e constante como o zumbido suave de abelhas. O salão se encheu aos poucos e a proximidade das pessoas era de algum modo reconfortante. Meu olhar vagou pelo salão, caindo segundos depois na pessoa que entrava.

Nathaniel.

Ele parecia bem. Isto eu precisava admitir. Seu cabelo escuro tinha o jeito bagunçado de quem acabou de sair da cama e o terno preto caía com perfeição em seu corpo. Ele apertou a mão de várias pessoas ao entrar, mas não parecia prestar muita atenção em nenhuma delas. Seus olhos estavam ocupados percorrendo a multidão.

Seu sorriso falhou só por um segundo quando ele me viu.

Ele respirou fundo e veio diretamente a nós. Linda se afastou discretamente.

Eu queria ter uma bebida, algo com que ocupar as mãos. Em vez disso, entrelacei os dedos, mantendo-os abaixo da barriga.

Meu coração martelava e o suor brotava em minha testa.

Ele estava quase junto de mim.

Tirei um fio de cabelo do olho. Em volta de nós, as pessoas conversavam animadamente, rindo e batendo suas taças.

E então ali estava ele, diante de mim. De olhos mansos e suplicantes.

— Olá, Abby — sussurrou.

Abby.

— Nathaniel — eu disse, e tive orgulho da minha voz sair firme.

— Você parece bem. — Seus olhos nunca deixavam os meus. Tinha me esquecido do quanto eles eram verdes.

— Obrigada.

Ele se aproximou um pouco mais.

— Eu queria dizer...

— Aí está você. — Uma loura nos interrompeu.

A cabeça dele virou repentinamente para a esquerda.

— Melanie, esta não é uma boa hora.

Melanie?

Ela era linda. Seu vestido creme abraçava-lhe o corpo e destacava cada curva. Um colar delicado de diamantes enfeitava o pescoço e os cachos soltos quicavam nos ombros.

Ela piscou para mim.

Como é?

— Você deve ser a Abby. — Ela estendeu a mão. — É um prazer finalmente conhecê-la.

Apertei sua mão, aturdida. O que estava acontecendo? O que ela estava fazendo? O que Nathaniel estivera prestes a dizer?

Ele a fuzilava com os olhos.

— Melanie, eu...

— Nathaniel! — Um homem gordo e careca se aproximou e deu um tapa nas costas de Nathaniel. — Exatamente quem eu procurava. Venha comigo. Preciso te apresentar a algumas pessoas.

Ele se deixou ser arrastado dali, mas seus olhos me observavam do outro lado da sala mesmo enquanto trocava apertos de mãos e batia papo.

— Puxa vida — disse Melanie. — Essa foi por pouco.

— Você fez isso de propósito?

Ela pôs a mão em meu ombro.

— Meu bem, o que Nathaniel estava prestes a dizer teria sido fácil demais. Se ele te quiser de volta, vai precisar lutar.

Eu a encarei, chocada.

— Não sou uma cretina vingativa que não consegue enxergar quando um homem está apaixonado. — Ela apertou meu ombro.

Eu ri enquanto ela se afastava.

Melanie estava do meu lado.

Duas horas depois, ficou evidente que ele não lutaria por mim. Meu caminho não cruzou com o de Nathaniel de novo. Falei a mim mesma que estava tudo bem.

— Eu o odeio — disse Elaina, vendo Nathaniel conversar com um grupo grande de homens. — Eu o odeio. Odeio. Odeio.

— Elaina — acalmei-a. — Está tudo ótimo. Até agora, foi tudo bem. Não pode esperar mais do que isso.

— Não está tudo ótimo. Não foi tudo bem. E posso esperar mais do que isso, sim.

Uma música lenta começou a tocar e Jackson levou Felicia para a pista.

— Isto é por Felicia — eu disse. — Tudo isso é por Felicia.

Elaina cruzou os braços

Eu a abracei

— Mas já tive o bastante por uma noite. Vou embora. Vamos nos ver logo, está bem?

Ela assentiu.

Olhei o salão mais uma vez. Felicia e Jackson giravam na pista. Linda conversava com Melanie e os pais dela. Todd se aproximou de Elaina e a abraçou, curvando-se e cochichando em seu ouvido.

Não procurei por Nathaniel.

Eu estava na escada diante da porta quando a música parou de repente. A conversa cessou. Um microfone guinchou.

— Não me abandone, Abby.

A voz de Nathaniel ecoou pelo salão silencioso.

Girei o corpo. Ele estava no palco do DJ, com o microfone na mão.

— Deixei que você fosse embora uma vez e isso quase me matou. Por favor — ele implorou. — Por favor, não me abandone.

Capítulo Trinta e Quatro

Estava dividida.

A Abby Racional ficou mortificada por Nathaniel ter implorado, na frente de um mundo de gente, para que eu permanecesse na festa de noivado de Jackson e Felicia, fazendo com que cada olhar tivesse se virado na minha direção. A Abby Louca dava cambalhotas porque Nathaniel tinha acabado de implorar, na frente de um mundo de gente, para que eu permanecesse na festa de noivado de Jackson e Felicia, e não dava a mínima para os olhares.

Obriguei meus pés a se mexerem, a me carregarem pela pista de dança. Casais paravam de cada lado, criando um caminho para mim.

Felicia vai me matar. Tenho certeza.

Logo depois de matar Nathaniel.

Nathaniel estava petrificado, olhando para mim. Tirei o microfone da mão dele e o meti nas mãos do DJ aturdido.

— Mas que merda você acha que está fazendo? — perguntei. Obviamente, a Abby Racional decidira abrir o bico primeiro.

Ele olhou o salão como se enxergasse a multidão pela primeira vez.

— Desculpe, não pude deixá-la ir embora. Mas foi um erro meu resolver as coisas assim. Vou acompanhá-la até seu táxi. — Ele estendeu a mão, que recusei a pegar. — Desculpe — disse novamente, retraindo a mão.

— Estou aqui agora. Pode muito bem falar o que quer dizer.

— Tem uma salinha no....

— Senhoras e senhores — interrompeu o DJ. — O padrinho e a dama de honra... Nathaniel West e Abby King!

A multidão explodiu em aplausos educados enquanto começava a tocar um concerto para piano.

Nós temos que dançar?

— Ah, que inferno — disse Nathaniel.

Felicia estava ao lado do DJ, com um sorriso malicioso no rosto.

Sim. Sim, temos.

Eu te odeio, murmurei a ela.

Ela me soprou um beijo.

Nathaniel abriu os braços.

— Vamos?

Coloquei a mão em seu bíceps e ele me levou para a pista. Estava tenso. À nossa volta, a multidão voltou a murmurar. Fomos para o meio da pista vazia e ficamos de frente um para o outro.

— Estou tentando decidir se isso pode ficar ainda mais constrangedor e não consigo — disse Nathaniel enquanto eu, hesitante, colocava a mão em seu ombro.

— A culpa é toda sua — falei enquanto seu braço cingia minha cintura. — Se tivesse me deixado ir embora, isso não teria acontecido.

Seu olhar penetrava minha alma.

— Acabei fazendo tudo errado, mas se tivesse deixado você ir embora, nunca me perdoaria.

A Abby Louca queria dizer-lhe o quanto adorou seu jeito de resolver as coisas, mas a Abby Racional tinha outras coisas para discutir.

— Se esse sentimento é tão forte para você — falei —, talvez devesse ter tentado me telefonar em algum momento no mês passado.

— Eu não estava em condições, Abby.

Sempre que ele me chamava de *Abby*, meu coração parava.

— E agora está? — Era esquisito ficar em seus braços novamente. Esquisito e estranhamente certo. Mas eu tinha perguntas. Muitas, muitas perguntas que precisavam de respostas.

— Não — admitiu ele. — Mas estou chegando mais perto.

A música continuou e nós rodamos pela pista. Outros casais vieram dançar.

— Foi um erro pensar que podia fazer isso esta noite. — Ele parou de se mexer e ficamos imóveis, nossos braços nos envolvendo. — Não tenho motivos para esperar que você concorde e vou entender se não quiser, mas — disse ele, investigando meus olhos —, quer se encontrar comigo amanhã à tarde? Para conversar? E eu poder explicar?

Meu coração deu um horrível solavanco. Ele queria se encontrar para conversar? Para se explicar? Estaria eu preparada para isso?

— Tudo bem — respondi.

Ele sorriu. O rosto dele se iluminou de alegria e empolgação.

— Você vai? Mesmo?

— Sim.

— Devo pegar você? Ou ficaria mais à vontade me encontrando em algum lugar? O que você preferir. — Suas palavras saíam rapidamente, apressadas.

Ele queria fazer o que me deixasse à vontade. Só esta concessão bastou para que eu me sentisse melhor. Mas eu não estava preparada para estar em um carro com ele. Ou recebê-lo em meu apartamento.

— Na cafeteria da West Broadway? — perguntei.

Ele assentiu, a empolgação aumentando em seus olhos.

— Sim. Amanhã, à uma da tarde?

— Está ótimo — disse, enquanto meu coração ameaçava sair pela boca. A música deslizou lenta e ritmada até seu final.

— Obrigado, Abby — disse ele, acompanhando-me para fora da pista. — Obrigado pela dança e obrigado por concordar em se encontrar comigo amanhã.

* * *

Quando finalmente cheguei em casa no final daquela noite, um pacote esperava por mim em frente à porta.

Abri o bilhete preso com fita adesiva no alto e li os seguintes caracteres.

Para Abby,

Por ter razão a respeito dos rótulos.

Nathaniel

Abri o pacote e ri.

Um monte de latas sem rótulo enchia a caixa.

No dia seguinte, ele chegou à cafeteria primeiro e esperava por mim na mesa de canto, nos fundos. Deu um salto quando viu que eu me aproximava.

— Abby — falou, puxando-me uma cadeira. — Obrigado por se encontrar comigo. Quer alguma coisa?

— Nenhum problema e não, não quero beber nada. — Eu já estava bem nervosa daquele jeito; se bebesse alguma coisa, provavelmente acabaria vomitando.

Ele se sentou.

— Não sei por onde começar. — Ele torceu o guardanapo nas mãos. — Repassei isso mentalmente umas cem vezes. — Ele levantou a cabeça e sorriu. — Até escrevi para não esquecer nada. Mas agora... Estou completamente perdido.

— Por que não começa pelo início? — sugeri.

Ele respirou fundo e largou o guardanapo.

— Antes de mais nada, preciso pedir desculpas por me aproveitar de você.

Ergui uma sobrancelha.

— Eu sabia que você nunca havia estado numa relação como a nossa e me aproveitei disso. A palavra de segurança, por exemplo. Falei a verdade quando disse que nunca uma submissa minha havia usado a palavra de segurança, mas, além disso, eu não queria que você fosse embora. Pensei que se eu fizesse da palavra de segurança o término da relação, você não me deixaria. — Ele correu os dedos pelo cabelo. — É claro que o tiro saiu pela culatra, não foi?

— Foi culpa sua.

— Sim, foi. — Seus olhos ficaram mais brandos. — Você me deu sua confiança. Sua submissão. Seu amor. Em troca, eu pego suas dádivas e jogo na sua cara.

Olhei firmemente para ele. Queria ter certeza de ele havia entendido esta questão. Falei:

— Eu aguentei tudo que você me fez fisicamente. Teria aguentado qualquer coisa que me fizesse fisicamente, mas emocionalmente — disse, meneando a cabeça — você acabou comigo.

— Eu sei — sussurrou ele.

— Sabe o que mais me magoa? Como foi possível que você tenha fingido que aquela noite não significou nada?

Ele estremeceu com as minhas palavras. Prossegui:

— Foi a noite mais maravilhosa de minha vida e você ficou sentado naquela mesa, me dizendo que não passava de encenação. Teria sido melhor se tivesse cravado uma faca no meu coração.

— Eu sei. — Uma lágrima deslizou por seu rosto. — Me desculpe. Eu peço mil desculpas.

— Quero saber por quê. Por que fez isso? Por que não disse simplesmente, "preciso de tempo para entender isso melhor", ou, "não estamos avançando rápido demais"? Qualquer coisa teria sido melhor do que o que você fez.

— Eu estava com medo. Depois que você descobrisse... — Ele parou e focalizou a janela atrás de mim.

— Depois que eu descobrisse o quê?

— Que nossa relação era um castelo de cartas que eu tinha construído. Eu devia saber que não levaria muito tempo para ruir.

Mas de que raios ele estava falando?

Nathaniel respirou fundo.

— Era uma quarta-feira. Quase oito anos atrás. E eu estava...

— O que oito anos atrás tem a ver com agora?

— Estou tentando te dizer. Eu tinha ido me encontrar com Todd para almoçar no campus. Ele queria que nos encontrássemos na biblioteca. Vi uma mulher subir a escada. Ela tropeçou e caiu, depois olhou em volta para conferir se alguém estava vendo. Eu quis ajudar, mas você se aproximou dela primeiro.

— Eu?

— Sim, você. Você a conhecia e as duas riram e pegaram os livros no chão. Havia várias pessoas por perto, mas você foi a única que ajudou. — Ele pegou o guardanapo novamente e voltou a torcê-lo. — Fiz questão de que não me visse e a segui para dentro da biblioteca. Você tinha um grupo de leitura sobre *Hamlet*. Estava lendo a parte de Ofélia.

Ai, meu deus.

— Eu fiquei e olhei — continuou Nathaniel. — Queria mais do que tudo no mundo ser o seu Hamlet. Estou deixando você sem graça?

Balancei a cabeça.

— Continue.

— Cheguei atrasado para me encontrar com Todd. Ele estava irritado. Então contei-lhe que tinha conhecido alguém. Era só uma mentira inocente.

— Por que não me procurou? Não se apresentou? Como faria uma pessoa normal?

— Eu já tinha o estilo de vida de um dom, Abby, e pensei que você era uma estudante jovem e impressionável. Para mim, de maneira nenhuma teríamos dado certo. Eu não tinha ideia de suas inclinações para a submissão até a sua inscrição aparecer na minha mesa. Mesmo que soubesse, eu tinha uma submissa na coleira naquela época e sempre tenho uma relação monogâmica com a submissa que usa minha coleira.

— Minhas inclinações para a submissão? — perguntei.

Ele se curvou sobre a mesa.

— Você é uma submissa sexual, Abby. Deve ter percebido isso. Por que acha que não fez sexo durante três anos antes de me encontrar?

— Não encontrei ninguém que... — interrompi-me ao perceber o que estava fazendo.

— Que a dominasse, como você precisava.

Remexi-me na cadeira. Será que ele tinha razão?

— Não fique sem jeito — disse Nathaniel. — Não é motivo para se envergonhar.

— Não estou sem jeito. Só nunca pensei nisso antes.

— É claro que não pensou. Por isso ficou tão irritada quando eu sugeri outros dominadores.

— Odiei você por isso.

— Eu tinha muito medo de que aceitasse minha oferta. Pensei muito, tentei encontrar alguém que eu achasse adequado a você. Mas simplesmente não consegui imaginá-la com outro. — Ele parecia triste. — Mas eu teria feito isso, se pedisse. Eu teria feito.

— Você estava pensando em mim e no que eu precisava quando sugeriu outros dominadores?

— Eu sabia que tinha pedido especificamente por mim, mas depois de ser uma submissa, eu sabia que você precisaria disso novamente. Então vi como você reagiu, e peço desculpas por isso também.

Ele estava pedindo desculpas demais. Perguntei-me se estava sendo sincero em tudo isso. Mas um olhar dele me disse que sim. Nathaniel ainda sofria.

E, para ser franca, eu também. Não tinha me afastado tanto assim da dor. Do desejo. Do anseio.

Ou, que droga, do amor.

— Jackson insiste que você devia ter feito mais, tentado se aprofundar mais em mim — disse ele —, mas ele não sabe dos detalhes. Do que fiz. É fácil para ele apontar culpados. Ele não entende que não havia nada que você pudesse ter feito que me obrigasse a mudar de ideia naquela manhã. Nada teria mudado o resultado. Não se culpe.

— Eu pressionei — protestei. — Não devia esperar que isso acontecesse tão rápido.

— Talvez não, mas você podia esperar mais do que eu estava disposto a dar. Em vez disso, eu a decepcionei completamente.

Não podia questionar isso.

— Mas tem mais.

— Todd? — perguntei.

— Eu não corri atrás, mas também não podia deixar que você escapasse — disse ele. — Fiquei observando você na biblioteca, na esperança de vê-la. Ele sabia que eu vigiava alguém, mas falei que estava criando coragem para falar com você.

— Ele acreditou?

— Provavelmente não, mas sabia que eu não faria nada de impróprio. — Ele estendeu a mão pela mesa e a puxou de volta sem esperar pela minha. — E eu não fiz isso, Abby. Garanto a você. Só te via na biblioteca. Nunca tentei descobrir mais nada sobre você. Eu nunca a segui.

— Exceto na manhã em que eu o deixei — falei, lembrando-me do carro atrás de mim.

— Tinha neve e você estava muito perturbada — explicou ele. — Eu precisava ter certeza de que estaria segura.

— Então, quando salvou a casa da minha mãe... Você sabia quem ela era? Sabia que era minha mãe?

— Sim. Fiz isso por você. Sabia do seu nome pela biblioteca. E estava na papelada do banco também. Você era a deusa que eu desejava venerar. Meu sonho inatingível. A relação que eu sempre quis ter. — Ele pegou o guardanapo descartado. — Quando estávamos em Tampa, depois de jogarmos golfe, Todd brincou comigo sobre a garota da biblioteca de todos aqueles anos atrás. O jantar da véspera tinha atiçado sua memória. Contei que era você e ele ficou furioso.

Era tão simples. As coisas sempre eram simples quando você conseguia compreendê-las.

— *Uma relação como a sua exige confiança e sinceridade completas* — disse Nathaniel. — Foi o que Todd me falou. E eu não estava sendo verdadeiro, guardando segredo do que sabia sobre seu passado.

A história estava perto do fim. Eu podia sentir.

— Ele queria que eu lhe contasse e concordei. Pedi três semanas. Pensei que era tempo suficiente para planejar como contaria e ele achou razoável.

— Mas não tivemos essas três semanas.

— Não, não tivemos. Preferia pensar que, se tivéssemos, eu teria lhe contado. Tinha toda intenção do mundo de fazer isso. Mas depois do que aconteceu naquela noite, tive medo de que você pensasse que eu a havia enganado ou manipulado de alguma maneira.

— Eu podia pensar isso mesmo.

— Nunca senti por ninguém o que sinto por você — disse Nathaniel, e percebi que ele falava no presente. — Eu estava com medo. Tem razão a respeito disso. Pensei que seria mais fácil deixá-la ir embora, mas estava enganado.

Enquanto conversávamos, a cafeteria ficou mais silenciosa. Os funcionários nos olhavam. Ainda não tínhamos pedido nada.

— Agora faço terapia. — Ele sorriu. — Duas vezes por semana. É estranho dizer isso. Estou trabalhando as coisas. Seu nome aparece com frequência.

Aposto que sim.

— Ainda não te dei a chance de falar nada — disse ele. — Mas você não fugiu aos gritos. Posso esperar que o que contei faça algum sentido para você?

Ele tinha acabado de admitir que me conhecia havia anos, que me admirava de longe. Que me queria. Que estava com medo do que sentia.

Isso compensava o que havia feito? Ou o que dissera? Não, mas eu podia compreender.

Pelo menos em parte.

— Preciso pensar — falei com sinceridade.

— Sim. — Ele se levantou junto comigo. — Precisa pensar bem nas coisas. É mais do que eu poderia esperar.

Ele pegou minhas mãos. Beijou os nós dos dedos.

— Vai me ligar no final da semana? Quero conversar mais. — Ele me olhou nos olhos como se avaliasse minha reação. — Isto é, se você quiser.

A sensação de seus lábios marcou minha pele.

— Vou ligar — respondi. — Vou ligar, apesar de tudo.

Capítulo Trinta e Cinco

Passei os dois dias seguintes pensando no que Nathaniel me disse. Repassei incontáveis vezes nossa conversa, tentando me decidir como me sentia quanto ao que ele confessara.

Que ele me observara por anos.

Que havia se recusado a se aproximar de mim.

Que ele me escondera isso.

Mas então pensei em mim mesma.

Que eu fantasiara com ele por anos. Que o acompanhava pelos jornais locais. Foi pior do que se eu tivesse me colocado nos lugares onde sabia que ele estaria? Ou eu teria feito a mesma coisa, se a situação fosse o contrário?

Que inferno e *sim*.

E, se pensasse bem nisso, fui eu que dei o primeiro passo, porque entrei em contato com o Sr. Godwin.

Liguei para Nathaniel na noite de quinta-feira.

— Alô — disse ele.

— Nathaniel. Sou eu.

— Abby. — Sua voz tinha um tom de empolgação contida.

— Tem um sushi bar na rua da biblioteca. Pode se encontrar comigo lá para almoçar amanhã?

Fiz questão de chegar primeiro. Encontrei um lugar um pouco antes do meio-dia e esperei por ele.

Meu coração parou quando Nathaniel entrou no restaurante. Seus olhos percorreram as mesas e ele sorriu ao me ver. E então, em toda sua glória máscula de 1,85m, ele veio direto à minha mesa, ignorando inteiramente os olhares femininos que o acompanhavam.

Este homem, pensei. Este homem me queria. Me observava. Este homem.

Seus olhos faiscavam e, naquele momento, entendi que eu o havia perdoado.

— Abby. — Ele se sentou e me perguntei se Nathaniel dizia meu nome com frequência porque gostava de me chamar de Abby.

— Nathaniel. — Deliciei-me ao sentir seu nome saindo com tanta facilidade de meus lábios.

Pedimos o almoço e batemos papo. O clima ficava mais quente. Contei-lhe que tinha uma leitura de poesia programada na biblioteca. Ele perguntou sobre Felicia.

— Antes de falarmos de qualquer outro assunto — disse ele, ficando sério —, preciso lhe dizer uma coisa.

Perguntei-me o que mais ele poderia dizer que já não havia sido dito.

— Tudo bem.

— Preciso que saiba que estou fazendo terapia para trabalhar os problemas de intimidade e de saúde emocional. Não de minhas necessidades sexuais.

Eu tinha uma boa ideia de onde ele queria chegar.

— Sou um dominador — prosseguiu. — E sempre serei um dominador. Não posso e não abrirei mão desta parte de mim. Isto não quer dizer que não goste de outros... sabores. Ao contrário, os outros sabores dão uma boa variedade. — Ele ergueu uma sobrancelha. — Isso faz sentido?

— Sim — repliquei e me apressei em acrescentar: — Eu jamais esperaria que você abrisse mão dessa parte de si mesmo. Seria como negar quem você é.

— É verdade.

— Assim como não posso negar minha natureza submissa.

— Exatamente.

O garçom trouxe nossas bebidas e tomei um longo gole do meu chá.

— Sempre me perguntei — disse Nathaniel —, e você não precisa me contar, mas como você descobriu sobre mim?

Ai, cara.

Minha vez.

— Ah, por favor. — Gesticulei meu desdém. — Todo mundo conhece Nathaniel West.

— Talvez — replicou, rapidamente. — Mas nem todos sabem que ele algema mulheres em sua cama e as açoita com um chicote de equitação.

Engasguei com meu chá.

Seus olhos dançavam.

— Você pediu.

Enxuguei a boca com um guardanapo, agradecida por não ter derramado chá em minha blusa.

— Pedi. Completamente.

— Vai responder?

— Percebi você pela primeira vez quando salvou a casa de minha mãe. Até então, você era só um homem sobre quem eu lia nas colunas sociais. Uma celebridade. Mas depois se tornou mais real.

Nosso sushi foi trazido à mesa. Atum picante e crocante e rolinhos de unagui para mim. Uma variedade nigirizushi para ele.

Despejei molho de soja numa tigela e misturei com wasabi.

— Sua foto apareceu no jornal por algum motivo logo depois disso. Agora não consigo me lembrar por quê. — Franzi a testa. — De qualquer forma, minha amiga Samantha passou por mim enquanto eu lia o jornal. Fiz um comentário sobre sua beleza e me perguntei como você seria realmente. Ela ficou toda tensa e nervosa.

— Samantha?

— Uma amiga do passado. Não falo com ela há anos. — Coloquei um rolinho na boca, mastiguei e engoli. — Ela foi com o namorado a uma festa, reunião ou coisa assim... Não sei o nome correto... Para dominadores e submissos. Eles eram penetras.

— Ah. E eu estava lá.

— Sim, e ela me falou que você era dominador. Disse que não devia me contar e me fez jurar segredo, e não contei para ninguém... Bom, exceto para Felicia, quando precisei. Mas Samantha não queria que eu tivesse nenhuma fantasia romântica com Príncipe Encantado em que você me tratasse como sua Cinderela.

— E você tinha?

— Não, mas fantasiei em ser algemada na sua cama enquanto você me açoitava com um chicote de equitação.

Foi a vez dele engasgar com o chá.

— Você pediu — falei.

Ele riu, chamando atenção de várias mesas.

— Pedi. Completamente.

Esperei até que a atenção de todos voltasse às próprias conversas.

— Não fiz nada além de fantasiar por um bom tempo. — Encarei meu prato, sem querer olhar para Nathaniel. — Depois perguntei por aí. Vários amigos de Samantha ainda moravam na região, então não demorei muito para encontrar o Sr. Godwin. Guardei o nome dele por meses antes fazer qualquer coisa. No fim, eu sabia que precisava ligar para ele... Qualquer coisa era melhor que...

— Sexo insatisfatório.

— Ou simplesmente insatisfação, no meu caso — falei, finalmente olhando para ele. — Eu não conseguia ter um relacionamento normal com um homem. Simplesmente... não conseguia

Nathaniel sorriu com malícia, como se soubesse exatamente do que eu estava falando.

— Acredito que existam graus variados de *normalidade,* Abby. Quem realmente pode definir o que é ser normal?

— Francamente, eu fazia o que era normal aos olhos da maioria e era tremendamente chato.

— Diferentes sabores — disse ele, olhando-me atentamente. — Todos podem ser deliciosos quando provados pela pessoa certa. Mas, sim, a tendência natural das pessoas é definir o que se vê como normal.

— Você já experimentou a dita relação normal — comentei. — Com Melanie.

— Sim. — Ele deu uma garfada na comida. Observei seu maxilar trabalhar e ele engoliu. — Com Melanie Foi um tremendo fracasso. Nós fracassamos por vários motivos... Melanie não é uma submissa natural, e eu não pude reprimir minha natureza de dominador. — Ele suspirou. — Mas ela não queria admitir que não dávamos certo. Nunca entendi isso.

— Pelo que sei, ela agora superou você.

— Graças a Deus. — Ele sorriu. Depois ficou sério de novo e baixou a voz. — E você?

Se eu superei?

— Não — sussurrei.

— Graças a Deus.

Ele estendeu o braço pela mesa, por cima dos pratos, para pegar minha mão.

— Nem eu.

Ficamos assim por vários segundos, de mãos dadas, olhando-nos nos olhos.

— Farei o que for preciso para recuperar sua confiança, Abby, não importa o tempo que levar. — Seu polegar correu por meus dedos. — Você vai deixar?

Eu queria gritar e pular em seus braços, mas me contive.

— Sim — respondi simplesmente.

Nathaniel apertou minha mão antes de soltá-la.

— Obrigado.

O garçom veio completar nosso chá.

— Você já fez sushi? — perguntei a Nathaniel, querendo levar a conversa para um assunto mais leve.

— Não, nunca fiz, mas sempre quis aprender.

— Daremos um curso — disse o garçom. — Na noite da quinta-feira que vem. Às sete da noite.

Olhei para Nathaniel. Devíamos marcar um encontro? Agir como um casal "normal"? Nos encontrarmos sem expectativas? Deixar que ele começasse a reconquistar minha confiança?

Nathaniel ergueu uma sobrancelha: queria que eu decidisse.

— Vamos nessa — eu disse.

Enquanto saíamos do restaurante, ele se virou para mim.

— Kyle está numa peça da escola dele. A estreia é no sábado e ele me convidou. Quer ir comigo?

Outro encontro? Eu estava pronta para isso?

Sim, estava.

— A que horas?

— Posso pegar você às cinco... Podemos jantar antes da peça?

Estar no carro com Nathaniel e ele me buscar na minha casa? Era um passo na direção certa.

— Às cinco, então.

Eu estava nervosa no sábado. Felicia passou aqui antes de ir para a casa de Jackson e nunca fiquei tão feliz em vê-la sair. Seu sorrisinho irônico, a absoluta presunção de sua expressão, era insuportável. Ela estava muito cheia de si, como se tivesse orquestrado a coisa toda.

Nathaniel chegou às cinco em ponto e nós saímos. Não o convidei para entrar. Ainda não estava pronta para isso.

O jantar foi tudo que eu esperava. Nathaniel foi um completo cavalheiro e a conversa fluía com facilidade. Convidei-o à leitura de poesia na biblioteca e ele aceitou. Conversamos sobre Felicia e Jackson, Elaina e Todd e até sobre a instituição de caridade de Linda.

Gostei muito da peça. Kyle não teve um grande papel — ele era do coral —, mas colocou todo o coração nisso. Sempre que aparecia no palco, o rosto de Nathaniel se iluminava. Perguntei-me como seria salvar uma vida, como ele fez. Como Nathaniel se sentia sabendo que Kyle estava no palco graças a ele.

Nathaniel se preocupou em não se aproximar de mim a noite toda, com o cuidado de que nossos cotovelos não se tocassem enquanto víamos a peça e que nossos braços não roçassem por acidente enquanto andávamos. Eu sabia que ele estava fazendo o máximo para garantir que eu não me sentisse pressionada e apreciei sua cortesia.

Se havia uma sutil corrente de eletricidade que ainda fluísse entre nós, os dois faziam o máximo para ignorá-la.

Depois da peça, Nathaniel me apresentou a Kyle e aos pais dele. Reprimi o riso ao perceber os olhos de veneração de Kyle para Nathaniel.

A única parte desagradável da noite foi quando Nathaniel me acompanhou até a porta de casa.

— Obrigada por me convidar —disse. — Eu me diverti muito. — Perguntei-me se ele tentaria me beijar.

— Fico feliz de você ter ido comigo. A noite não teria sido a mesma sem você. — Ele pegou minha mão e a apertou gentilmente. — Te vejo na quinta à noite. — Parecia que queria dizer mais alguma coisa, mas em vez disso sorriu e se virou, indo embora.

Não, ele não ia me beijar.

Porque estava deixando que eu conduzisse as coisas.

E eu não queria que ele fosse embora naquela hora.

— Nathaniel. — Ele se virou e esperou enquanto eu me aproximava, seus olhos escuros e ardentes. Levei a mão ao seu rosto e acompanhei as linhas dos malares. Passei a mão em seu cabelo e o puxei para mim. — Me beije. — Sorri. — Me beije pra valer.

— Ah, Abby — falou, com a voz rouca e grave. Ele colocou os dedos sob meu queixo, ergueu meu rosto e baixou os lábios nos meus.

Suave e gentilmente, nós nos beijamos. Seus lábios eram macios e fortes, exatamente como eu me lembrava. Aproximei-me um passo e ele passou os braços em mim.

Brinquei na entrada de sua boca com minha língua. Ele suspirou e me puxou para mais perto. Depois abriu os lábios e me deixou entrar. E foi tão doce, tão terno.

Depois o beijo se aprofundou e Nathaniel despejou seus sentimentos em mim.

Tudo estava presente naquele beijo. Seu amor. Seus remorsos. Sua paixão. Sua carência.

Fui levada de roldão. A sensação dos braços dele em mim, os dedos correndo levemente por minhas costas. Sua boca. Seu gosto. Seu cheiro.

Ele.

Capítulo Trinta e Seis

Saímos várias vezes nas semanas que se seguiram. Leitura de poesia na biblioteca, aulas de sushi e um encontro duplo com Felicia e Jackson que não foi nem de longe tão estranho como pensei que seria.

Nathaniel e eu aos poucos entrelaçávamos nossa vida, mas nossa relação desta vez era baseada na sinceridade. Comunicação aberta dos dois lados. Mas ele ainda hesitava em fazer qualquer coisa física além de me beijar. Não que beijar Nathaniel fosse algo que eu tomasse levianamente. Ele conseguia fazer meu coração martelar simplesmente olhando para mim. E quando realmente tocava meus lábios com os dele...

Nathaniel apareceu na biblioteca numa tarde de quinta-feira, três semanas depois de nosso encontro no teatro, para me convidar para jantar na noite seguinte. Na casa dele.

— Para ver Apollo — acrescentou rapidamente. — Ele está com saudades, e quando sente seu cheiro em mim...

Ergui a mão.

— Entendi. Adoraria jantar na sua casa e ver Apollo. Tenho saudades, dele também.

Nathaniel sorriu e me agradeceu.

O jantar não foi tão inquietante como pensei que seria. Apollo estava do lado de fora esperando por mim, como se soubesse que eu iria chegar. Quase me derrubou quando saí do carro.

— Apollo, por favor — Nathaniel o repreendeu, saindo e enxugando as mãos numa toalha. — Precisa perdoá-lo, Abby. Ele esteve agitado o dia todo.

— Então somos dois — repliquei, subindo a escada para me juntar a Nathaniel. — O que está cozinhando?

Ele se curvou, me beijou e disse com um brilho nos olhos:

— Frango ao mel e amêndoas.

— Hummm. O meu preferido.

— Entre. Está quase pronto.

O frango estava tão macio e saboroso como eu me lembrava. A conversa transcorreu tranquilamente e Apollo ficou do meu lado o tempo todo, deitando-se a meus pés com frequência.

Quando terminamos de comer, Nathaniel se levantou para levar os pratos para a pia.

— Deixe eu ajudar — ofereci, levantando-me.

— Posso fazer isso.

— Mas não me importo.

Então ele lavou os pratos e eu os sequei. Lembrou-me de nossa semana presos pela neve — trabalhando juntos. Guardei o último prato e olhei a bancada.

Virei-me para ele.

— Nathaniel...

— Abby... — disse ele ao mesmo tempo.

Nós dois rimos.

— Você primeiro — falei.

Ele se aproximou de mim e pegou minha mão.

— Só queria agradecer por ter vindo esta noite. Há meses Apollo não fica assim tão calmo.

Afastei-me da bancada.

— Bom, fico feliz por Apollo, mas ele não foi o único motivo para eu ter vindo aqui.

— Eu sei. — Seu polegar afagou meus dedos.

Aproximei-me mais dele

— Acredite. Sou uma criatura muito egoísta.

Ele levou a mão ao meu rosto e acompanhou a linha de meu queixo com o indicador.

— Não é — replicou. — Você é gentil, carinhosa, amorosa e...

— *Nathaniel.*

Ele pôs um dedo nos meus lábios.

— Pare. Deixe eu terminar.

Respirei fundo e esperei.

— Você trouxe muita alegria à minha vida. Fez com que eu me sentisse completo. — Sua voz baixou de tom. — Eu te amo, Abby.

Eu não conseguia respirar.

— Nathaniel — eu disse, quando recuperei a voz. — Eu também te amo.

— Abby. — Ele gemeu e me puxou para seus braços. Seus lábios esmagaram os meus e me beijaram com todo o desejo reprimido das últimas semanas.

Passei a mão por suas costas e meti os dedos da outra mão em seu cabelo. Tombei a cabeça para trás para que nossas bocas se encaixassem melhor.

Seus lábios me mordiscaram ao subirem por meu rosto até minha orelha.

— Diga-me para parar, Abby — sussurrou Nathaniel, seu hálito quente em minha pele. — Diga para parar e eu paro.

— Não. — Meus olhos estavam fechados. — Não pare.

Ele passou as mãos pelos meus braços, deixando um rastro de arrepios.

— Não quero que pense que eu a trouxe aqui para isso. — Ele mordeu o lóbulo da minha orelha. — Não quero que pense que estou pressionando você.

Eu confiava nele. Se eu dissesse para ele parar, sabia que pararia. Ele se afastaria e continuaríamos conversando. Teríamos uma ótima noite e ele me beijaria sonoramente antes de eu ir embora. A vida continuaria como havia sido nas últimas semanas.

Ou...

Afastei-me de seu braço e sorri com doçura para ele. Ele ficou meio chocado. Evidentemente não esperava que eu me afastasse.

Estendi a mão.

— Venha comigo.

Ele pegou minha mão e me seguiu escada acima até seu quarto. Reprimi as lágrimas quando vi sua cama, tantas lembranças. Mas havia muitas lembranças ainda a criar.

Nathaniel levou a mão ao meu rosto.

— Abby. Minha linda e perfeita Abby. — Ele se curvou e me beijou, um beijo demorado, apaixonado. Quando o beijo se tornou mais urgente, ele se afastou. — Me deixe amar você. — Ele me colocou na cama com um movimento rápido e me empurrou para que deitasse de costas. — Vou começar por sua boca.

Ele mordiscou minha boca, de forma provocante. De vez em quando, deixava um leve beijo em meus lábios. Não teve pressa nenhuma, atiçando lentamente o fogo em mim só com a boca. Sabendo o que eu desejava, sabendo o que ele desejava e fazendo com que ambos esperassem. Mas finalmente pegou meu rosto nas mãos e me beijou. Beijou-me verdadeiramente. Sua língua se movia contra a minha, os lábios urgentes.

Depois de longos minutos, ele se afastou.

— Posso beijar sua boca por horas e nunca me cansar de seu gosto. — Os olhos percorreram meu corpo. — Mas o resto de você é igualmente prazeroso.

Mãos lentas desabotoaram minha blusa e a empurraram por meus ombros. Arqueei as costas e segundos depois a saia tinha sumido. Sua boca ia ao meu pescoço.

— Sinto seu coração disparado. — Ele pegou minha mão e levou a seu peito. — Sinta o meu.

Senti o coração de Nathaniel batendo através da camisa. Estava frenético.

Não consegui evitar. Agarrei sua camisa e a tirei pela cabeça. Eu queria senti-lo. Em cima de mim. Embaixo de mim. Dentro de mim. Em mim. Em qualquer lugar. Em toda parte. Minhas mãos deslizaram do seu peito e voltei a me familiarizar com seu corpo. A firmeza de seu peitoral. A força dos braços. A necessidade ardente em sua expressão. E, pela primeira vez, o amor brilhando em seus olhos.

Os lábios continuaram a descer pelo meu corpo.

— Uma parte do corpo que costumamos negligenciar fica bem aqui — disse ele, levando meu braço à boca —, a dobra interna do cotovelo.

Então, salpicou beijos leves como plumas no pequeno espaço da pele sensível.

— Seria um pecado imperdoável deixar de lado esta iguaria saborosa. — Ele me lambeu e todo o meu corpo explodiu de arrepios. Não tive tempo de me recuperar antes de ele me morder delicadamente.

— Ai — gemi.

Nathaniel me abriu um sorriso cruel.

— E só estou começando.

Ele plantou mais beijos no meu braço, pela minha clavícula e desceu entre meus seios. Com dedos hábeis, tirou meu sutiã e jogou-o para fora da cama.

— Seus seios são perfeitos. Do tamanho exato. E quando faço isso — disse ele, esfregando o mamilo entre os dedos —, seu corpo treme de expectativa.

Ele me conhecia muito bem.

— Sabia que seus peitos são muito doces?

— Não — sussurrei.

— É mesmo uma pena. — Ele baixou a cabeça e me chupou. Rolou a ponta da língua por meu mamilo. Arqueei as costas enquanto ele sugava mais fundo.

— Mais. Por favor — implorei enquanto ele me mordia, seus dentes afiados provocando ondas de choque por meu corpo.

Ele passou ao outro seio e soprou.

— Uma pele que responde tão bem — murmurou antes de beijar em volta da base do seio. Lambeu para cima, parando quando chegou ao mamilo. Colocou a palma da mão nele. — E este? Tão doce quanto o outro. — E, com essa, seus dentes puxaram o mamilo. Agarrei sua cabeça e a trouxe para mim.

Perdi a noção da hora enquanto ele brincava com meus seios — mordiscando, provocando, chupando. A certa altura, empurrei e ele gemeu enquanto eu passava a língua em sua boca. Ergui os quadris, desesperada pelo atrito. Por alguma coisa.

— Espere — sussurrou Nathaniel contra meus lábios. — Ainda não cheguei às melhores partes.

Suas mãos acariciaram minha barriga, acendendo o fogo sob minha pele. Passei os dedos por seu cabelo e mexi as pernas para que roçassem em sua ereção.

Ele baixou minha calcinha e sua língua circulou meu umbigo, mergulhando nele.

— Outra parte do corpo que é desprezada — falou. — Sabe quantas terminações nervosas são encontradas aqui?

Não, mas eu sabia que ele fazia cada uma delas formigar.

Com uma lentidão estudada, Nathaniel desabotoou minha calça, puxou-a por meus quadris e pelas minhas pernas. Eu as chutei da cama e me sentei.

— Minha vez. — Empurrei-o de costas e baixei sua calça e a cueca. Depois, demorei-me redescobrindo seu corpo: os músculos tonificados do peito, as dobras de sua barriga, os pelos finos que levavam a...

— Abby. — Ele suspirou enquanto minhas mãos baixavam mais e brincavam com seu pênis.

— Vire-se — falei, porque eu adorava suas costas. As omoplatas afiadas com a pele sensível entre elas e as duas covinhas pouco acima de seu traseiro firme. Deixei uma trilha da nuca até a base das costas, deliciando-me com o tremor que provocava em seu corpo. Lambi pelo caminho de volta, as mãos afagando seu corpo inteiramente perfeito.

Meu.

Ele se virou e me carregou com ele, e mais uma vez ficou em cima de mim.

— Esqueci onde parei. Agora terei que começar tudo de novo.

Ele recomeçou por minha boca, beijando até que eu não conseguisse pensar direito, suas mãos descendo por meus braços. Afastou-se.

— Já discutimos sua boca. — Ele a beijou suavemente. — E seu pescoço. — Outro beijo. — Os cotovelos e o umbigo, tão menosprezados. — Ele beijou o cotovelo e afagou a barriga com a mão livre. — E eu me lembro muito bem deste. — Ele baixou a cabeça a meus seios para um longo beijo. Ou dois.

Ou seis.

— Ah, sim, lembrei. — Ele desceu por meu corpo. — É — ele evitou meus quadris — por — passou levemente por onde eu estava inchada e ansiosa — aqui. — E segurou meu joelho.

Meu joelho?

— O joelho é uma zona erógena para muita gente — disse ele.

Eu tinha a sensação de que todas as minhas zonas eram erógenas no que dizia respeito a Nathaniel.

Ele fez cócegas no alto de meu joelho com um beijo suave enquanto afagava a face interna. Depois ergueu minha perna e beijou a pele delicada atrás do joelho. Nunca pensei que alguém beijando meu joelho seria tão excitante, mas me fez gemer quando passou ao outro. E lambia e beijava um pouco mais.

— Nathaniel. — Gemi, erguendo os quadris da cama. — Mais para cima.

Ele me ignorou e trabalhou para baixo, parando nos tornozelos e plantando beijos leves e simples em sua face interna. Depois levantou primeiro um pé, depois o outro, beijando a sola de cada um.

— Agora — disse ele, olhando para mim com um sorriso malicioso. — Parece que esqueci alguma coisa. O que foi?

— Você é um homem inteligente. Tenho certeza de que vai descobrir. — Dobrei os joelhos e os abri.

Seu grunhido foi um som grave e primitivo que provocou vibrações por minha coluna. Ele engatinhou para cima da cama, arrancou minha calcinha e pendurou minhas pernas em seus ombros. Sua língua afagou minha abertura gentilmente e ergui os quadris de novo.

— Agora, este é um ponto muito importante, porque isto — ele me lambeu de novo — é a pura — lambida — e completa — lambida — Abby.

— Ah!

— E depois de passar horas beijando sua boca — ele me abriu com os dedos —, eu podia passar horas beijando, lambendo e bebendo sua doce — lambida — e molhada — lambida — boceta. — Ele pôs a boca em mim e empurrou a língua para dentro.

Já fazia muito tempo e ele se demorou demais me provocando. Meu orgasmo me tomou com a primeira metida de sua língua.

Ele plantou pequenos beijos em meu clitóris e me acariciou com os dedos. Ainda muito gentilmente, tirou minhas pernas dos ombros e as deitou na cama.

Nathaniel parecia um puma ao se esgueirar de volta na cama para mim.

— Agora — disse, com a voz rouca. — Vamos continuar.

Suspirei quando seu corpo cobriu o meu. Seu peso era glorioso. Com uma das mãos, colocou o pau em minha abertura. Depois, pegou minhas mãos e entrelaçou nossos dedos.

— Abby. — Ele abriu os olhos e vi o amor e o desejo brilhando nos olhos dele. — Estes somos eu, Nathaniel — ele se empurrou levemente contra mim —, e você, Abby. — Empurrou mais. — E mais nada.

— Nathaniel. — Seu nome foi um suspiro de meus lábios.

Ele se curvou e me beijou, levando lentamente nossas mãos para o alto de minha cabeça. O beijo se aprofundou e ele entrou mais em mim.

Gemi quando deu uma última arremetida e se acomodou bem fundo em mim. Nathaniel olhou em meus olhos enquanto retirava e começou um ritmo lento e arrastado.

Ah, sim. Meu corpo se lembrava disso.

A sensação de ser esticada. De Nathaniel em cima de mim. De como nos movíamos como um só.

Seus dedos apertaram os meus enquanto me penetrava novamente. Era lento e cuidadoso. Demorando-se em cada penetração. Cronometrando cada uma delas, tirando e esperando até o exato segundo em que sabia que eu não conseguia suportar mais o vazio, depois entrando em mim novamente de rompante, preenchendo-me inteiramente.

Arqueei as costas, querendo puxá-lo mais para dentro. Seus músculos estavam tensos e rígidos, seu controle traído pelo suor que brotava na testa.

— Nathaniel. Por favor.

Ele acelerou o ritmo, impelindo-se mais rápido, mas não o suficiente. Tirei meus dedos de sua mão e puxei sua cabeça para mim enquanto passava as pernas por sua cintura. Ergui o corpo a cada investida e nós dois soltamos um gemido quando ele deslizou mais fundo.

Mas ele ainda estava lento demais.

Passei as unhas em suas costas, arranhando-as.

— Mas que droga, Nathaniel. — Mordi sua orelha. — Me come.

Ele gemeu, recuou e mergulhou em mim. Golpeou-me a cada investida longa, dura e funda.

Senti meu clímax voltar a se formar.

Seu peito subia enquanto ele avançava. Joguei a cabeça para trás e enterrei as unhas em suas costas.

— Ah, Abby!

Ele continuou o ritmo, passando a mão entre nossos corpos e batendo em meu clitóris no ritmo de seus quadris.

— Eu vou... Eu vou... Eu vou... — gaguejei.

Ele meteu mais uma vez e meu clímax me dominou. Soltei um grito enquanto seu pau mergulhava mais fundo. Outro clímax sacudiu meu corpo, mas ele continuava metendo.

Seu membro se torceu bem no fundo de mim. Ele investiu mais algumas vezes, depois ficou inteiramente imóvel. Jogou a cabeça para trás e gemeu. Seu orgasmo me provocou outro.

Desabou em cima de mim, com o peito arfando. Senti seu coração martelar enquanto ele tentava recuperar o fôlego.

Depois, Nathaniel levantou a cabeça e me beijou.

Mais tarde, quando conseguimos nos mexer de novo, ele saiu da cama e foi até a cômoda. Rolei de lado, numa posição melhor para enxergar seu corpo nu enquanto abria gavetas e acendia velas. A escuridão tinha caído, mas o quarto aos poucos se iluminava com uma vela acesa depois de outra.

A luz das velas brincava em sua pele, lançando sombras que bruxuleavam por seu corpo. Rolei de costas quando Nathaniel voltou para a cama. Ele se sentou e se aproximou de mim para que minha cabeça pousasse em seu peito.

— Eu não pretendia que isto acontecesse esta noite — falou, plantando um beijo suave em minha testa. — Não imaginei, de verdade.

Aninhei-me em seus braços e suspirei.

— Mas estou feliz por ter acontecido — respondi. — Muito feliz.

Seus braços se estreitaram em mim.

— Abby? Sei que você não trouxe nada, mas quer passar a noite comigo? — Ele se afastou e me olhou nos olhos. — Aqui, na minha cama?

Na cama dele.

Uma lágrima desceu pelo meu rosto.

— Nathaniel...

Ele enxugou a lágrima.

— Por favor. Durma aqui. Comigo.

Eu me sentei e o beijei.

— Sim — respondi entre os beijos. — Sim, vou ficar. — Empurrei-o para a cama. — Mas temos horas antes de pensar em alguma coisa tão banal como dormir. Assim, por enquanto — passei a ponta dos dedos em sua boca —, me deixe começar por sua boca.

Ele soltou um gemido baixo.

Enquanto recomeçávamos, eu sabia de duas coisas:

Nathaniel me amava.

E algum dia, muito em breve, eu usaria sua coleira de novo.

Acordei e senti alguém beijando minha clavícula. Lábios suaves subiam pelo meu pescoço, por minha face, até minha orelha. Já fazia duas semanas desde que havia passado a noite na cama de Nathaniel e sempre que eu dormia, ele me acordava das formas mais deliciosas.

— Bom dia — sussurrou Nathaniel, seu hálito quente me fazendo cócegas.

— Humm — respondi e rolei para ficar mais perto dele enquanto me abraçava. Acordar com os beijos de Nathaniel era meu jeito preferido de começar o dia.

— Trouxe o café da manhã — disse ele.

Tudo bem, apague o que eu falei. Acordar com os beijos de Nathaniel e com ele me trazendo café na cama era meu jeito preferido de começar o dia.

— O que você trouxe? — perguntei, pensando em me sentar.

— Eu. — Beijou uma face. — Eu. — Beijou outra. — E um acompanhamento de mim. — Ele beijou suavemente minha boca.

Enquanto eu estivesse viva, nunca me cansaria dos beijos de Nathaniel. Mas hoje era um grande dia para nós, para nossa relação, e eu me sentia meio implicante...

Rolei para longe dele.

— Bom, se foi só isso que você trouxe...

Seus braços fortes me pegaram e eu ri enquanto ele me rolava de volta para ele.

— Mas — disse ele —, se você insiste numa nutrição adequada, eu lhe trouxe uma omelete.

Passei as mãos por seu peito.

— Não, obrigada. Pensando bem, vou ficar com Nathaniel.

Ele se sentou.

— É melhor comer antes que esfrie. — Ele trouxe a bandeja da cômoda e a colocou na cama diante de mim.

— É sério? Não vai comer comigo?

Ele se curvou e me beijou mais uma vez.

— Já comi e preciso me preparar para o trabalho. Você também precisa se arrumar.

Fiz um biquinho fingido enquanto ele ia ao banheiro, vendo-o tirar a calça pelo caminho.

Havia ocasiões em que me esquecia de como Nathaniel era sensível. Como ele levava tudo para o lado pessoal. Nossa relação tinha evoluído aos saltos nas últimas semanas, mas de vez em quando eu tinha um vislumbre de sua alma frágil.

Dei uma mordida na omelete. Ele precisava relaxar um pouco. Aprender a ser mais brincalhão. Como esperado, a omelete era o paraíso num prato — ovos fofos, queijo cheddar picante e forte —, uma mordida devassa depois de outra.

Veio o barulho de água corrente do banheiro. Nathaniel. Tomando um banho quente.

Ora, isto era puro paraíso. E nem precisava de prato.

Comi o resto da omelete, bebi o suco de laranja e coloquei a bandeja na cômoda antes de entrar no banheiro.

O banheiro de Nathaniel tinha o tamanho de meu apartamento, e ele podia dar uma pequena festa em seu boxe. Mas mesmo com tudo isso, nunca havíamos tomado banho juntos.

Ele estava no chuveiro, oculto pelo vapor. Eu sabia, por experiência própria, que dois chuveiros e seis duchas laterais batiam em seu corpo. Sempre que eu tomava banho ali, não queria sair. Jogue Nathaniel na mistura e eu duvido que jamais consiga chegar ao trabalho a tempo.

Ora essa...

Tirei a camisola pela cabeça e a larguei no chão. Nathaniel estava de costas para mim e não conseguia ouvir nada com o chuveiro aberto.

Escovei rapidamente os dentes, depois abri a porta do boxe e entrei, respirando o vapor. Nathaniel girou ao ouvir o estalo na porta. Fui a ele sem dizer nada e passei os braços por seu pescoço. Nossos lábios se uniram num beijo suave.

— Bom dia — falei junto de sua boca.

— Bom dia. Algum problema com o café da manhã?

Sim, Nathaniel, eu queria dizer. *Estou aqui nua no seu banheiro porque quero reclamar do café da manhã.*

— Na verdade — eu disse —, estava faltando uma coisa.

— É mesmo? Na omelete?

— Não na omelete, mas não tive você. — Beijei seu rosto. — Você. — Beijei a outra face. — Ou o acompanhamento de você. — Beijei sua boca.

— E este foi um erro imperdoável, não é verdade?

— Preciso concordar.

— Hmm. — Ele afastou meu corpo molhado dentro do boxe e começou a ensaboar as mãos. Minutos depois, eu estava coberta de espuma e comecei a lavar o cabelo.

— Sei que discutimos isso longamente — disse ele, enquanto a água quente lavava o sabonete e enxaguava meu cabelo. — Mas vou pedir que você confirme mais uma vez. — Ele colocou as mãos em meus ombros e olhou nos meus olhos. — Não temos que começar nada neste fim de semana.

— Eu sei. — Ensaboei as mãos e passei nos braços. — Mas eu quero. — Parei, sem saber como verbalizar o que sentia. — Nunca pensei que seria alguma coisa de que eu precisasse... Algo que desejasse tanto. Ainda não quero ficar com ninguém além de você, mas... — Obriguei-me a olhar em seus olhos, de algum modo transmitir a ele o quanto eu era sincera. — Agora entendo por que você achava necessário recomendar outros dominadores para mim.

Ele me puxou suavemente para seu peito.

— Obrigado — sussurrou em meu cabelo.

E assim desapareceram os últimos vestígios de dúvida e culpa sobre nosso passado.

Ficamos ali por vários segundos, sentindo o passado escoar, abraçando o futuro. Lentamente, ele recuou e baixou a cabeça até a minha. Sua língua brincou com meus lábios e suspirei enquanto a deslizava para dentro, perdendo-me em sua boca magistral. Entregando-me a ele. Permitindo que todo o turbilhão de emoções me dominasse.

Foi quase demais.

— Droga — eu disse quando ele terminou.

— Você sentiu também?

Fechei os olhos levemente e assenti.

— Cada. Segundo.

O canto de sua boca se ergueu num sorriso.

— Vem cá — pediu e me puxou para a beira do boxe. Ergueu a mão e fechou a ducha do alto para que só as laterais batessem em nós.

Pegou minha perna esquerda e a colocou num banco ladrilhado.

— Bem aqui. — E ele passou a mão entre minhas pernas. — Você está muito, muito suja.

Suja?

O quê?

Ele notou o choque.

— Lembra? — Ele sussurrou enquanto seus dedos roçavam por minha abertura molhada.

Ah...

Ele quis dizer da noite passada. Sorri ao pensar nisso... Eu montada em Nathaniel. Ele abaixo de mim, entrando em mim enquanto eu me segurava na cabeceira da cama.

Baixei a mão e peguei seu pau duro.

— Ah, sim. Está começando a me voltar tudo.

— Graças a Deus. Se você tivesse esquecido, eu poderia entrar numa depressão profunda e sombria.

Apertei ainda mais.

— Só tem uma coisa em que quero que você entre profundamente.

— Porra, Abby — disse ele, mexendo-se em minha mão.

— Agora, Nathaniel.

Ele parou os quadris.

— Sempre tão impaciente, amor. Você precisa aprender a saborear o prazer.

Mas que homem incorrigível.

— Vou saborear o prazer depois. Foi você quem disse que precisávamos nos arrumar para o trabalho.

Ele me abriu um sorriso lento.

— Isso foi antes de você entrar no boxe comigo.

— Vamos chegar atrasados — repliquei, sabendo muito bem que meu argumento caía em ouvidos surdos. Ninguém se importaria se ele se atrasasse: ele era o dono da empresa.

Nathaniel se curvou e sussurrou em meu ouvido.

— Vou escrever um bilhete para você.

Virei a cabeça e encontrei seus lábios.

— Ah, é?

— Hum — disse ele contra minha boca. — Prezada Martha, por favor, desculpe pelo atraso de Abby esta manhã...

— Ah, não, não vai fazer isso.

Ele colocou o dedo em meus lábios. Prosseguiu:

— Ela foi detida inadvertidamente, imagine só, por um inexplicável problema no cano em meu boxe.

Ele começou a arremeter lentamente em minha mão de novo.

— Sua tentativa descarada de humor sexual é muito pueril — respondi.

— É mesmo? — perguntou ele, parando os quadris. — Pensei que era muito bom para uma coisa que acabo de inventar. Além disso, Martha e eu somos assim. — Ele ergueu dois dedos entrelaçados.

— Só porque Martha faz vista grossa para suas visitas da quarta-feira, não quer dizer que seja sua grande amiga.

— Pelo contrário, devo muito a Martha. Jamais teria deixado aquela rosa se ela não tivesse me visto com ela.

Eu ri, sem jamais saber o quão perto cheguei de não receber a rosa.

— E foi Martha quem explicou o significado a mim.

— Lembre-me de mandar um bilhete de agradecimento a ela — disse ele, investindo novamente na minha mão. — Mais tarde, porém. Muito, muito mais tarde.

Passei outra mão a sua virilha, pegando os testículos, e segundos depois me esqueci completamente de Martha, do trabalho e de qualquer coisa remotamente pertinente a me preparar para algo que não fosse Nathaniel.

Nossos lábios se uniram mais uma vez. Ainda suavemente, porém, porque nós dois queríamos saborear e prolongar o momento.

Ele interrompeu o beijo e pegou meus seios nas mãos em concha.

— Nunca tive tanto ciúme da água na minha vida. — Seus dedos correram por minha pele. — Ela pode tocar cada parte sua... Todas de uma vez.

Sua cabeça baixou a meu mamilo e ele lambeu a água ali. Encostei a cabeça na parede do boxe, soltando-o.

Apertando-me mais onde estava, ele meteu dois dedos em mim. Gemi e passei a perna por sua cintura. Ele acelerou o movimento dos dedos, acrescentando o polegar, esfregando suavemente meu clitóris.

E então, como se não bastasse, sussurrou:

"Tímida, tímida,
Acanhada de meu coração
Ela entra na luz do fogo
Pesarosamente distante.
Leva para lá os pratos
E os dispõe em fila.
A uma ilha na água
Com ela eu iria.
Ela leva as velas,
E ilumina o quarto acortinado,
Acanhada à porta

E acanhada no escuro;
Tímida como uma lebre,
Prestativa e tímida.
A uma ilha na água
Com ela, eu voaria."

Suas mãos não paravam de se mexer, trabalhando em mim gentilmente e, quando chegou ao último verso de Yeats, pensei que fosse voar. Meu orgasmo me tomou e estremeceu todo o meu corpo.

— Adoro te ver gozar. — Ele se achegou mais entre minhas pernas e moveu o pênis para minha abertura. — Me deixa duro pra cacete.

Seu pau entrou facilmente em mim e ofeguei enquanto ele metia fundo. Nem tive a chance de relaxar antes que me levasse a outro clímax.

— Goze comigo, Abby — disse, estocando sem parar. — Me leve com você desta vez.

Eu nunca me cansava de senti-lo dentro de mim ou de nossos corpos se movendo juntos. Passei os braços por ele e cravei as unhas em suas costas.

— Isso — disse Nathaniel num grunhido baixo. — Porra. Isso.

Apertei-o mais enquanto meu segundo clímax começava a se formar. Ele colocou a mão dos lados de minha cabeça e redobrou os esforços, golpeando-me.

— Não quero sair deste chuveiro — falou, penetrando. — Não quero nunca deixar você. Porque nunca vou trepar o suficiente. — Minhas costas escorregavam nos ladrilhos molhados enquanto ele metia. — Nunca. Nunca. Nunca o bastante.

Seus dentes roçaram meu pescoço e uma das mãos desceu entre nós até onde estávamos unidos.

— Sinta a nós dois. Sinta a mim. É bom demais, porra.

Um dos dedos brincou com meu clitóris e senti meu corpo se retesar. Soltei um gemido. Ele dobrou as pernas, metendo novamente, e meu orgasmo me dominou. Com uma última arremetida, ficou parado bem fundo dentro de mim e gozou.

Nathaniel arriou contra mim enquanto nossa respiração voltava ao normal e nossos corações reduziam o ritmo. O martelar da água aos poucos nos trouxe de volta à realidade da manhã.

— Droga — disse ele, sorrindo em meu ombro.

— Que foi?

— Preciso de outro banho.

Capítulo Trinta e Sete

— Srta. King — disse a recepcionista. — O Sr. West vai recebê-la agora.

Levantei-me e fui até a porta de madeira escura. Meu coração não devia estar batendo com tanta força. Eu sabia exatamente quem esperava por mim atrás da porta fechada. Eu o conhecia e o amava.

Era noite de sexta-feira e eu estava no escritório dele, a pedido meu. No início, Nathaniel não entendeu o que eu queria, mas por fim concordou comigo.

Abri a porta, passei por ela e dei uma olhada rápida nele. Sua cabeça estava baixa e ele digitava. Fechei a porta e fui ao meio da sala.

Fiquei exatamente onde estive meses antes: com as pernas separadas na extensão dos ombros, cabeça baixa e braços ao lado do corpo.

Ele continuava digitando.

Passamos as duas semanas anteriores trabalhando em nosso novo acordo. Sentados à mesa da cozinha, discutimos e negociamos o que os dois queriam. Exploramos nossos limites pessoais. Refizemos nossas palavras de segurança. Decidimos quando e como jogar. Concordamos em fazer o jogo da noite de sexta à tarde de domingo, mas ser como qualquer outro casal pelo restante da semana.

Nossa primeira discussão foi sobre a frequência com que eu usaria sua coleira. Eu a queria o tempo todo, mas Nathaniel pensava de outra forma.

— Da última vez, usei todo dia — eu disse, sem ver sentido em fazer alguma coisa diferente.

— Mas as coisas mudaram.

— Não estou questionando isso, mas, usando todo dia, eu mantenho a ligação entre nós.

— Entendo por que você quer usar minha coleira todo dia, mas vai ouvir um conselho meu? De alguém que tem mais experiência?

— Vai jogar a carta da experiência com frequência?

— Sim.

Bufei e me recostei na cadeira.

— Abby, me escute. Quer você admita ou não, a coleira te coloca em certo estado mental, e não te quero neste estado durante a semana. Se eu perguntar se você quer ervilha ou cenoura para o jantar numa noite de terça, quero que a resposta venha de Abby, meu amor, e não de Abigail, minha submissa.

— Eu sei, mas... — interrompi-me. Ele tinha razão.

— Não estou lhe dando planos alimentares, nem uma rotina de exercícios, nem estipulando horário de sono, nem...

— Felizmente, porque insistir em oito horas de sono seria limitar severamente nossas atividades nos dias úteis.

— Concordo, mas voltando ao que estava dizendo, se eu quiser transar numa quarta-feira e você não estiver com vontade, quero que esteja livre para dizer isso. A coleira — ele meneou a cabeça — limitará você. Mesmo que você pense o contrário.

Então concordamos que eu usaria coleira apenas nos fins de semana.

Embora fosse ideia minha voltar a oferecer minha candidatura e me reunir com ele em seu escritório, não discutimos como a noite progrediria. Olhei para meus pés e me perguntei se ele estava com a coleira ali, em sua sala. Eu não a via desde a manhã em que saí da mesa de sua sala de jantar.

Eu o ouvia digitando firmemente e perguntei-me o que ele estaria pensando. O que estaria planejando.

Deixei de lado meus pensamentos errantes e me concentrei em minha respiração. Não havia necessidade de imaginar como a noite se desenrolaria. Seria como Nathaniel decidisse, e o que ele decidisse seria o melhor para nós dois.

Eu não tinha dúvida nenhuma.

Ele parou de digitar.

— Abigail King.

Não me assustei quando falou meu nome. Desta vez eu esperava e fiquei de cabeça baixa.

Ele se afastou da mesa e atravessou o piso de madeira. Contei seus passos.

Dez.

Dez passos e ele parou diante de mim. Levantou meu cabelo, o torceu na mão e o puxou.

— Eu facilitei em sua última vez — disse ele numa voz baixa e autoritária.

Minha barriga estremeceu de expectativa. O Nathaniel Dom estava de volta.

Eu sentia falta dele.

Ele puxou meu cabelo com mais força e me obriguei a ficar de cabeça baixa.

— Uma vez você me disse que podia lidar com qualquer coisa que eu lhe fizesse fisicamente — falou Nathaniel. — Lembra-se disso?

Sim, ora essa. Eu me lembrava de dizer essas exatas palavras. Eu devia saber que elas voltariam para morder meu traseiro.

Ele puxou meu cabelo.

— Vou testar esta teoria, Abigail. Veremos o quanto você é capaz de suportar.

Ele soltou meu cabelo e liberei o ar que estava prendendo.

— Vou treiná-la — disse ele, colocando-se diante de mim para que eu olhasse a ponta de seus sapatos de couro. — Eu a treinarei para atender a cada necessidade, desejo e vontade minha. De agora em diante, quando eu lhe der uma ordem, espero que obedeça imediatamente e sem questionar. Qualquer hesitação, sobrancelha erguida ou desobediência será resolvida no ato. Entendeu?

Esperei.

— Olhe para mim e responda — falou. — Você entendeu?

Levantei os olhos e fitei os olhos verdes.

— Sim, mestre.

— *Tsc, tsc, tsc.* — Ele me repreendeu. — Pensei que da última vez tivesse apreendido a lição.

Da última vez? O quê?

— Como se dirigia a mim antes de ter a coleira?

Merda.

— Sim, senhor.

— Deixei passar este erro antes — disse ele, indo até a mesa. — Mas, como disse, não serei tão leniente desta vez.

Meu coração martelou. Eu não esperava estragar tudo tão cedo.

— Levante a saia e coloque as mãos em minha mesa.

Fui até sua mesa e levantei a saia acima da cintura. Será que a secretária dele ainda estava lá fora? Ela iria ouvir? Pus as mãos na mesa e me preparei.

— Três golpes. Conte.

Sua mão cortou o ar e caiu com um tabefe em meu traseiro. Ai.

— Um — eu disse.

Desceu novamente, caindo em um ponto diferente.

— Dois.

Só mais uma. Trinquei os dentes enquanto ele me batia pela terceira vez.

— Três.

Nathaniel parou e esfregou meu traseiro, atenuando a dor com suas mãos experientes. Seu toque era bom e tive de me obrigar a permanecer imóvel. Ele baixou minha saia.

— Vá para onde estava — sussurrou ele.

Voltei ao meu local no meio da sala. De certo modo, eu estava mais à vontade. Tinha criado problemas e ele cuidou do assunto. Nós continuamos. Não havia nada a temer.

— Lembra-se de suas palavras de segurança? — disse Nathaniel do outro lado da mesa.

Pensei na conversa que tivemos.

Estávamos à mesa da cozinha novamente.

— Duas? — perguntei. — Vai me dar duas palavras de segurança?

— É um sistema usado normalmente — disse ele, escrevendo alguma coisa.

— Mas da última vez...

Ele levantou a cabeça.

— Já expliquei o erro que cometi quando estabeleci as coisas da última vez, Abby. Não quero que me abandone de novo.

Estendi a mão pela mesa e peguei a dele.

— Não vou te abandonar. Só não sei por que preciso ter duas palavras de segurança.

— Porque vamos pressionar seus limites. Se você disser "amarelo", saberei que estou pressionando, mas posso continuar. "Vermelho" interrompe a encenação completamente.

Ainda parecia demais.

— Mas você nunca teve uma submissa que usou a palavra de segurança antes — repliquei.

— Agora tenho — disse ele, levando a minha mão aos lábios. — E quero que se sinta completamente à vontade e segura sempre que estiver comigo. Mesmo quando eu estiver pressionando demais.

— Sim, senhor — eu disse, voltando ao presente. — Eu me lembro das palavras de segurança.

— Que bom. — Ele voltou à mesa, abriu outra gaveta e pegou uma caixa. Abriu.

Minha coleira.

Ele a ergueu.

— Está pronta, Abigail?

— Sim, senhor. — Sorri.

Ele voltou a se colocar na minha frente.

— Ajoelhe-se.

Caí de joelhos. Ele passou o colar por meu pescoço, fechando-o. Me senti completa novamente.

— Vou colocar isto toda sexta-feira às seis da tarde e retirar às três da tarde de domingo — disse ele, com os dedos roçando minha clavícula.

Havíamos decidido que assim teríamos muito tempo para jogar na noite de sexta e o suficiente aos domingos para falar de nosso fim de semana e voltar para o comportamento habitual.

Também decidimos o que aconteceria logo depois de ele me colocar a coleira na sexta à noite. Mas esperei que me instruísse.

— De pé — falou.

Levantei-me, confusa. Não era isso que havíamos combinado. Seus olhos brilhavam de emoção.

— Porra, como você fica linda com a minha coleira. — Ele pôs a mão sob meu queixo e me beijou. Com força.

Estava deitada em seus braços na primeira manhã depois de passarmos a noite em sua cama.

— Toda aquela regra de não beijar — eu disse, passando a mão por seu peito. — Era para todas as submissas ou só para mim?

Ele afagou meu cabelo.

— Era só para você, Abby.

— Só eu? — Levantei a cabeça para olhá-lo. — Por quê?

— Era uma maneira de me distanciar. Pensei que se não a beijasse, não sentiria tanto. Eu poderia lembrar a mim mesmo que não passava de seu dom.

— Você beijou suas outras submissas — murmurei, sem gostar do ciúme que tomava meu corpo.

— Sim.

— Mas eu, não.

Ele não disse nada, provavelmente com medo de minha reação. Do que eu iria dizer.

E parte de mim ficou irritada de ele se conter. De ele negar a nós dois.

Mas passado era passado.

— Sabe o que isso quer dizer, não sabe? — perguntei, subindo em seu corpo.

— Não — respondeu, hesitante.

Coloquei meus lábios perto dos dele.

— Você me deve muito.

Ele me beijou suavemente.

— Muito?

— Hmm — eu disse enquanto ele me beijava de novo. — Com juros.

Nathaniel sorriu contra meus lábios.

— Juros?

— Juros muito altos. É melhor começar.

— Ah, Abby. — Ele me virou e seu corpo pairou acima do meu. — Eu sempre pago minhas dívidas.

Ele interrompeu o beijo e empurrou meus ombros.

— De joelhos de novo.

Ajoelhei-me diante dele. Seu membro se retesava na calça, mas ele esperou.

— Por favor, mestre, posso tê-lo em minha boca?

— Pode.

Desabotoei sua calça e abri o zíper com dedos ligeiros, pronta para sentir seu gosto. Abaixei suas calças e a cueca até os tornozelos e lambi meus lábios ao ver sua enorme ereção.

Ele torceu os dedos em meu cabelo enquanto eu o pegava na boca. Tomei-o calmamente, mas ele não queria lentidão e se empurrou inteiramente com uma única investida. Bateu no fundo de minha garganta e eu rapidamente relaxei para não ter ânsia de vômito.

Nathaniel usou o puxão em meu cabelo para entrar e sair de mim. Era tão bom, o aperto forte e a força de seu pau batendo em minha garganta. Eu esperava que fosse bom para ele. Chupava quando tirava de minha boca e passava a língua por seu membro quando empurrava. Puxei os lábios para trás para que meus dentes roçassem nele.

— Porra — falou Nathaniel.

Mais algumas arremetidas fortes e ele começou a se sacudir em minha boca. Levei as mãos aos quadris dele em expectativa, pronta para seu clímax. Querendo.

Ele empurrou fundo e se manteve parado enquanto seu orgasmo enchia minha boca. Engoli tudo, adorando o gosto salgado que representava seu prazer.

Suas mãos esfregaram meu couro cabeludo, massageando gentilmente minha cabeça, aliviando qualquer dor que restasse dos puxões no cabelo. Fiquei parada e concentrei-me no amor em seu toque.

— Feche minhas calças, Abigail — disse ele, passando os dedos pelo cabelo uma última vez.

Levantei sua calça e a cueca. Fechei o zíper e afivelei o cinto.

— Levante-se — ordenou. Ele levou a mão ao meu queixo mais uma vez e levantou a cabeça para que eu o olhasse nos olhos. — Vou trabalhar firme em você esta noite. Levarei você à beira do prazer e deixarei lá, pendurada. Você só gozará quando eu der permissão e serei muito mesquinho com minhas permissões. Entendeu? Responda.

O paraíso amado, doce e misericordioso.

— Sim, mestre.

Seus olhos dançavam de excitação.

— Chego em casa daqui a uma hora. Quero você nua e me esperando na sala de jogos.

Continua...

Este livro foi composto na tipologia Adobe Caslon Pro,
em corpo 11/13,5, impresso em papel off-white
no Sistema Cameron da Divisão Gráfica
da Distribuidora Record.